Rita Roth

Sternschnuppenküsse

Diese Geschichte ist frei erfunden.
Alle Namen, Personen, Handlungen und Begebenheiten entspringen der Fantasie der Autorin.
Ähnlichkeiten mit lebenden oder realen Personen wären rein zufällig.

Die zauberhafte Landschaft des Allgäu mit dem Ort Füssen und das Schloss Neuschwanstein gibt es tatsächlich, ebenso einige der genannten Kuranwendungen.

Sternschnuppenküsse

Rita Roth

Heute bist Du mein Stern –
und morgen bist Du mir schnuppe

Kurschatten werden neuerdings als Sternschnuppen bezeichnet. Zu dieser Erkenntnis kam ich bei meinen Recherchen zu diesem Roman. Hinzufügen möchte ich jedoch, dass es unter den Sternschnuppen hin und wieder auch Fixsterne gibt, die mit ihrem Funkeln dauerhaft Licht und Freude in das Leben eines anderen Menschen bringen.

Texte: © Rita Roth – www.ritaschreibt.de
Umschlag: © Chris Gilcher -www.design.chrisgilcher.com
Bildmaterial: © Jan Engel –
https://de.fotolia.com/id/52763666 - Octoberfest Symbols
Retro Background - fotolia ©WoGi
https://de.fotolia.com/id -57893275 - flipflops v2 III - Fotolia
Lektorat: Textcheck Agency, Michaela Marwich
Verlag: Rita Roth
c/o Papyrus Autoren-Club
Pettenkoferstr. 16-18
10247 Berlin
Druck: epubli ein Service der neopubli GmbH, Berlin

ISBN 978-3-7418-2875-1
Printed in Germany

Dieses Buch widme ich all jenen,
die für die
Erfüllung ihrer Wünsche und Träume
nicht nur auf Sternschnuppen vertrauen.

Bibliografische Information der Deutschen Nationalbibliothek:

Die Deutsche Nationalbibliothek verzeichnet diese Publikation in der Deutschen Nationalbibliografie; detaillierte bibliografische Daten sind im Internet über http://dnb.dnb.de abrufbar.

Betthupferl

Verächtlich lehnte ich das Angebot ab.
Ich wollte keinen alten Sack in meinem Bett.
Angeblich sollte er echt heiß sein,
über ungeahnte Kräfte verfügen.

Meine Neugier siegte,
ich musste ihn testen.

Wortlos legte er sich zu mir,
schmiegte sich an meine nackte Haut.
Er wollte mich verwöhnen,
zog mich, auf sich.
So eng, dass ich mich kaum rühren konnte.

Jeden Morgen beglückte er mich.
Sehnsüchtig erwartete ich ihn,
ließ mich fallen, gab mich ihm hin.
Er duftete so gut und seine Power war enorm.

Unsere Zeit war begrenzt.
Hätte ich mich bloß eher auf ihn eingelassen,
auf meinen heißgeliebten Heusack.

Große Ereignisse werfen ihre Schatten voraus

»Meinen Sie, ich sitze zum Spaß hier und warte nur auf Leute wie Sie, die den lieben langen Tag ihren Bauch in die Sonne halten? Was glauben Sie eigentlich, wer Sie sind?« Aufgebracht schlug ich mit der flachen Hand auf die vor mir liegende Akte.

»Ich darf doch wohl auch mal Urlaub machen! Das steht mir zu, schauen Sie doch ...«

»Wie bitte? Urlaub wollen Sie machen? Sind wir denn hier im Reisebüro? Wo soll's denn hingehen?« Abschätzig musterte ich die Frau auf der anderen Seite des Schreibtisches. Viel zu gut sah sie aus, sonnengebräunt, gepflegt und topmodisch gekleidet. Die machte auf mich nicht den Eindruck, als ob sie jemals gearbeitet hätte.

»Mallorca«, sagte sie leise. »Bitte! Ich muss dahin. Es kann Ihnen doch egal sein, wann ich meinen Urlaub nehmen will. Es sind ja nur vierzehn Tage.«

»Es kann mir egal sein? Was denken Sie denn, weshalb ich hier sitze? Damit Leute wie Sie mir egal sind?« Den flehenden Blick meiner Kundin bemerkte ich nicht mehr, als ich den Stapel unbearbeiteter Akten vom Schreibtisch fegte und hysterisch anfing zu lachen. Ausgerechnet in dem Augenblick öffnete mein Chef die Tür.

»Bitte! Bitte helfen Sie mir!« Heulend sprang meine Kundin auf und wandte sich ängstlich an meinen Vorgesetzten.

Es dauerte nicht lange, da präsentierte er mir eine Dienstaufsichtsbeschwerde.

Freiheit und Abenteuer

Das Einzige, was ich anscheinend fest im Griff hatte, waren meine Walkingstöcke.

Fest umklammerte ich sie, während Markus neben meinem *Pink Panther,* wie ich meine rosafarbene Neuerwerbung eines Monstertrolleys nannte, unruhig von einem Bein auf das andere trat. Der Zug hatte bereits fünf Minuten Verspätung und unser Knuddelhund Moppel schaute mich verstört aus seinen schwarzbraunen Knopfaugen an. Er winselte kaum hörbar und machte mir den Abschied damit auch nicht leichter.

»Ach Moppelchen«, versuchte ich ihn zu trösten. »Ja, ich werde dich auch vermissen. Frauchen kommt doch bald wieder.« Sanft redete ich auf unseren süßen Mopsmischling ein und kraulte ihm das Köpfchen. Mein kleiner Liebling würde mir total fehlen, das war mir jetzt schon klar.

»Frauchen ist bald wieder da, es sind ja nur drei Wochen. Mit Herrchen wirst du auch viel Spaß haben. Nicht wahr, Markus?«

Nickend stimmte Herrchen zu. »Wir werden schon klarkommen, Christine. Die paar Wochen schaffen wir auch ohne dich.«

Etwas unbeholfen nahm er mich in den Arm, ich wusste, dass ihm der Abschied schwerfiel. Markus hasst Abschiede jeglicher Art und ich rechnete es ihm hoch an, dass er mich trotzdem zum Bahnhof gebracht hatte. Meine Abreise hatte seinen Tagesplan durcheinandergebracht. Vielleicht befürchtete er, dass ich nicht wirklich losfahren würde und in letzter Minute einen Rückzieher machen könnte.

Meine bescheuerten Frauchengespräche wurden durch eine schrille Stimme aus dem Lautsprecher unterbrochen: »Vorsicht an der Bahnsteigkante, der Zug nach Berlin über Hannover fährt jeden Moment ein!«

»Erhol dich gut, mein Schatz und komm mit deiner alten Power und mit deinem Lachen zurück. Ach ja, und melde dich unbedingt sofort, sobald du angekommen bist.« Der Rest von Markus' guten Ratschlägen und Wünschen ging im Bremsenquietschen des einfahrenden ICE unter. Hatte er tatsächlich etwas von *Kurschatten* gesagt - oder hatte ich mich verhört? Das Wort klang mir in den Ohren, ebenso wie Moppelchens schmerzliches Gejaule, als sich die Tür des Waggons endgültig hinter mir schloss.

***

Der Zug war brechend voll. Mit meinem Monsterkoffer kämpfte ich mich zu meinem Platz durch. Auf meinem Nachbarsitz breitete sich ein korpulenter Mann aus, der sofort beide Armlehnen für sich in Anspruch nahm und der es noch nicht einmal für nötig hielt, meinen Gruß zu erwidern. Das fing ja gut an. Erst die Verspätung und dann noch so ein Piesepampel. In meinen Sitz zurückgelehnt, nahm ich mit den Ellenbogen Kontakt zu dem Dicken auf, bis er seinen Arm schließlich zurückzog.

Jetzt lockten also Freiheit und Abenteuer! Mir stand der Sinn weder nach Verlockung noch nach Abenteuer. Meine Freunde beneideten mich um die verordnete Auszeit und hegten die wildesten Phantasien, in denen sich alles um Kurschatten drehte. Sie erzählten mir unglaubliche Geschichten über Techtelmechtel während der Kur. Angeblich sollte es tatsächlich vorkommen, dass langjährige Ehen durch das Auftauchen eines Kurschattens auseinanderbrachen. Meiner Meinung nach war das alles absoluter Quatsch.

»Wie bitte? Haben Sie etwas gesagt?« Ich hatte gar nicht bemerkt, dass mein unfreundlicher Nachbar mich angesprochen hatte und auf eine Antwort wartete.

Ich musterte den Dicken, so wie ich es im Job täglich machte und war überrascht. Er konnte tatsächlich lächeln und sogar sprechen. Interessiert schaute er meine Walkingstöcke an.

»Wohin geht die Reise denn?«

»Ins Allgäu, in die Nähe von Füssen. Ich will nur hoffen, dass ich den Anschlusszug noch bekomme.« Ich war mir sicher, dass er mich nur fragte, weil er herausfinden wollte, wann er sich wieder ausbreiten konnte.

»Dann will ich Ihnen mal die Daumen drücken, dass Sie den Zug auch wirklich kriegen.« Sein gemurmelter Kommentar war bestimmt nett gemeint, löste aber eine gewisse Panik in mir aus. Freundlicherweise versicherte mir der Kontrolleur, dass der Anschlusszug auf uns warten würde.

So war es tatsächlich. Aufatmend kuschelte ich mich in meinen Sitz, stellte die Lehne zurück und dann machte ich es mir gemütlich. Meine Gedanken kreisten um die Arbeit, aber auch um meine Beziehung zu Markus. Die Landschaft zog an mir vorüber, wie mein knapp fünfzigjähriges Leben. Von Bahnhof zu Bahnhof wurde der Abstand größer. Für die Zeit der Kur wollte ich alles hinter mir lassen, das hatte ich mir fest vorgenommen.

* * *

Meine Ärztin hatte mir ernsthafte Anzeichen eines Burnouts attestiert. Diese Diagnose hielt ich für reichlich übertrieben, auch wenn ich nicht leugnen konnte, dass ich in den letzten Monaten ständig genervt, reizbar und müde war. Vor allem müde! Abgesehen von meinem Knuffelhund gab es kaum etwas, das mir Freude bereitete. Mein herzhaftes Lachen, für das ich im Freundeskreis bekannt war und das man an mir so liebte, war mir abhandengekommen. Ob ich es im Allgäu wiederfinden würde?

Vor ungefähr zwei Jahren, als ich meinen Arbeitsplatz wechseln musste, fing alles an. Das behauptet Markus jedenfalls. Mein Job wurde durch Umstrukturierungsmaßnahmen an einen neuen Standort verlegt und ich hatte die Wahl entweder zu pendeln oder mich auf einen Arbeitsplatz in einer anderen Behörde zu bewerben. Ich entschied mich für einen anderen Arbeitsplatz am Ort und landete als Jobvermittlerin in einer Arbeitsagentur.

Mit Herzblut ging ich in dem neuen Job auf. Es gelang mir erstaunlich oft, die Arbeitsuchenden zu vermitteln, die Statistik sah gut aus, meine Zuverlässigkeit und mein Verantwortungsgefühl wurden gelobt. Einigen Kollegen war das ein Dorn im Auge und mein Erfolg wurde argwöhnisch kommentiert.

Als mein Aufgabenbereich erweitert wurde, konnte ich meinen Kunden nicht mehr die erforderliche Zeit widmen. Wenn ich meinen Chef darauf ansprach, reagierte er auf diesen Missstand verständnisvoll und verwies gleichzeitig schulterzuckend auf die Dienstvorschriften.

Das letzte Bild, bevor ich einschlief, war der Ausraster in meinem Büro. Bei der Erinnerung daran schäme ich mich noch heute. Ich hatte eine Kundin angeschrien, auf den Tisch gehauen und gerufen: »Was glauben Sie denn, wer Sie sind? Meinen Sie, ich sitze zum Spaß hier und warte nur auf Leute wie Sie, die den lieben langen Tag ihren Bauch in die Sonne halten?«

Es dauerte nicht lange, da präsentierte mein Chef mir eine Dienstaufsichtsbeschwerde. Ich wäre am liebsten im Boden versunken und frage mich seitdem, wie das hatte passieren können. Normalerweise brachte mich so schnell nichts aus der Ruhe. Und nun fuhr ich zum ersten Mal in meinem Leben zur Kur.

***

Eine Kollegin hatte mir das Kurhaus und den Ort empfohlen. Ich wäre eigentlich viel lieber ans Meer gefahren. Die Kollegin schwärmte jedoch so sehr von der Landschaft, dem See, den sanften Ausläufern der Alpen und dem exzellenten Therapieangebot, dass ich mich darauf einließ. ‚Außerdem ist das Essen hervorragend und man trifft in dem Haus interessante Menschen', versicherte sie mir mit einem Augenzwinkern und fügte leise hinzu ‚und Männer'. Womit sie gleich wieder bei ihrem Lieblingsthema war.

Ich konnte es nicht mehr hören, immer dieses Gerede über Kurschatten, die neuerdings Sternschnuppen genannt werden. Automatisch schaltete ich ab. Diese Art von Sternen war mir wirklich schnuppe. Mein Interesse an einem Flirt oder an Kurbeschattung bewegte sich weit unter dem Nullpunkt. Außerdem bin ich schon lange mit Markus zusammen, der liebevoll und nett ist und mir kurz nach unserem Kennenlernen das Möpschen mit dem treuen Blick und dem Temperament eines Terriers geschenkt hatte.

An Markus nervt mich eigentlich nur seine Campingbesessenheit, neben ein paar anderen Kleinigkeiten. Jeden Freitag will er auf einen Campingplatz und dort das Wochenende mit mir verbringen. Die Rollen hat er klar verteilt. Ich darf kochen und alles schön sauber halten, während Markus an der ollen Schrottkarre schraubt und werkelt. Und in den Campingnächten will er mich als strahlendes Weib für Lust und Leidenschaft in der schmalen Koje. Meine Lust auf Sex ist mir jedoch mit meinem Lachen abhandengekommen.

Früher liebten wir uns, sobald wir eine Gelegenheit fanden, und wir fanden ständig

Gelegenheiten. Markus hatte eine Schwäche für Outdoorsex. Es war ausgesprochen prickelnd und unsere spezielle Art und Weise, die Natur zu erkunden.

Manchmal frage ich mich, ob es an den Wechseljahren liegen könnte, dass ich so lustlos geworden bin? Ich beschloss, auch diesen Punkt mit Hilfe der Therapie zu bearbeiten.

Gähnend griff ich zum letzten Mal nach meinen Stöcken und schnappte mir mein pinkes Monster. Ich hatte mein Ziel erreicht.

Willkommen im ,Haus Sonnengold'

,Haus Sonnengold' stand auf dem Schild, das ein grauhaariger Herr in die Höhe hielt, um seine Schäfchen einzusammeln. Mit wissendem Blick musterte der alte Mann die Ankömmlinge. Anscheinend erkannte er schon von Weitem seine Kurgäste.

»Grüß Gott die Damen«, begrüßte er mich und die andere Frau, die mit mir angereist war. Galant verstaute er unser Gepäck, hob nur kurz einmal die Augenbraue, als er meinen *Pink Panther* ins Auto hievte. Meine Walkingstöcke überließ ich aber nicht seinen zupackenden Händen, die hielt ich eisern fest. Schließlich waren sie das Einzige, das ich noch im Griff hatte.

Meine Freude über die nette Begrüßung hielt sich in Grenzen. Viel lieber hätte ich mich erst einmal allein umgesehen und in Ruhe einen Zigarillo geraucht. Seit mindestens fünf Minuten umklammerte ich die Schachtel in meiner Jackentasche. Von Sucht kann bei mir allerdings nicht die Rede sein, ich bezeichne mich als Genussraucherin. Das Rauchen ist mein kleiner

Luxus und wirklich das einzige Laster, das ich pflege. Die ganze Zeit über hatte ich mich auf diesen Moment gefreut, noch einmal tief durchatmen, bevor es mit der Kur richtig losgehen würde.

Unser Fahrer plauderte fröhlich mit uns, bis die andere Dame anfing, munter drauflos zu schnattern. »Ich bin die Iris«, stellte sie sich vor und fügte ungefragt hinzu, dass ihr Vater den Namen für sie ausgesucht hatte, weil sie so schöne blaue Augen hätte, so wie die gleichnamige Blume.

Unauffällig beobachtete ich sie von meinem Platz auf der Rückbank und steckte sie sofort in die Schublade ‚Sternschnuppe'. Zu Iris hätte mein pinkes Monster viel besser gepasst. Ihr Nagellack leuchtete in der gleichen Farbe, ebenso ihre Jacke. Iris war nicht nur blauäugig, sie war auch noch superblond, mit reichlich Dekolleté und einem sinnlichen Mund, der in Magentapink leuchtete.

»Ich bin Christine, kannst aber Tine zu mir sagen«, nahm ich das Gespräch auf und gab bereitwillig Auskunft darüber, wie günstig ich mein pinkes Monster erstanden hatte. Mit treuer

Miene gestand sie mir allen Ernstes, dass sie mich um dieses Gepäckstück beneidete.

»Und weshalb bist du hier, Tine?«

»Ähm ...« Hektisch begann ich in meiner Tasche zu wühlen. Auf so indiskrete Fragen war ich nicht vorbereitet. Auf keinen Fall wollte ich den wahren Grund meines Aufenthalts verraten. Es schien Iris zum Glück auch nicht ernsthaft zu interessieren. Als ich zu einer Antwort ansetzte, plapperte sie bereits munter weiter.

»Ich muss unbedingt etwas für meinen Rücken tun, das ewige Sitzen am Computer vertrage ich einfach nicht. Man wird schließlich auch nicht jünger.« Dann senkte sie die Stimme und flüsterte, dass sie gemobbt würde und aus diesem Grund das Angebot der Psychologischen Beratung in Anspruch nehmen müsse. »Die Therapie wird von einem sehr einfühlsamen und sehr gutaussehendem Psychologen durchgeführt«, ließ sie in einem Nebensatz durchblicken.

Als wir wenige Minuten später ankamen, kannte ich das halbe Leben von Iris. Ich wusste, dass sie immer Pech mit den Männern hatte, sie aber trotzdem liebte. »Ich hatte in meiner Kindheit ein wirklich problematisches Verhältnis zu meinem Vater. Er hat mich nie so geliebt, wie ich mir das gewünscht hätte.«

Damit ließen sich all ihre Männerprobleme erklären und nun versuchte sie anscheinend, dieses tragische Schicksal durch zahllose Liebschaften zu kompensieren.

Mir lag ein bedauerndes ‚Oh' auf der Zunge, als Ferdi, unser Fahrer, vor dem Portal des Kurhauses anhielt und uns einen erholsamen Aufenthalt wünschte. Beflissen schleppte er Iris' Koffer bis zur Rezeption. Mich und meinen Trolley beachtete er nicht weiter, ich konnte selber schleppen.

So ist das also. Neben diesem Typ Frau bin ich anscheinend unsichtbar. Das war so einer der wenigen Momente, in denen ich mich dafür verfluchte, dass ich mich nicht wenigstens minimal geschminkt hatte, auch wenn ich sonst einen natürlichen Stil bevorzuge. Das Einzige, wobei ich der Natur nachhalf, war meine Frisur. Meinen Kurzhaarschnitt färbte ich seit Jahren mit pflegendem Henna. Das Ergebnis war ein herrlich leuchtender Rotton, der meine grünen Augen schön hervorhebt und von meiner dicken Nase ablenkt.

* * *

Mein Zimmer im ‚Sonnengold' war noch schöner, als im Prospekt abgebildet. Da ich bereit war, etwas mehr Geld auszugeben, hatte ich mich für eines der Luxuszimmer mit Balkon und Seeblick entschieden. Es war recht groß und gemütlich, und wahrscheinlich hatte ich sogar Sonnenuntergangsgarantie.

Ich schaute mich um und kam aus dem Staunen nicht mehr heraus. Herrlich! Das Abenteuer konnte losgehen. Eine erste Euphorie breitete sich in mir aus. Alles wirkte so freundlich und hell. Unwillkürlich musste ich an ›Heidi auf der Alm‹ denken und fragte mich, ob die Geschichte wohl hier oben in den Bergen gespielt haben könnte.

Gespannt auf das, was mich erwarten würde, eilte ich zu meinem ersten Termin, zur Hausführung. Die Chefin begrüßte die Neuankömmlinge höchstpersönlich. Ein junges Mädel im Dirndl bot uns Willkommensgetränke an. Es gab tatsächlich Alkohol, ich konnte es kaum glauben und entschied mich für einen Sekt ohne O-Saft. Meine Vorstellung davon, wie eine Kur zu sein hatte, fing an, sich aufzulösen. Vielleicht war das Ganze gar keine so schlechte Idee gewesen.

Iris, die Blauäugige, stand mir gegenüber. Es war nicht zu übersehen, dass sie ihren Blick bereits schweifen ließ und abcheckte, ob ein passender Schatten für sie dabei sein könnte. Ihre blauen Augen blieben an dem Mann neben mir hängen, einem ziemlich großen Kerl mit lockigen, längeren Haaren, die er offen trug. Sein Haar war grau, fast weiß und ließ seine sonnengebräunte Haut noch dunkler wirken. Anscheinend gefiel er sich in der Runde der Neuankömmlinge, die überwiegend aus Frauen bestand. Er fing gleich an, uns mit zweifelhaften und zweideutigen Witzen zu unterhalten.

»Ich bin Wiederholungstäter«, erzählte er stolz und die Chefin lobte ihn dafür. *Ob ihm wohl das silberne oder goldene Duschbad oder die blauweiße Badelatsche mit in Gold graviertem Namen verliehen wird?,* fragte ich mich. Zwischen Iris und dem Witzbold flogen nicht nur Blicke hin und her, sondern auch Worte. Schnell war ich mir sicher: Da geht noch was. Wenigstens in diesem Punkt würde mein Klischee erfüllt werden.

Die lange Fahrt hatte mich mehr angestrengt, als ich mir eingestehen wollte. Obwohl ich ziemlich geschafft war, entwickelte ich bei der Hausführung den Ehrgeiz, mir alles zu merken.

Als wir die Bäderabteilung betraten, bildete ich mir ein, in einem Wellness-Tempel zu sein. Die Wände, die Fliesen, alles war in warmen Gelb- und Rosttönen gehalten und geschmackvolle Bilder zierten die Wände. Kleine, bunte Mosaikfliesen bildeten den Abschluss, aromatische Düfte nach Sauna und Massage stiegen mir in die Nase und verbreiteten eine entspannte Stimmung. Es war soo schön!

Inmitten des Wassertretbeckens ragte eine Säule empor, auf der eine nackte Schönheit einer Muschel entstieg. Daneben lag das kleine Schwimmbad, in das ich mich auf den ersten Blick verliebte. Marmorsäulen und dezente Deckenstrahler ließen es äußerst exklusiv wirken und die vorgewärmten, apricotfarbenen Badetücher unterstrichen diesen Eindruck. Auf der zugehörigen Terrasse konnte man relaxen, mit Blick auf sanfte Berge und auf Schloss

Neuschwanstein, das sich in strahlendem Weiß vor dem Grün der Wiesen und Berge abhob.

Konnte die Wirklichkeit so kitschig schön sein? Langsam fragte ich mich, ob das alles nicht nur ein Traum war. Falls es ein Traum sein sollte, dann wollte ich nicht mehr aufwachen. Die Menschen, die uns im Haus begegneten, lächelten allesamt. Ob das wohl ansteckend war? Vielleicht würde ich nach den drei Wochen auch wie ein grinsender Breitmaulfrosch durch die Gegend hüpfen? Bei dieser Vorstellung musste ich innerlich lachen. Ich sah das Bild genau vor mir. Fett grinsend saß ich auf einem Seerosenblatt, Mücken tanzten um mich herum und ab und zu ließ ich meine Zunge hervorschnellen und verspeiste eine. Anschließend gab ich ein rülpsendes ‚Quak' von mir.

Der Lockenkopf strahlte mich an und meinte: »Das ist aber unfair, dass Sie sich selbst Witze erzählen und uns nicht daran teilhaben lassen.« Ich muss ihn wohl ziemlich dämlich angesehen haben, bis er mich schließlich direkt auf mein Lachen ansprach. Anscheinend hatte ich nicht nur still in mich hineingekichert.

Iris wickelte eine blonde Strähne um ihren Finger und ließ ihren Blick zwischen dem Typen und mir hin- und herwandern. Ich sah ihn mir genauer an und schätzte ihn auf Ende fünfzig, auch wenn er versuchte, wie ein Mittvierziger rüberzukommen.

Wir setzten unseren Rundgang fort, bis wir uns im Speisesaal wiederfanden. Auch hier war alles freundlich und liebevoll hergerichtet. Weiße Tischtücher, gestärkte Stoffservietten und frische Blumen auf den Tischen ließen erst gar keine Kantinenatmosphäre aufkommen.

»Vroni wird Sie nun an Ihren Tisch begleiten. Für das Mittag- und Abendessen haben Sie dort immer Ihren festen Platz. Zum Frühstück können Sie sich hinsetzen, wo Sie möchten.« Die Chefin des Hauses trippelte klackernden Schrittes zurück in ihr Büro. Mein Stoßgebet, dass ich nicht mit Iris und dem Lockenkopf an einem Tisch sitzen musste, wurde erhört.

Schreck in der Morgenstunde

Mit letzter Kraft hatte ich meine Koffer ausgepackt und mich für einen Moment auf den Balkon gesetzt. Mit meinem Krimi in der Hand schlief ich ein. Im Halbschlaf muss ich dann wohl noch den Weg ins Bett gefunden haben.

Mitten in der Nacht fuhr ich schlaftrunken hoch. Ich glaubte, den Schatten einer Person zu erkennen. Meine Hände ballten sich reflexartig zu Fäusten, bereit, gnadenlos zuzuschlagen. Ich konnte mich nicht sofort erinnern, wo ich war. Meine grauen Zellen waren noch nicht online.

»Grüß Gott Frau Landgraf, Sie müssen's net erschrecke«, trällerte eine fröhliche Stimme. «Ich bin die Rosi und ich bringe Ihnen den Heusack.«

Das Mädchen legte mir einen kräuterduftenden, heißen Sack unter meinen Rücken, drückte mich resolut zurück in die Kissen und flüsterte mit ihrem süßen Akzent: »So, nu schlafen's noch a bisserl. Den Heusack bringen's nachher einfach mit nunter in den Therapiebereich. Frühstück gibt's ab acht Uhr.«

Lautlos huschte das Mädel davon, es war erst sechs Uhr früh. Konnte ich denn nicht einmal hier ausschlafen? Die wohlige Wärme im Rücken und der würzige Duft von frischem Heu taten ihre Wirkung. Ich fiel zurück in den Schlaf, bis mein Wecker gnadenlos klingelte. Aus Angst, das Frühstück zu verschlafen, hatte ich ihn eingepackt. Auf die Weckfunktion meines Handys wollte ich mich nicht verlassen. Außerdem war ich unsicher, ob man in dem Haus überhaupt ein Handy benutzen durfte. Ich hatte ja die wildesten Geschichten gehört.

* * *

Der letzte Traum war noch lebendig, als das Piepen mich in die Wirklichkeit zurückholte. Das Ding in meinem Rücken half mir bei der Erinnerung, wo ich mich befand. Es war inzwischen abgekühlt und der Duft nach frischem Heu erfüllte den ganzen Raum.

In meinem Traum hatte ich mich fliegen sehen. Ganz frei und leicht erhob ich mich in die Lüfte, drehte Spiralen, flog höher und höher. Warme Winde trugen mich hinauf, weit weg von den Häusern der Stadt. Es fühlte sich an, als würde der Wind mich zärtlich streicheln, sanft umspielte er meinen Körper. Statt meiner Lieblingsjeans trug ich ein flatterndes, farbenfrohes Gewand. Ich kam mir vor wie ein exotischer Vogel in der Morgensonne, schillernd bunt und schön.

Von weit oben konnte ich mein Amt mit den herumwuselnden Menschen entdecken. Es wurde kleiner und kleiner. Plötzlich änderte sich die Szenerie und ich kreiste über einem See, der ungewöhnlich ruhig und in tiefem Blau schimmerte. Funkelnde Lichter hüpften und tanzten auf seiner Oberfläche, wie ein Funkenregen.

Ich genoss den Anblick der Landschaft, die in saftigem Grün unter mir lag. Sanfte Berge schmiegten sich um den See und die Luft fühlte sich warm und frisch zugleich an. Ich atmete tief ein, ließ mich tragen und konnte mich nicht sattsehen. Mit spielerisch leichten Bewegungen landete ich am Ufer des Gewässers.

Das letzte Bild, das von meinem Traum hängengeblieben war, zeigte mir mein Spiegelbild in dem See. Ich war mir nicht sicher, ob die Person, die mich anlächelte, wirklich ich sein sollte. Die leuchtend roten Haare und die markante Nase sahen aus wie meine. Aber die Augen sahen anders aus. Sie hatten das gleiche Grün wie meine Augen, doch in dem Spiegelbild glänzten sie und strahlten mich an. Außerdem war das Gesicht glatt und die Mundwinkel zeigten nach oben. Ein süßes Grübchen in der Wange gab dem Spiegelbild eine frechfröhliche Lebendigkeit.

Was für ein schöner Traum! Mit einem Lächeln verschwand ich im Bad.

* * *

An meinem Tisch saßen außer mir noch zwei Männer und zwei Frauen. An die einzelnen Namen und die dazugehörigen Gesichter konnte ich mich nicht mehr erinnern. Wir hatten uns zwar gestern Abend vorgestellt und waren zum Du übergegangen, leider hatte ich die Namen jedoch vergessen. Die wichtigsten Regeln konnte ich mir allerdings merken.

Erstens: Beim Essen wird nicht über Krankheiten gesprochen!

Zweitens: Gespräche über den Job sind tabu! Man durfte höchstens erzählen, wo man arbeitet, eventuell noch in welcher Position. Mehr nicht! Das kam mir sehr entgegen. Ich war gespannt, ob sich alle daran halten würden.

Nach dem Frühstück ging ich zur Eingangsuntersuchung. Frau Doktor verordnete mir Entspannung und Bewegung, dazu Massagen, Bäder, Kneipp'sche Güsse und psychologische Beratung. Zwei Psychotermine pro Woche schienen ihr in meinem Fall angebracht zu sein. *Dann bin ich wohl ein Härtefall!*, dachte ich, zog mir meine Laufschuhe an, stöpselte mir die Hörer meines Smartphones ins Ohr und trabte los.

Rund um den See

Der See lag gegenüber vom Kurhaus und hatte eine frappierende Ähnlichkeit mit dem Gewässer in meinem Traum. Im Vorbeilaufen registrierte ich einen Campingplatz, der ziemlich gut und ziemlich teuer aussah. Er war sogar mit Sternchen ausgezeichnet worden. Akkurat reihten sich die Wohnmobile nebeneinander auf. Manche sahen richtig luxuriös aus. Unser in die Jahre gekommener Campingbulli konnte da nicht mithalten. Siedendheiß fiel mir Markus ein. Ich hatte vergessen, ihm nach meiner Ankunft eine SMS zu schicken. Dabei hatte ich ihm hoch und heilig versprochen, mich sofort zu melden, wenn ich gut angekommen wäre. Aber eigentlich hätte Markus sich ja auch melden können.

Wenig später lief ich durch ein Wäldchen. Ich beschleunigte mein Tempo und allmählich verschwanden die Gedanken aus meinem Kopf. Ich lief schön gleichmäßig und genoss den Anblick der Bilderbuchlandschaft. Die Luft schien hier im Allgäu irgendwie anders zu sein, würzig und süß.

Der Typ in meiner Laufapp, ich nenne ihn Paule, feuerte mich an. Ich sollte einen Sprint einlegen, dann wieder gemächlich zu traben. Erste Schweißperlen standen mir auf der Stirn, als ich das Wäldchen verlassen hatte und in der Vormittagssonne zwischen den Wiesen hindurchlief.

Beinahe wäre ich gestolpert, als mich jemand an der Schulter berührte. »Gut so, weitermachen«, hörte ich im Vorbeilaufen und sah einem knackigen Hintern und strammen Waden hinterher, die sich zügig entfernten. Der dazugehörige Mann drehte sich kurz um, winkte, zwinkerte und lief weiter. Schnaufend erkannte ich, dass es einer meiner Tischnachbarn gewesen war. Nett sah er aus. Ich überlegte, wie er hieß, aber sein Name wollte mir beim besten Willen nicht einfallen. Beim Frühstück hatte ich ihn nicht gesehen, aber beim Mittagessen würde er mir nicht entkommen.

Verschwitzt und mit hochrotem Kopf huschte ich aufs Zimmer und beeilte mich, pünktlich zum Essen zu erscheinen. Mein Interesse an der Umgebung, an den Menschen war erwacht. Der

Traum in den Morgenstunden hatte mich beflügelt.

* * *

Als ich mich im Speisesaal umschaute, wurde mir klar, dass ich definitiv die falschen Klamotten eingepackt hatte. Sportkleidung wurde zu den Mahlzeiten nicht gern gesehen. Damit hatte ich mich für die Reise eingedeckt. Aber an etwas Schickes hatte ich nicht gedacht. In meinem Schrank hingen nur meine geliebten Jeans, dazu Shirts in allen Farben und zwei Blusen. Für heiße Tage sogar drei Sommerkleider.

Mit einem Blick auf meinen Kurplan stellte ich fest, dass mich hier wohl kein Urlaub erwarten würde.

»Hallo Tine, zeig mal deinen Terminplan! Wie früh geht's denn bei dir immer so los?« Mit gekonntem Hüftschwung rauschte Iris an meinen Tisch.

»Hm«, erwiderte ich einsilbig.

»Zeig mal, hast du Termine bei PP?«, wollte sie wissen.

»PP? Was meinst du denn damit?« Ich glaube, ich schaute etwas dümmlich drein.

Schon hielt Iris meine Mappe in der Hand und machte große Augen. »PP ist Psycho-Phil, du weißt ja, der von dem ich dir erzählt habe.« Iris schluckte. »Sag mal Tine, ist das denn wohl richtig eingetragen, dass du zweimal in der Woche bei PP bist?«

»Wenn es da drinsteht, dann soll es wohl so sein. Habe ich mir noch nicht so genau angesehen.« Ich nahm ihr die Mappe aus der Hand, das ging diese blauäugige Quasselstrippe überhaupt nichts an.

Bevor Iris weiter lamentieren konnte, dass sie keine Therapie bei PP trotz Mobbing verordnet bekommen hatte, wurde die Suppe serviert. Mein Platz lag strategisch günstig, ich hatte alles gut im Blick. Leider wurde ich dauernd abgelenkt. Der Sprinter, der mich am See überholt hatte, saß mir schräg gegenüber und entwickelte sportlichen Ehrgeiz darin, mich zu unterhalten.

»Du hast einen echt guten Laufstil, Tine. Ich habe das beobachtet, ziemlich locker. Und du hältst die Stöcke richtig in der Hand. Das ist nämlich gar nicht so einfach. Die meisten Walker machen das verkehrt. Gehst du auch joggen?«

»Wie, du hast das beobachtet? Wie meinst du das denn? Bist du die ganze Zeit langsam hinter mir her getrabt und hast meine Beinarbeit beobachtet? Ich fasse es ja wohl nicht, Toni!« Mit strengem Blick musterte ich ihn. Zum Glück standen Namensschilder auf dem Tisch, so musste ich mir nicht die Blöße geben, dass ich mir seinen Namen nicht gemerkt hatte. Der ganze Typ war nicht von Bedeutung für mich, wieso sollte sich mein Gehirn also den Namen merken? Bei näherer Betrachtung kam ich zu dem Schluss, dass er von hinten deutlich besser aussah als von vorne.

»Du kannst auch bestimmt gut joggen, da wette ich mit dir. Ich zeige dir mal, wie das geht, ich kann dich trainieren, dich richtig fit machen. Wandern wäre auch etwas für dich. Am Samstag, da wird wieder die große Wanderung zum Tegelberg angeboten. Da gehen wir hin, nicht wahr?«

Ohne Luft zu holen, unterbreitete er mir immer neue Vorschläge. Mountainbike fahren sollte ich auch mit ihm. Er würde eine einfache Strecke mit nur geringen Höhenmetern auswählen und für den Anfang nicht mehr als vierzig Kilometer. Er würde mich mitziehen, schließlich sei er dreifacher Ironman! Da hatte ich den Salat.

Das Geschwätz des Superhelden nahm und nahm kein Ende und konnte mich momentan nicht beeindrucken. Meine Aufmerksamkeit galt dem Essen. Wenn ich Hunger habe, bin ich ungnädig, dann sollte man mich besser in Ruhe lassen. Das Einzige, was mich an ihm faszinierte, war die Kunst ohne Pause zu reden und trotzdem den Teller leer zu bekommen. Nicht nur ein Marathonläufer, sondern auch noch ein Marathonschwätzer.

Zwischen gedünstetem Fischfilet an Safransoße und Salzkartoffeln wechselte er vom Laufsport zum Radsport und verkündete stolz, dass er drei Räder mitgebracht hatte. Die Route für nachmittags hatte er gut ausgearbeitet, nur das Wetter war ihm drei Grad zu heiß. Anschließend wollte er in den See springen, um noch ein paar tausend Meter zu schwimmen und sich abzukühlen.

»Sag mal Toni, hast du denn nachmittags überhaupt keine Anwendungen?«

Meine restlichen Tischnachbarn grinsten wissend und Angie, die mir gegenübersaß, verdrehte die Augen. Diese Frage hätte ich mir besser verkneifen sollen. Toni holte aus und erzählte voller Stolz, während er hastig sein Dessert löffelte, dass er mit seinem Charme die Damen in der Therapieplanung davon überzeugen konnte, dass er nachmittags seine eigene Bewegungstherapie absolvierte und seine Termine nach Möglichkeit auf den Vormittag gelegt werden sollten.

»Der Toni ist schon ein schlauer Fuchs.« Angie zwinkerte mir zu. »Du glaubst gar nicht, was der noch für Tricks draufhat. Das lernt man alles bei der Polizei.« Bevor er mich weiter zutexten konnte, widmete ich mich meinem Dessert, einer Erdbeercreme mit Schokostreuseln.

»Also Tine, mein Angebot steht«, wandte er sich an mich, bevor er einen Abstecher an den Nebentisch machte und einen neu gewonnenen Sportpartner zum Aufbruch zu drängte.

»Puh!« Die gesamte Tischrunde seufzte laut auf. Als Lina, eine von diesen netten und hübsch anzusehenden Bedienungen im Dirndl, den Tisch abräumte, war ein mitleidiges Schmunzeln um ihren Mund nicht zu übersehen.

Wir blieben noch einen Moment sitzen, plauderten über Anwendungen und was man in und um Füssen Schönes unternehmen kann. Meine Tischnachbarn waren bereits in der zweiten oder dritten Woche und kannten sich bestens aus. Bis auf den dreifachen Ironman schien meine Essensgruppe in Ordnung zu sein. Ich hatte nicht vor, dauernd mit den anderen zusammenzuglucken. Ich wollte einfach nur Ruhe und Zeit haben, für mich allein.

Lautes Gekicher am Tisch schräg gegenüber ließ mich aufhorchen. So diskret wie möglich riskierte ich einen Blick und versuchte, mir ein Bild über die Zusammensetzung der Runde zu machen. Interessant!

Fünf Frauen umringten einen Mann und jede von ihnen hing gebannt an seinen Lippen, wenn sie nicht lachten. Ihn konnte ich nur von hinten sehen. Er saß relativ ruhig und gelassen da und genoss anscheinend die Aufmerksamkeit der Damen und ihre Versuche, seine Gunst zu gewinnen.

Leider konnte ich mir das Schauspiel nicht in Ruhe ansehen, auf meinem Plan stand mein erster Massagetermin. Ich schlenderte Richtung Bäderabteilung, machte vorher einen Abstecher auf mein Zimmer, hüllte mich in den kuscheligen Bademantel und schnappte mir meine Therapiemappe. Seit Jahren war ich nicht mehr zur Massage gewesen oder in die Sauna gegangen, entsprechend sahen meine Badeschlappen aus. Sie waren nicht sonderlich modern, einfach blauweiß. Ich schämte mich ein wenig dafür, als ich den anderen Kurgästen in ihren schicken Outfits begegnete. Die Bademäntel waren zum Glück alle gleich, sie gehörten zum Haus.

Den Rücken stärken

Mit Blick auf die Rezeption wartete ich darauf, dass ich aufgerufen wurde. Die Stühle neben mir waren noch frei, nur leider nicht mehr lange. Der Lockenkopf setzte sich neben mich, er hatte auch gleich einen Termin.

»Hallöchen, dann wollen wir uns mal ein bisschen verwöhnen lassen. Deshalb sind wir ja schließlich hier.«

»Hm«, erwiderte ich.

Eingehend musterte er meine Füße. Sie schienen vor seinen Augen zu bestehen. Dann gab er mir den Tipp, bei Gelegenheit einmal in den Ort zu fahren und mich in den Sportabteilungen der ansässigen Geschäfte nach Badelatschen mit etwas mehr Fußbett umzusehen.

»Ach tatsächlich? Ist es so offensichtlich, dass meine Füße ein anderes Fußbett brauchen?« Irritiert schaute ich ihn an. Eigentlich hatte ich eine nette, bewundernde Bemerkung über meine, wie ich finde, wirklich schönen Füße erwartet.

Süffisant grinste er mich an und erwiderte: »Mag sein, dass deine Füße auch nur ein anderes Bett brauchen.«

Bevor mir eine Antwort auf diese Unverschämtheit einfiel, wurde er in die Kabine gerufen. Der andere Typ, der mittlerweile auf dem anderen Stuhl neben mir Platz genommen hatte, konnte sich ein Lachen nicht verkneifen.

»Eindeutig zweideutig, ziemlich frech, diese Bemerkung.«

»Hm, das kann man wohl sagen! Meine Schlappen passen bestens zu meinen Füßen. Wir sind ein eingespieltes Team.« Ich schaute auf meine und auf seine Füße und fügte hinzu: »Ganz unrecht hat er ja nicht, diese Latschen sind noch aus dem letzten Jahrtausend. Ich will morgen oder übermorgen sowieso mal nach Füssen reinfahren. Der Ort soll ja wirklich nett sein.«

»Füssen ist ein reizender Ort. Wenn man sich etwas abseits des Touristenstroms bewegt, ist er wirklich zauberhaft.«

»Hm, mal sehen.« Recht einsilbig betrachtete ich die Füße, die neben meinen geparkt waren. Der Mann hatte auffallend schöne Füße, sehr gepflegt. Ob er wohl regelmäßig zur Fußpflege ging? Es waren keine Druckstellen geschweige denn Hornhaut zu sehen, die Nägel waren schön hell und sein großer Zeh wirkte auf mich irgendwie majestätisch.

Während ich noch in diese Betrachtungen versunken war, hörte ich, wie mein Name aufgerufen wurde. Und gleich darauf registrierte ich seinen Namen. Der Mann mit den schönen Füßen hieß Christian von Dorschweiler. Anscheinend hoher Adel, zumindest was sein tadelloses Benehmen anging.

Ich verschwand in meiner Kabine, breitete mein Handtuch auf der Liege aus und machte mich bereit. Die Masseurin erkundete zunächst mit ihren Händen meinen Rücken und fand sofort die Stellen, an denen sich die Muskelverspannungen deutlich bemerkbar machten. Zunächst sanft, dann mit kräftigen Griffen walkte sie meine Rückseite durch.

»Sie sind aber extrem verspannt, da haben wir ordentlich was zu tun. Was machen Sie denn beruflich?«

»Acht Stunden Bürojob, da ist es ja wohl kein Wunder, dass ich verspannt bin. Außerdem bin ich noch angenervt von einem Tischnachbarn, der marathonschwätzen kann.«

»Ach, daran werden Sie sich schon gewöhnen, an den Schwätzer. Wenn Sie Glück haben, reist er ja bald ab.«

»Autsch!« Nun hatte sie eine gemeine Stelle erwischt und fing an, sie weich zu kneten.

»Und für die Verspannungen kann ich Ihnen einen einfachen, aber wirksamen Tipp geben. Wenn's hier gleich fertig sind, schreiben Sie sich die Buchstaben ‚ASR' auf einen Zettel.

»ASR? Was soll denn das bedeuten?«

»Es ist ganz simpel. Das A steht für Ausatmen, das S für Schultern und das R für runter. Also: Ausatmen, Schultern runter! Wenn wir angespannt sind, dann ziehen wir automatisch die Schultern hoch und bleiben in dieser Haltung. Wenn Sie dann jedoch ein Post-it mit ASR an ihrem PC kleben haben, erinnern Sie sich immer wieder selbst daran, auf Ihre Schultern zu achten. Und nicht nur darauf, auch auf Ihren Atem.«

»Was sollen denn die Kollegen denken, wenn die das sehen?« Es leuchtete mir zwar ein, was sie empfahl, aber für alltagstauglich hielt ich diese Maßnahme nicht.

»Das ist doch völlig wurscht, was die denken, oder? Es weiß ja keiner, was sich hinter der Abkürzung verbirgt. Es könnte auch heißen: Arbeit, Spaß, Ruhepausen«

»Oder: Am Sonntag relaxen!«

»Und heute nur noch ausruhen und in den nächsten zwei Stunden kein Sport, auch kein Walking, höchstens einen kleinen Spaziergang machen.«

Mein Gehirn schwebte in einem anderen Modus. Ich vergaß alles um mich herum und hatte das Glück, das ich nach der Massage noch auf der Fango relaxen durfte. Der Tipp war vielleicht gar nicht so schlecht. Nachher würde ich mir das ‚ASR' aufschreiben.

Sanft wurde ich aus meiner Fango geweckt, ich war richtig fest eingeschlafen. ‚ASR' ging es mir durch den Kopf, als ich meine Sachen zusammenraffte, mich in den Bademantel hüllte und in meinen ollen blauweißen Schlappen davonschlappte. Irgendwie fühlte ich mich schwer und träge. Ausruhen hatte sie gesagt, das würde ich tun.

Auf meinem Balkon mit der schönen Aussicht machte ich es mir bequem. Die vorbeifahrenden

Autos störten allerdings meine Vorstellung von Ruhe. Also packte ich meinen Badeanzug ein, ein Buch und meine Ohrhörer. Nicht zu vergessen die Sonnencreme und machte mich auf den Weg zum hauseigenen Badestrand. Ich musste nur die Straße überqueren und schon konnte ich mich auf dem Gelände ausbreiten.

Weiter hinten fand ich noch eine freie Liege unter einem Baum, holte mir eine dicke Auflage und richtete mich häuslich ein. Mit etwas Schwung ließ ich mich zurückfallen, rückte meine Sonnenbrille zurecht und vertiefte mich in meinen Schmöker. Nach ein paar Sätzen muss ich wohl eingeschlafen sein. Als ich aufwachte, war alles dunkel. Ich bekam einen gehörigen Schrecken und stellte erleichtert fest, dass die Dunkelheit nur von dem Buch kam, das mir aufs Gesicht gefallen war.

Mit der Sonnenbrille fühlte ich mich gut getarnt und ließ meiner Neugier freien Lauf. Ich hörte ein paar Wortfetzen, dann wieder Gekicher, ähnlich wie beim Mittagessen. Da waren sie wieder, die gackernden Hühner, die bestimmt auch in meinem Alter sein mussten. Eine von ihnen, sie kicherte besonders viel und glockenhell, schätzte ich auf mindestens Mitte fünfzig. Sie trug einen knappen Bikini, der sämtliche Rundungen schamlos freigab. Ich musste zweimal hinschauen, sie kniete tatsächlich vor dem Gockel der Tischrunde und ließ sich mit Sonnencreme einschmieren. Die anderen Damen quietschten vor Vergnügen. Er wirkte völlig cool. Ich schob meine Sonnenbrille hoch, um mich zu vergewissern, ob ich das richtig gesehen hatte. Es war der Herr von Dorschweiler, der in der Bäderabteilung neben mir gewartet hatte. Unglaublich fand ich das, was da abging. Ob er sich einen Spaß daraus machte, die Mädels um sich zu scharen und zu erleben, wie sie sich gegenseitig ausstachen?

Ich beobachtete die Szenerie. Es kam mir vor, als würde ich vorm Fernseher sitzen und ‚Der Bachelor' gucken. In der Sendung ist es so, dass ein Mann seine Traumfrau sucht. Ich glaube, zwanzig Frauen werden ihm vorgestellt, nach und nach scheiden immer ein paar aus, bis zum Schluss nur noch drei um seine Gunst buhlen und er eine von ihnen auserwählen darf. Die Mädels in der Serie wollen natürlich alle die Auserkorene sein und hoffen auf ein Einzeldate. Ob das hier ähnlich war? Die dralle Kleine mit dem Glockenkichern war anscheinend schon eine Runde weiter. Von Weitem bekam ich mit, dass sie Nelly hieß.

Upps, jetzt hatte er mich bemerkt. Vielleicht hatte ich ein kleines bisschen zu auffällig in seine Richtung geschaut. Jetzt stand er auf, wischte sich die restliche Sonnencreme an seinen gebräunten, muskulösen Schenkeln ab und kam auf mich zu. Ich versteckte mich hinter meinem Krimi, tat so, als ob ich völlig in mein Buch vertieft wäre.

»Hallo, wenn ich mich nicht täusche, bist du die Frau mit den schönen Füßen und den Badeschlappen aus dem letzten Jahrtausend. Ich heiße übrigens Christian, kannst mich aber Chris nennen, das sagen alle hier. Warst du schon im See?«

Mit blasiertem Blick durch meine Sonnenbrille antwortete ich: »Mein Krimi ist so spannend, dass ich völlig darüber hinweggekommen bin. Ich heiße übrigens Christine und du kannst mich gern Tine nennen. Das tun alle hier.« Ich schnappte mir mein Handtuch, schlüpfte in meine Latschen, drehte mich von oben herab lächelnd zu ihm um und ließ ihn einfach stehen. Seinen Blick im

Rücken konnte ich deutlich spüren, bis ich im Wasser war. Der war ja so was von sich eingenommen!

Eine kleine Abkühlung konnte ich jetzt gut gebrauchen. Das Wasser war herrlich erfrischend. Ich drehte meine Runden und dachte darüber nach, ob das Moorwasser des Sees sich wohl verjüngend oder wenigstens besonders pflegend auswirken würde. Mit kräftigen Zügen schwamm ich weit raus, die ersten Seerosen waren bereits in Sicht. Aber nicht nur die, auch Iris und der Typ mit dem Lockenkopf, von dem ich jetzt wusste, dass er Niko hieß. Ich hatte mich also nicht getäuscht. So wie es aussah, hatte Iris ihn bereits an der Angel.

Iris nahm Kurs auf mich und konnte es kaum erwarten zu erfahren, was denn der Chris von mir gewollt hätte. Und wieso ich den so hätte abblitzen lassen. Sie hatte die Szene vom Wasser aus beobachtet.

»Also Tinc, so einen Mann darf man nicht einfach ignorieren. Der ist total nett, sieht toll aus und kann sich einen Porsche leisten. Und soweit ich weiß, stammt er aus einem Adelsgeschlecht, das ist ein echter ›von und zu‹.« Iris schüttelte ihren nassen Blondschopf. »Was wollte er denn von dir? Was hat er gesagt?«

»Nichts Besonderes hat er gesagt. Ich hatte ihn heute Mittag in der Bäderabteilung getroffen, da hatten wir uns kurz unterhalten. Vielleicht meinte er, dass er sich vorstellen müsste.« Zum Glück hatte ich immer noch meine coole Sonnenbrille auf und Iris konnte nicht sehen, dass ich mir das Lachen kaum verkneifen konnte. Aber ich war geübt darin, ernst zu bleiben, auch wenn ich innerlich kicherte. Was in den letzten Monaten leider nur extrem selten vorgekommen war.

Das Ufer hatten wir fast erreicht, Iris schwamm immer noch neben mir. Eine so gute Kondition hatte ich ihr gar nicht zugetraut. Mit einigen Metern Abstand folgte auch der Lockenkopf, er wollte uns einholen. Seine Witzchen dümpelten schallend über die Wasseroberfläche. Für mich war der Witzbold eher eine Witzfigur.

Auf meiner Liege döste ich sofort wieder ein, selbst das Geschnatter und Gekicher der Bachelor-Fans konnte das nicht verhindern. Als ich das nächste Mal wach wurde, war ich fast allein an dem Badestrand. Eilig packte ich meine Sachen und machte mich zurecht für das Dinner.

Der Porschetyp

Meine Tischgemeinschaft war bis auf den Marathonschwätzer komplett. Erfreut stellte ich fest, dass wir wieder bedient wurden. Ich hatte befürchtet, dass abends die heiße Schlacht am kalten Buffet stattfinden würde. So hatte ich das vor gefühlten hundert Jahren in einer Mutter-Kind-Kur erlebt. Damals hatte ich mir geschworen, nie wieder eine Kur zu machen.

Die Bedienungen liefen alle, wirklich alle, im Dirndl herum. Es sah wirklich toll aus und passte so wunderbar in diese Bilderbuchkulisse. Die Dirndl waren keineswegs langweilig oder altmodisch. Sie gefielen mir ausgesprochen gut. Die Vroni trug heute ein wadenlanges hellgrünes Dirndl mit einer pinkfarbenen Schürze. Ihre Oberweite war wie fürs Dirndl gemacht. Das junge Mädchen, das an unserem Tisch servierte, konnte da nicht mithalten. Ihr Dirndl hatte aber so raffinierte Träger, dass die nackten Schultern darunter hervorblitzten und sie sah darin trotz kleinem Dekolleté richtig sexy aus.

»Das ist schon fesch, nicht wahr?« Angie hatte meinen Blick bemerkt und wusste einiges zu den Dirndl und ihren Trägerinnen zu erzählen.

»Die Vroni trägt jeden Tag ein anderes Dirndl, du musst mal darauf achten.«

»Fesch, nicht wahr?« Zum ersten Mal gab auch Martin, unser Postbote, seinen Senf dazu. Ansonsten war Martin schweigsam und zurückhaltend. Ich vermute, er lebt das Briefgeheimnis auf seine Weise. Seine Art gefiel mir, er war nett. Sein Ohrstecker im linken Ohr gab mir allerdings Rätsel auf. Martin wirkte erzkonservativ und bieder, wie ein korrekter Beamter durch und durch. Er hatte Verlängerung bekommen und würde somit noch fast genau so lange bleiben wie ich. In dieser Zeit würde ich das Rätsel des Ohrsteckers lösen, das hatte ich mir fest vorgenommen.

Frieda, eine feine ältere Dame, Mitte siebzig, erzählte uns ihre Geschichte, als sie zum ersten Mal auf dem Oktoberfest war. Sie hatte sich für diesen Anlass ein neues, wirklich schmuckes Dirndl gekauft. Und ihr Max, Gott hab ihn selig, hatte einen Streit vom Zaun gebrochen, weil sie die Schleife der Schürze links gebunden hatte.

»Konnte ich denn wissen, dass es etwas zu bedeuten hat, ob man die Schleife rechts oder links oder in der Mitte trägt? Ich hatte ja keine Ahnung und mein Max und ich, wir waren schließlich noch nicht verheiratet. Wir kannten uns nur kurz und das war das erste Mal, dass wir gemeinsam verreisen durften. Natürlich mit getrennten Zimmern.« Frieda schmunzelte bei der Erinnerung. Sie hatte dieses geheimnisvolle Lächeln, das mich vermuten ließ, dass Frieda und ihr Max trotz getrennter Zimmer die Nächte in einem Bett verbracht hatten.

Heimlich beobachtete ich auch Christian von Dorschweiler und seine Tafelrunde. *Wieder so ein Angeber,* ging es mir durch den Kopf, als der Typ am Nebentisch von seiner geplanten Spritztour mit dem Cabrio erzählte. Natürlich handelte es sich bei dem Cabrio um einen Porsche, das wusste ich ja bereits von Iris. Nein, nicht etwa der 911er, der Adelige fuhr den Porsche Boxster. Die sonst kichernden Frauen an seinem Tisch lauschten andächtig seinen Ausführungen. Ich bekam mit, dass er nach dem Essen durch das Tannheimer Tal Richtung Reutte fahren wollte. Die Strecke war recht kurvenreich und

Serpentinen waren für ihn vermutlich der besondere Kick.

Allein bei dem Gedanken daran wurde mir völlig anders. Autofahren vertrage ich nicht gut und bei Serpentinen wird mir speiübel. Allein aus ökologischen Gründen ist es schlichtweg unverantwortlich, nur so zum Spaß oder aus Imponiergehabe solche Touren zu unternehmen. Vielleicht sollte ich ihm dazu mal meine Meinung sagen? Aber hier schien sich außer mir niemand daran zu stören.

Ich konnte nicht herausfinden, ob es bei den Tischdamen eine Favoritin gab. Er schien seine Gunst gleichmäßig zu verteilen. Mir kam wieder der Vergleich mit dem Bachelor in den Sinn. Zig Frauen für einen Mann, und er hatte das Vergnügen sich nach diversen Dates für eine entscheiden zu dürfen. Diese Eine könnte dann mit Stolz von sich behaupten, die anderen aus dem Rennen geschlagen zu haben und seine Traumfrau zu sein. Hier wäre sie das zumindest für die Zeit der Kur.

So wie es aussah, herrschte noch kein Zickenkrieg, obwohl sie sich argwöhnisch beäugten. Mein Eindruck, dass jede von ihnen auf ein Einzeldate hoffte, verstärkte sich, je länger ich den Tisch im Visier hatte. Vermutlich würde jede der Damen liebend gern bei der Serpentinentour mitfahren, egal wie kotzübel ihr hinterher wäre.

Christian von Dorschweiler war mir bisher nur in der Bäderabteilung begegnet und heute am Strand. Ich fragte mich, was die Frauen an ihm fanden, er sah nicht umwerfend aus, sondern mittelmäßig, normal eben. Etwas größer als ich, schätzungsweise einsfünfundachtzig und sportlich. Er hatte einen guten Body, das konnte ich deutlich erkennen, als er in der Badehose vor mir stand. Seine Füße hatten mich am meisten beeindruckt. Und er hatte gutes Benehmen, war zu allen gleichermaßen freundlich und charmant. Außerdem war er geschmackvoll gekleidet. Er trug keine schlabbrigen Jogginghosen, er sah aus, als würde er viel Wert auf sein Äußeres legen.

Was er wohl beruflich macht? Ein ›von‹ vor dem Namen bedeutet ja nicht zwangsläufig, dass man im Geld schwimmt und nicht arbeiten muss. Aber einen Porsche musste man sich erstmal leisten können, von einem normalen Angestelltengehalt war das garantiert nicht möglich. Inzwischen gewann ich ohnehin den

Eindruck, dass in diesem Kurhaus ein feiner Mix von Beamten aller Kategorien und Dienstgrade, sowie der öffentliche Dienst vertreten war.

Als Toni an unseren Tisch kam und mit hochrotem Kopf von seinen Höhenmetern erzählte und von seinem Puls, den er gut im Griff hatte, verabschiedete ich mich. Meine Tischnachbarn wollten später noch etwas zusammen unternehmen, ich zog es jedoch vor, den Abend für mich allein zu verbringen. Markus musste ich ja auch noch anrufen, der war gestern schon beleidigt, dass ich mich nicht gemeldet hatte und unterstellte mir tatsächlich nach einem Tag einen Kurschatten. Hielt er mich denn für so attraktiv? Zuhause ließ er mich das nicht spüren.

* * *

Mein Faible für gepflegte und schöne Füße war mir durchaus bewusst, es war eine kleine Macke von mir. Wenn ich auch kaum Make-up verwende, mir niemals die Fingernägel lackiere und Lippenstift nur zu speziellen Anlässen auftrage, so gönne ich mir wenigstens jeden Abend vorm Schlafengehen den Luxus einer

Fußmassage und creme großzügig meine nicht gerade zierlichen Füße ein. Es ist mein spezielles Ritual, um gut in die Nacht zu kommen. Für einen erholsamen Schlaf kann ich auf diese Zeremonie nicht verzichten, egal wie müde ich bin. Selbst wenn ich gefeiert habe und es spät geworden ist, kann ich es nicht lassen. Gleich morgen würde ich mir einen Termin für eine professionelle Verwöhnpediküre geben lassen, das stand fest.

Mit einer Fußmassage hatte mich mein Lebensgefährte Markus vor knapp fünfzehn Jahren denn auch rumgekriegt. Er massierte meine Füße nach einem anstrengenden Arbeitstag, ohne weitere Absichten und sehr gefühlvoll. Es war auf dem Campingplatz und ihm waren meine gepflegten und schönen Füße gleich aufgefallen. Damals hatte ich mir die ollen Badelatschen gekauft, vielleicht hing ich deshalb noch an ihnen.

Abends im Bett wurde mir klar, dass die Latschen nicht mehr zu meinem Leben passen, wie so einiges andere auch nicht mehr. Ich hatte zwar keinen Grund zum Klagen, trotzdem spürte ich diese nörgelnde Unzufriedenheit in mir und ich wusste nicht warum.

Wenn meine Kunden mir mit solchen Befindlichkeiten kamen, konfrontierte ich sie mit dem Satz, dass das ja wohl Jammern auf hohem Niveau sei. In der Hinsicht unterschied ich mich in keinster Weise von ihnen. Oder doch, denn ich hatte einen festen, unkündbaren Arbeitsplatz. Mit meinem Einkommen gehöre ich zur sogenannten Mittelschicht, ich habe zwei gut geratene Kinder und einen Lebensgefährten, der mir gelegentlich sagt, dass er mich liebt. Wo, bitte schön, kam also meine Unzufriedenheit her?

Meine Gedanken kreisten so lange, bis mir die Augen zufielen und ich erst wieder aufschreckte, als der Heusack sich in meinem Rücken breitmachte. Diesmal ging ich nicht in die Verteidigungshaltung, sondern ließ mich im Halbschlaf wieder zurückfallen und träumte ein bisschen weiter. Die Jalousien hatte ich abends offengelassen und ich blinzelte vom Bett aus direkt auf den See. Die glatte Wasseroberfläche, das saftige Grün drumherum, ein milchig blauer Himmel und in rotgoldenes Licht getauchte

Berge. Die Sonne war gerade auf der anderen Seite aufgegangen.

Der frische Morgen ließ mich die nächtlichen Grübeleien schnell vergessen. Dieser Freitag konnte nur gut werden. Ich studierte meinen Terminplan und dachte: *Wie blöd, nachmittags hab ich auch noch Termine.* Ein bisschen mulmig war mir bei dem Gedanken an meinen ersten Termin bei ‚Psycho-Phil', wie der Psychologe allgemein genannt wurde. Ich war noch nie bei einem Psychologen oder Psychiater gewesen und pflegte gewisse Vorurteile Menschen gegenüber, die das nötig haben.

Raus aus dem Alltag

Gleich nach dem Frühstück sollte ich zu meinem ersten Kneipp'schen Guss antreten. *Es ist einfach lächerlich, dass darum so viel Aufhebens gemacht wird,* dachte ich, als ich vor den Kabinen wartete, um meine Waden und Füße begießen zu lassen.

Der alte Pfarrer Kneipp war in diesem Kurort allgegenwärtig. Er hatte diverse Regeln für eine gesunde und freudvolle Lebensweise entwickelt, die man auf den Spazierwegen rund um den See nachlesen konnte. Als Kurgast führte kein Weg an den Gesundheitstipps vorbei. Angeblich sollte sich sein Therapieansatz auch auf die seelische Stabilität auswirken. In der Bäderabteilung erstand ich ein Büchlein über Kneipp und seine Wohltaten für die Menschheit.

Ich blätterte darin, gleichzeitig ließ ich meinen Blick über die Füße der anderen Wartenden schweifen. Interessante Gesprächsfetzen aus der Kneippkabine ließen mich aufhorchen.

»Huch, ist das kalt! Aber für die Straffheit meines Busens nehme ich das gern in Kauf. Meine Mutter hat immer gesagt: ›Wer schön sein will, muss leiden‹. Gottseidank muss ich nicht allzu viel leiden, der liebe Gott hat es ja gut mit mir gemeint. Finden Sie nicht auch?«

Diese Stimme kam mir bekannt vor. Vor allem das alberne Kichern, wenn sie zwischen den Sätzen Luft holte.

»Da können's schon sehr zufrieden mit sich sein. Alles gut verteilt.«

Eine männliche Stimme sagte das. Am liebsten hätte ich auf der Stelle kehrtgemacht. Darauf war ich überhaupt nicht vorbereitet, ich war von weiblichen Therapeuten ausgegangen. Bevor ich mir Gedanken darüber machen konnte, ob es mir peinlich sein sollte, mich vor einem fremden Mann nur im Höschen zu zeigen, wurde der Kabinenvorhang beiseitegeschoben und Nelly kam strahlend in ihrem Bademantel heraus. Hatte ich die Stimme also richtig zugeordnet!

Als Nächste kam ich an die Reihe. Der junge Mann mit dem Wasserschlauch grinste. Hoffentlich nicht über mich und meine dicken Waden, die ich gern als *Wanderwaden* bezeichne. Seine Mimik hatte er sofort wieder unter Kontrolle, als er mir sagte, was ich zu tun hätte. Nebenbei erklärte er mir die Wirkung der Güsse.

Sehr sympathischer junger Mann, nicht viel älter als mein Sohn, dachte ich und hatte meinen Peinlichkeitsgedanken abgelegt.

»Nicht abtrocknen und anschließend eine halbe Stunde ruhen«, hörte ich im Hinausgehen. Schon wieder Ruhen, mein Gott, war das anstrengend. Ich nutzte die Zeit, um auf meinem Balkon einen Espresso zu trinken und mich erneut in meinen Krimi vom Vortag zu vertiefen. Diesmal störte mich niemand und ich konnte mich voll auf den Inhalt konzentrieren.

Mein Zeitplan war gut getaktet. Gleich sollte ich mich zu meinem ersten Wannenbad, einem Sprudelbad mit Rosmarinzusätzen einfinden. Es sollte mich in Schwung bringen und meine ständige Müdigkeit vertreiben.

Schon wieder saß ich im Wartebereich, neben mir noch unbekannte Kurgäste, ein Mann und eine Frau. Fast gleichzeitig wurden wir zu den Bädern aufgerufen. Die Kabinen waren hintereinander angeordnet, die Sicht zum Gang lediglich durch Vorhänge geschützt.

»Dann entspannen's sich mal schön. Ist's recht so? Warten's, ich geb Ihnen noch a Kissle für des Köpfle. Mögen's a bisserl Musi?«

Das Mädchen wartete meine Antwort nicht ab. Resolut zog es den Vorhang zu und überließ mich dem Blubbern in der Wanne. Es brauchte einen Moment, bis ich tatsächlich bequem lag und die Wärme, den Duft genießen konnte. Aus dem Lautsprecher dudelte sanfte Musik von Enya. Ich tauchte ab.

Als ich ein wenig die Position veränderte, traf mich eine der Sprudeldüsen mit ihren Blubberbläschen an einer gewissen Stelle, die ich lange nicht gespürt hatte. Verzückt hielt ich inne, ich wagte nicht, meine Position zu verändern. Winzige Schweißperlen traten mir auf die Stirn. Es war aber auch wirklich sehr warm, das Wasser. Die Blubbermassage prickelte und rief Bilder von leidenschaftlichen Liebesnächte in mir hervor. Mein Atem wurde immer tiefer, fast zu einem leisen Stöhnen.

»War's schön, gell?« Mit undefinierbarem Gesichtsausdruck steckte die Therapeutin ihren Kopf durch den Vorhang und verkündete, dass die Zeit schon um sei. Sie brauste mich kalt ab, dann war ich entlassen. Und wieder sollte ich anschließend ruhen, so nach dem Motto ‚In der Ruhe liegt die Kraft'. Ich war gewillt, das zu glauben, aber an Ruhe war in meiner jetzigen Verfassung nicht zu denken.

Die belebende Wirkung machte sich in meinem Unterkörper breit, während mein Kopf und der restliche Körper im Ruhemodus verweilten. Was war denn jetzt bloß los? Es konnte ja wohl nicht wahr sein, dass ich nach ein paar Tagen in einer Zauberwelt und durch ein Wannenbad ausgelöst, erotische Gefühle entwickelte. Bei den Annäherungsversuchen von Markus passierte mir das so gut wie nie, überhaupt hatte ich das ganze Thema abgehakt. Meiner Meinung nach wird Erotik und Sex überbewertet. Man kann schließlich auch ohne Sex recht gut miteinander leben. Wozu also das Ganze?

Dieses klitzekleine Pochen meines Lustzentrums war jedoch gnadenlos. Permanent klopfte es zwischen meinen Schenkeln und schickte Impulse an meine Brustwarzen, sich aufzurichten und zu verhärten. Während ich dalag und döste, glitt meine Hand zu dem Verursacher dieser Lustgefühle. Völlig überraschend konnte ich ein Beben nicht unterdrücken und ein Orgasmus mit vielen Wellen glitt über mich hinweg. Von wegen ausruhen!

* * *

Beim Mittagessen, es gab Rahmgulasch vom Hirsch an Preiselbeersoße, konnte ich unserem redseligen Sportler, dem Marathoni, nicht entgehen. Er schwätzte wie immer und schaufelte dabei das Gulasch in sich hinein, und als er sich den Mund abwischte, blieb sein Blick an mir hängen.

»Na Tine, hast du dich gut eingelebt? Du siehst schon viel entspannter aus. Ich sag ja immer, drei Tage erstmal nix tun, viel schlafen und dann geht es richtig los. Wie wäre es denn mit heute Abend? Auf dem Campingplatz gibt es Live-Musik, Volkslieder und so was. Das ist immer eine Mordsgaudi und es gibt ein anständiges Bier zu normalen Preisen. Was ist, kommst du mit?« Er blickte in die Runde und fügte hinzu: »Und ihr natürlich auch, wenn ihr

Lust dazu habt. Gleich nach dem Abendessen um 19 Uhr 30? Treffpunkt an der Rezeption.«

Bevor ich mir das überlegen und antworten konnte, sprang er auf, schnappte sich seinen Fahrradkumpel und los ging's.

Frieda, Martin und Angie schüttelten wie die Wackeldackel im gleichen Rhythmus den Kopf.

»Ach, der Toni, der hat aber auch Hummeln im Hintern.« Frieda faltete fein säuberlich ihre Serviette. »Also ich komme gern mit, wenn dich das nicht stört, Tine.«

»Um Himmels willen nein, Frieda. Ich freue mich riesig, wenn ihr mitkommt. Ich halte das nicht aus, mit ihm alleine zu sein. Außerdem habe ich bis jetzt noch gar keine Meinung dazu. Vielleicht bin ich nachher, im Anschluss an meine erste Sitzung bei PP, völlig geschafft und deprimiert. Um drei hab ich den Termin. Passt mir gar nicht auf einem Freitagnachmittag. Viel lieber würde ich endlich mal nach Füssen reinfahren und ein wenig bummeln.«

»Da mach dir mal keine Sorgen, Tine. Der PP ist wirklich sehr gut und versteht es, einen aufzubauen. Aber wie mir scheint, hat Toni ein Auge auf dich geworfen.« Angie zwinkerte vielsagend. Und er hat recht, du siehst heute schon viel entspannter aus.«

Woher meine entspannten Gesichtszüge kamen, konnte ich mir erklären. Das Sprudelbad wirkte noch nach.

»Was meinst du Angie, hast du Lust gleich einen Kaffee mit mir zu trinken? Am See habe ich so ein hübsches Lokal mit bunten Sonnenschirmen entdeckt, da will ich unbedingt mal hin.«

»Gute Idee, Tine.« Angie warf einen Blick auf ihren Therapieplan. Sie hatte Zeit, also machten wir uns auf den Weg. Genüsslich zündete ich mir auf der Terrasse mit Seeblick einen Zigarillo an. Angie runzelte angewidert die Stirn und versuchte, mich mit kleinen spitzen Bemerkungen von meinem Vorhaben abzubringen. Auf dem Ohr bin ich jedoch taub.

Leider reichte die Zeit nicht für einen ausgiebigen Plausch. Ich hatte ja meinen ersten Psychotermin. Iris hatte noch versucht, mir ein paar Tipps mitzugeben, wie ich mich am besten verhalten sollte. Sie war echt sauer über die Ungerechtigkeit, dass ich wöchentlich zwei Termine bei ihm bekommen hatte und sie nur einen pro Woche bei der Psychologin.

Bewusst ruhig atmend machte ich mich auf in Richtung Sprechzimmer. Am Energiewasserbrunnen legte ich einen Zwischenstopp ein und genehmigte mir ein Glas von dem gesundheitsförderlich drehenden Wasser. Mein Herz schlug bis zum Hals, was sollte ich ihm erzählen?

»Frau Landgraf? Kommen Sie bitte herein.« PP hielt die Tür weit auf und ließ mich in einem bequemen Ledersessel Platz nehmen. Selbst setzte er sich schräg gegenüber von mir, bot mir Wasser an und gab mir mit einem Kopfnicken zu verstehen, dass ich die Tempotücher auf dem

Abstelltischchen ruhig benutzen dürfte. Natürlich nur bei Bedarf.

Er saß eine gefühlte Ewigkeit schweigend da, bevor er den Mund aufmachte. Er hatte strahlend weiße, ebenmäßige Zähne. Mit warmer Stimme begann er endlich das Gespräch.

»Wie ich sehe, haben wir zwei Termine pro Woche. Frau Landgraf, mit welchem Anliegen sind Sie zu mir gekommen? Was möchten Sie bearbeiten oder auch verändern?« Abwartend lehnte er sich zurück, lächelte aufmunternd. Ein Notizblock lag auf seinen Knien.

So lässig, so gutaussehend und so gar nicht psychomäßig hatte ich ihn mir nicht vorgestellt. Kein weißer Kittel, keine Bügelfalten, sondern verwaschene Jeans und ein weißes T-Shirt, dessen Ärmel dort aufhörten, wo sein Bizeps sich abzeichnete. Jetzt konnte ich Iris verstehen.

Sein Blick ließ mich nicht los und ich wusste wirklich nicht, wo ich anfangen sollte.

»Also, es ist so ...« Ich schluckte, bevor ich weitersprechen konnte. »Ich habe schon lange das Gefühl, dass mein innerer Akku leer ist. Absolut leer.«

»Woran merken Sie das? Gibt es einen Moment, einen Auslöser, wo Ihnen das richtig bewusst geworden ist?«

Ich gestand ihm meinen Ausraster im Büro und erzählte, dass ich mich überhaupt nicht mehr richtig freuen kann. Ich erzählte ihm auch von Markus, dass ich ihn eigentlich liebe, aber keine Lust mehr habe, mit ihm zu schlafen. Die Art, wie PP fragte und mich dabei anschaute, entlockte mir Geständnisse, die ich noch nie preisgegeben hatte.

Als unsere Zeit um war, gab er mir eine Hausaufgabe mit auf den Weg. Ich sollte ein Glückstagebuch anlegen und jeden Abend mindestens drei Dinge oder Situationen aufschreiben, die schön waren an diesem Tag. Auch Kleinigkeiten, die man normalerweise nicht für erwähnenswert hält. Aus seinem Schreibtisch holte er einen Karton mit Heften, die mich an meine Schulzeit erinnerten. Diese Hefte waren im Gegensatz zu der damaligen Zeit in schönen kräftigen Farben und mit einem Schriftaufdruck versehen.

»Dann suchen Sie sich mal Ihr persönliches Glückstagebuch aus.« Mit seinen strahlend weißen Zähnen lächelte er mich an, als er mir den Karton hinhielt. Ich stöberte, las die Zitate und entschied mich für eins in Himmelblau mit dem Aufdruck: ‚Gedanken sind der Anfang von Taten'.

»Danke Herr Doktor ... Jetzt fällt mir Ihr Name gar nicht ein, alle sagen nur Psycho ...« Stammelnd brach ich den Satz ab und merkte deutlich, wie sich eine zarte Röte über mein Gesicht ausbreitete.

»Mosbach heiße ich, Philip Mosbach.« Grinsend gab er mir die Hand und fügte hinzu: »Sie dürfen mich aber auch einfach Phil nennen. Einen Doktortitel habe ich nicht. Ich weiß, dass ich allgemein unter PP bekannt bin.«

»Ich kann Sie aber nur mit Vornamen anreden, wenn Sie mich dann auch Tine nennen.«

»Okay Tine. Das ‚Sie' behalten wir aber bei. Dann bis nächste Woche, genießen Sie das Wochenende, und falls Ihnen danach sein sollte etwas Verrücktes zu tun, dann tun Sie es einfach. Und wenn Sie dann auch noch Spaß dabei hatten, können Sie das abends in Ihr Heft schreiben. Bringen Sie es am Dienstag bitte wieder mit.«

»Ja Phil, das werde ich machen. Ihnen auch ein schönes Wochenende.«

Seinen Händedruck spürte ich noch, als ich hinausschwebte. Mein Heft drückte ich an mich, ich fühlte mich richtig beschwingt. So hatte ich mir die Therapiestunde wirklich nicht vorgestellt. Das musste ich erstmal alles auf mich wirken lassen. Ich schnappte mir meine Stöcke und drehte eine Runde um den See, bevor ich wieder zum Essen musste.

Das Wetter war so heiter wie meine Stimmung und beim Laufen entdeckte ich die Seerosen, die Spiegelung der kleinen weißen Kirche und in dem Wäldchen sah ich Holzskulpturen, die direkt aus einem Baumstamm geschnitzt waren. Lauter Kleinigkeiten, die ich abends in mein Heft eintragen würde. Jetzt war ich mir sicher, dass diese Kur mir guttun würde.

Meine Laufapp war begeistert von meinem Tempo. Die männliche Stimme lobte mich und feuerte mich an. Ich ließ mich mitreißen und trabte schneller. Auf halber Strecke kam mir Christian von Dorschweiler locker lächelnd und laufend entgegen. Schon von Weitem erkannte ich ihn. Diesmal war er ohne seinen weiblichen Fanclub unterwegs, ein völlig ungewohntes Bild. Er zögerte einen Moment, ob er auf ein Schwätzchen stehen bleiben sollte, erkannte aber rechtzeitig, dass ich im Augenblick keine Unterbrechung wünschte.

Die Sonne brannte immer noch gnadenlos. Für abends waren Gewitter angesagt, die ersten Wolken waren schon zu sehen. Schnaufend lief ich Richtung Sanatorium, verlangsamte mein Tempo auf den letzten Metern. Vor dem ‚Enzian' stand der südländisch wirkende Gastwirt, schaute prüfend gen Himmel und grüßte charmant. Er wollte mich zu einem Besuch in seinem Lokal animieren.

»Ja, mal sehen, ich bin noch ein paar Tage länger da«, rief ich im Vorbeilaufen. Das Lokal sah nett aus, gutbürgerlich. Der Name ‚Enzian' klang für mich nach bayrischer Urgemütlichkeit. Der Inhaber passte von der Optik nicht so recht in dieses Bild. Er sah aus wie eine Mischung aus Latin Lover und einem Märchenerzähler auf einem fliegenden Teppich. Ich nahm mir vor, in den nächsten Tagen das Lokal zu besuchen.

Beim Essen erzählten meine Tischnachbarn von ihren Unternehmungen und Anwendungen. Toni hatte wieder mal eine rekordverdächtige Tour unternommen. Nach dem Essen plante er, sich noch im See auszutoben, bevor er mit seinen Mädels, wie er uns nannte, zum Campingplatz gehen wollte. Der Mann war wirklich nicht zu bremsen. Da die anderen auch zugesagt hatten, schloss ich mich ihnen an.

* * *

»Du scheinst dich ja gut zu amüsieren dort. Hattest du denn schon deine Psychotherapie?«, wollte Markus wissen. Aufmerksam hörte er mir zu.

Ich erzählte ihm ein wenig davon und merkte, wie ich im Laufe des Gesprächs immer wortkarger wurde. Meine euphorische Stimmung von vorhin verschwand nach und nach. Markus hatte neuerdings so eine seltsame Art, mich immer wieder klein zu machen und mich unzureichend zu fühlen. Als ich zu allem Überfluss Moppel im Hintergrund winseln hörte, war es mit meiner Fassung vorbei. Mir stiegen Tränen in die Augen und ich fing an zu schniefen.

»Ach, meine Tine, es wird schon werden«, versuchte Markus mich nun zu trösten. Jetzt konnte er wieder den großen Beschützer, den Gutmeiner spielen. »Vielleicht lässt es sich einrichten, dass ich dich in der Kur besuchen kommen kann. Hm, was hältst du davon?« Er wartete einen Moment, und als er mich nur schniefen hörte, füge er hinzu: »Ich werde mal zusehen, dass ich mich freimachen kann für dich. Ich habe den Campingplatz, von dem du erzählt hast, schon mal gegoogelt. Sieht sehr gut aus. Dann komme ich mit Moppel für ein verlängertes Wochenende. Wir kriegen das schon hin.«

Als er auflegte, heulte ich erstmal eine Runde. Meine schöne, entspannte Stimmung war verflogen und ich hatte überhaupt keine Lust mehr, mit den anderen noch irgendwo hinzugehen. Am liebsten hätte ich mich auf meinem Zimmer verbarrikadiert. Als Angie mich abholen wollte und meine verweinten Augen sah, schlug sie Plan B vor.

»Weißt du was, Tine? Wir gehen später zum Campingplatz, die Jodler treten sowieso jede Woche dort auf. Lass uns einen Cocktail trinken gehen. Hm, was meinst du?«

In mein Taschentuch schnäuzend nuschelte ich etwas Unverständliches. Angie hatte das wohl als Zustimmung aufgefasst. Ihrer zupackenden und bodenständigen Art konnte ich mich nicht entziehen.

»Mach du dich erstmal frisch, zieh dir was Hübsches an, schmink dich ein bisschen. Ich gehe noch mal kurz auf mein Zimmer und hole etwas aus meinen Vorräten.«

Mit einer Flasche Prosecco und zwei Sektgläsern kam sie zurück. Angie hatte Stil, das hatte ich auf den ersten Blick erkannt. Pappbecher waren unter ihrem Niveau.

Mit Bedauern stellte ich fest, dass mein Kleiderschrank nicht viel hergab. Schon gar nicht

›was Hübsches‹. Ich griff zu meinem Jeansrock, der bereits in die Jahre gekommen war. Für mich aber ein Basic-Teil, zeitlos und mit allem kombinierbar. Dazu fischte ich ein schwarzes schlichtes T-Shirt aus dem Stapel und zog meine besten Schuhe für die Kur an. Ein Paar schwarze Ballerina mit einer schönen Spange. Flach und bequem.

Angie musterte mich und stellte trocken fest: »Wann warst du denn das letzte Mal shoppen? Also, ich finde, daran sollten wir arbeiten. Willst du morgen nach Füssen fahren? Wenn du magst, begleite ich dich.«

»Ach Angie, das ist wirklich lieb gemeint von dir. Aber ich weiß nicht. Ich glaube, ich möchte erstmal allein losgehen.«

»Ist auch gut. Vielleicht treffen wir uns ja zufällig dort in einem Café und gehen dann gemeinsam noch etwas bummeln.«

Sie schien kein bisschen beleidigt zu sein, weil ich allein gehen wollte. Mir fiel ein Stein vom Herzen. Ich mag es nicht, jemanden zu enttäuschen oder etwas abzusagen.

»Zum Wohl, Tine! Auf einen tollen Kurerfolg!« Sie hob ihr Glas, schaute mir in die

Augen und prostete mir zu. Ich befolgte Angies Rat, legte Lipgloss auf und tuschte mir kräftig die Wimpern.

***

Die Schwüle des Sommerabends war nicht auszuhalten. Wir gingen nach nebenan zu dem sympathischen Gastwirt und suchten uns einen kühlen Platz im ‚Enzian'. Es war nichts los. Das Nachtleben fing wohl erst später an, in diesem noblen, aber beschaulichen Kurort. Im Hintergrund lief der Song ‚Supergirl', als der Wirt sich charmant uns zuwandte und uns singend begrüßte.

»*She's a Supergirl, Supergirl.* Grüß Gott, da sind ja die Supergirls.« Er zwinkerte erst Angie und dann tatsächlich auch mir zu. Wie ein Supergirl fühlte ich mich allerdings überhaupt nicht. Eher wie ein graues Mäuschen. Der Wirt brachte uns die Karte und wies auf seine selbst kreierten Cocktails hin.

»Was meinst du, sollten wir mal einen ‚Rose Kisses' versuchen?« Verschämt studierte ich die Namen der Cocktails und deren Ingredienzien. Es wurde weder am Alkohol noch an vielversprechenden Namen der Getränke gespart.

»Rose Kisses, das hört sich nach Versuchung an. Klingt gut. Damit lass uns heute anfangen.«

Wir hatten die Bestellung noch nicht aufgegeben, als der Wirt schon mit den Cocktails auftauchte.

»Rose Kisses für die Ladys. Der hier geht aufs Haus, meine Damen. Zum Wohl.« Wir schauten in die Karte, um herauszufinden, was so alles drin war. Dieser Cocktail konnte uns nichts anhaben. Es war nur Prosecco mit Rosensirup und gezuckerten Rosenblütenblättern.

»Schau mal hier, Tine.« Angie tippte mit dem Finger auf ‚Erotic Eric'. »Den müssen wir unbedingt probieren. Wie er wohl auf den Namen gekommen ist? Soll ich ihn mal fragen?«

Der Alkohol tat bei mir schon seine Wirkung. Normalerweise trinke ich keine Cocktails. Vielleicht lag es aber auch an der drückenden Luft oder an meinem Ärger über Markus. Ich stimmte zu und Angie bestellte ›Erotic Eric‹. Der Wirt beobachtete uns interessiert aus seiner Ecke. Als Angie nach der Herkunft des Namens fragte, gab er bereitwillig Auskunft.

»Es war vor genau fünf Jahren, an einem Tag wie diesem. Es war heiß, Gewitterwolken zogen auf. Da kam eine Lady an die Bar, sie war der einzige Gast. Sie wirkte zerknirscht und bestellte einen Cocktail. Die Auswahl der Zutaten überließ sie mir. Ein bisschen süß und mit einer bitteren Note sollte es sein. Ruhig stark, seufzte sie und trocknete sich eine Träne. Ich merkte gleich, dass sie Kummer hatte.«

Als er das sagte, schaute er mich etwas merkwürdig an. Ich vertiefte mich in mein Glas und nippte vorsichtig an dem Getränk.

»Hui, da ist aber ziemlich viel Alkohol drin. Lecker!«

»Genau das sagte die Lady auch und bestellte noch einen. Dabei erzählte sie mir von sich und von dem, was sie bedrückte. Es war nachmittags um fünf und sie trank in einer Stunde fünf Cocktails.«

»Upps, das werden wir wohl nicht schaffen«, bemerkte Angie kichernd. »Und, wie ging's dann weiter? Ihr Name ist nicht zufällig Eric?«

»Na ja, die Dame rutschte von ihrem Barhocker, richtete sich kerzengerade auf, schniefte noch einmal richtig laut und fragte mich dann, so wie Sie jetzt auch, nach meinem Namen. Ich heiße tatsächlich Eric. Die Dame, der man den Alkohol kaum anmerkte, umarmte mich und flüsterte mir ins Ohr ...«. Er senkte die Stimme und wir lauschten mit glänzenden Augen. Inzwischen stand ein weiterer Cocktail vor uns.

»Also, sie flüsterte mir ins Ohr, dass ich sie erotisieren würde. Daraufhin schloss ich mein Lokal für diesen Abend und setzte den Cocktail als ‚Erotic Eric' auf meine Karte.«

Erics Blick war für einen Moment weit weg. Die Lady hatte einen bleibenden Eindruck hinterlassen. Wir konnten ihm ansehen, dass die Erinnerung an diese Begegnung wieder lebendig wurde.

Als Angie kurz verschwand, kam Eric zu mir, schaute mich wieder so komisch an und fragte: »Und was ist mir dir, Supergirl?« Wir waren inzwischen zum Du übergegangen.

Die Tränen liefen mir nur so übers Gesicht, es war mir so peinlich, trotzdem fing ich an zu reden. »Ich habe das Gefühl, dass ich eine unsichtbare, graue Maus bin. Und auch so klein. Mein Freund Markus, der sagt auch immer Mäuschen zu mir und traut mir überhaupt nichts zu.« Wieder fing ich an zu schluchzen. »Ich fühle mich überhaupt nicht wie ein Supergirl, ich fühle mich noch nicht einmal als Frau.«

»Ich gehe schon vor zum Campingplatz. Du kannst ja nachkommen.« Angie merkte sofort, was los war. Sie meinte, ich sollte mich ruhig ausheulen und noch einen Cocktail trinken.

Eric holte eine Packung Taschentücher, selbst die waren mit Rosenduft. Er schüttelte den Kopf, hob die Augenbrauen und betrachtete mich eingehend von oben bis unten.

»Wenn ich dir mal eins sagen darf, Mädchen ...« Er war so süß, wie er da zu mir *Mädchen* sagte, obwohl ich kurz vor meinem fünfzigsten Geburtstag stand und er wahrscheinlich sogar noch jünger war als ich.

»Also Mädchen, du hast wunderschöne grüne Augen und einen so sinnlichen Mund, den ich am liebsten sofort küssen möchte. Außerdem sind deine Füße und deine Beine super sexy. Damit kannst du jeden Mann verrückt machen.« Eric war nicht mehr zu bremsen. »Tine, lass dich nie wieder ‚Mäuschen' nennen, geh aus und mach die Dinge, die du schon immer einmal tun wolltest. Und wenn du vor irgendetwas Angst hast, dann tu genau das. Streck deiner Angst die Zunge raus. Mach verrückte Sachen und genieße sie. Und kauf dir was Schönes zum Anziehen, es darf ruhig ein bisschen sexy sein. Das passt zu dir.«

Plötzlich nahm er mich in den Arm und drückte zärtlich seine Lippen auf meinen Mund. Zum Glück ließ er mich sofort wieder los. Er zwinkerte mir zu und verabschiedete mich mit den Worten: »Tine, ich freue mich, dich wiederzusehen. Bin gespannt, wie du dann aussiehst.«

Mir war schwindelig. Auf Jodler am Campingplatz stand mir nicht mehr der Sinn, ich schlenderte angeschwipst zu unserem hauseigenen Badestrand, legte mich auf eine der Liegen und schlief prompt wieder ein.

Eine Windböe weckte mich. In der Ferne zuckten Blitze, leiser Donner war zu hören, er kam immer näher. Schnell packte ich meine Sachen und beeilte mich, ins Haus zu kommen. Vor Gewittern habe ich großen Respekt.

Obwohl es noch nicht spät war, fühlte ich mich völlig geschafft und verkroch mich unter meine Bettdecke. Die Jalousien ließ ich herunter und sperrte damit das Gewitter aus. Dann schlug ich mein himmelblaues Glücksheft auf. Welche drei Sachen sollte ich eintragen? Ich fing mit den Seerosen an und endete mit Rose Kisses. Dazwischen fielen mir immer neue Kleinigkeiten ein, die mir ein Lächeln ins Gesicht gezaubert hatten. Mit nur drei Begebenheiten kam ich bei Weitem nicht hin. Mein Krimi hatte heute keine Chance mehr bei mir.

Augen auf beim Dirndl-Kauf

Das Gewitter hatte sich über Nacht ausgetobt und war Gesprächsthema Nummer eins am Frühstückstisch. Der Blitz hatte auf dem Campingplatz eingeschlagen und die Oktoberfeststimmung im wahrsten Sinne des Wortes blitzartig beendet. Angie erzählte von dem Abend in allen Einzelheiten. Das halbe Kurhaus musste sich wohl dort vergnügt haben.

Anschließend berichtete sie von Christian, dessen Namen sie betont amerikanisch, ›Christschän‹ aussprach, und seiner weiblichen Gefolgschaft. Alle fünf Tischmädels waren ununterbrochen an seiner Seite gewesen und der Kreis der Verehrerinnen schien sich ständig zu erweitern.

»Ich habe mal mitgezählt«, flüsterte Angie hinter vorgehaltener Hand, »Christschän hatte sage und schreibe neun Frauen um sich. Toni hat dann für männliche Verstärkung gesorgt. Er kam aber nicht wirklich zu Wort. Alle lauschten Christschän. Wir saßen direkt nebenan am Tisch und konnten jedes Wort genau mitbekommen. Christschän ist nicht nur Porschefahrer und ein ›von und zu‹. Nein, er ist auch noch passionierter Gleitschirmflieger. Seine komplette Ausrüstung hat er dabei und es gibt für ihn nichts Schöneres, als sich vom Tegelberg zu stürzen.«

»Wahnsinn!« Insgeheim bewunderte ich Menschen, die den Mut hatten, solche Dinge zu tun. Ich würde mich das niemals trauen.

»Tine, wieso bist du eigentlich gestern Abend nicht mehr gekommen? Hat Eric dich etwa mit Cocktails verführt?« Ich konnte Angie genau ansehen, was sie dachte. Der Schalk saß ihr im Nacken. Sie hatte wirklich einen etwas speziellen Humor.

»Na hör mal! Ich hatte die zwei Cocktails schon ganz schön gemerkt und war dann so müde, dass ich früh schlafen gegangen bin. Dafür bin ich jetzt aber richtig fit und ausgeschlafen. Punkt sechs bin ich wach geworden und hatte auf meinen Heusack gewartet. Ich wusste ja nicht, dass es den am Wochenende nicht gibt. Mir hat richtig was gefehlt.«

Sofort mischte Toni sich ein. »Liebe Tine, ich würde dir den Sack am Wochenende gern persönlich ins Bett legen.« Na, das war ja ein tolles Angebot. Darauf hatte ich gerade noch gewartet, dankend lehnte ich ab.

»Kraxel du man lieber auf die Berge und sammel das Heu für den Sack«, warf Frieda ein, die sich sonst vornehm zurückhielt.

Am Nachbartisch wurde wieder laut gekichert. Es verstummte, als sich herausstellte, dass Nelly bei Chris mitfahren durfte, um den Gleitschirmfliegern zuschauen, wie sie in der Luft schwebten. Heute hatte sie das große Los gezogen, sie war sein Einzeldate des Tages. Emsig schmierte sie Stullen für unterwegs und organisierte noch etwas Obst. Hoch erhobenen Hauptes, mit gekonntem Hüftschwung ihres ansehnlichen Hinterteils, verließ sie als Erste die Runde, sie musste sich noch umziehen. Ihr triumphierendes Lächeln strahlte durch den ganzen Frühstücksraum. Am Nebentisch wurde es leise.

Ich gönnte mir noch einen Kaffee und plante in Gedanken mein Wochenende. Für das Mittagessen hatte ich mich bereits abgemeldet.

Die Luft war angenehm klar und frisch, das Gewitter hatte die Luft gereinigt. Ich fühlte mich ähnlich aufgeräumt, hatte meine Scheckkarte eingesteckt und fuhr mit dem festen Vorsatz in die Stadt, mir etwas zu gönnen. Gespart hatte ich genug und ich hatte absolut keine Lust mehr, alles in unseren ollen Bulli zu stecken.

Ich schlenderte die Einkaufsstraße entlang und war überrascht, wie viele Touristen unterwegs waren. Es gab auch hier all die Läden, die man in jeder größeren Stadt findet. Doch dann entdeckte ich ein Fachgeschäft für Trachtenmode. Die ausgestellten Dirndl und Lederhosen gab es in den wildesten Varianten.

Das Geschäft lockte mich förmlich an. Schüchtern betrat ich den Laden und schaute mich um. Die Vielfalt war unglaublich, dort hingen kurze, lange und mittellange Dirndl in allen Farben. Es gab kleine Blüschen mit Puffärmeln, etwas weiter ausgeschnitten oder zum Raffen am Dekolleté. Mit der Hand strich über die Stoffe. Albern fand ich diese Kleidung. Aber hier passte es hin und ich hatte noch die Worte im Ohr, mal etwas Verrücktes zu tun.

»Möchten's des mal anprobieren?« Eine freundliche Verkäuferin zog unterschiedliche Kleider vom Ständer und hielt sie mir hin. »Probierens dös mal, i denk, des könnt Ihnen gut stehen.«

»Meinen Sie wirklich, dass ich so etwas tragen kann? Für so ein Dekolleté habe ich nicht die nötige Oberweite.« Betreten schaute ich an mir herunter, mir kamen schon wieder Zweifel. Die Verkäuferin zerstreute sie sofort und klärte mich darüber auf, dass das wichtigste Kleidungsstück bei einem Dirndl der passende BH sei. Sie verschwand und kam dann mit verschiedenen Push-up-BHs zurück.

»Größe 80 B? Oder A-Körbchen? Probierens die mal an.« Geschickt bugsierte sie mich in eine geräumige Kabine und hängte mir die ausgewählten Kleidungstücke hinein. Nur mit BH und Höschen bekleidet stand ich in der Kabine, als die Verkäuferin ihren Kopf durch den Vorhang steckte. Es war mir so peinlich, mein Slip war einfach nur praktisch, aber nicht schön und der BH, aus dem ich mich schälte, war vor langer Zeit einmal weiß gewesen, hatte aber nun einen gespenstischen Graustich. Es wurde allerhöchste Zeit auch für neue Unterwäsche.

Als ich mich in einem weißen Dirndl-BH im Spiegel sah, war ich angenehm überrascht. Mein Dekolleté konnte sich durchaus sehen lassen. Schnell war ich davon überzeugt, dass ich ein Dirndl tragen kann. Die Verkäuferin stimmte mir zu und reichte mir immer neue Teile durch den Vorhang. Ein Dirndl aus einem türkisfarbenen, glänzendem Stoff mit pinkfarbener Schürze hatte es mir besonders angetan.

»Des müssen's nehme, des ist Ihnen wie auf den Leib geschneidert.« Die Verkäuferin hatte recht. Ich sah völlig verändert aus. Diese Mode ist wirklich sehr weiblich, in meiner Phantasie näherte ich mich dem Supergirl an und traute mich aus der Kabine. Von allen Seiten betrachtete ich mich. Das Kleid saß tadellos, der Rock reichte bis zur Wade. Nur meine Outdoorsandalen passten nicht dazu.

»Haben Sie auch Schuhe, die man dazu anziehen kann?« Kaum hatte ich die Frage ausgesprochen, sah ich ein paar richtig tolle geschnürte Stiefeletten aus knautschig weichem Leder. Sie hatten einen kleinen Absatz von circa fünf Zentimetern, und sie waren in meiner Größe vorrätig. Ich schlüpfte hinein, drehte mich um die eigene Achse und war restlos begeistert. Der Preis des Ganzen dämpfte meine Begeisterung etwas. Aber ich wollte endlich einmal über die Stränge schlagen und meine Finanzen sahen gut aus. Markus musste ich ja nicht auf die Nase binden, wie teuer die Sachen waren. Die nette Verkäuferin bot mir einen Kaffee an und zeigte auf die Sektflaschen im Kühlschrank, auf dem die Hüte mit Gamsbärten oder für die Frauen mit Federn dekoriert waren.

»Ja, einen Sekt mag ich jetzt gerne.« Mit jedem Schlückchen wurde ich ein bisschen leichtsinniger. Ich nahm ein Hütchen und probierte es auf, es saß perfekt. Aber ... Mit den roten Haaren harmonierten die Farben der Modelle leider nicht. Dann entdeckte ich noch den Halsschmuck, diese breiten Halsbänder mit einem Edelweiß oder so was in der Art daran. Die Verkäuferin belehrte mich, dass man diese Bänder als Kropfbänder bezeichnet. Der Name gefiel mir zwar nicht, aber so ein Band gab dem Ganzen den letzten Schliff. Ich musste es haben.

Die Einkaufstüten konnte ich in dem Laden deponieren, solange ich den Ort erkunden wollte. Ich schüttelte innerlich den Kopf über mich, war aber überzeugt, genau das Richtige gefunden zu haben. Ich schaute in kleine Trödelläden, entdeckte einen Friseur und ließ mir kurzentschlossen einen Termin für die nächste Woche geben. Wenn schon Veränderung, dann auch richtig. Meine roten Haare waren ja nicht immer rot gewesen. Ich war früher blond, dunkelblond. Ein neuer Haarschnitt und eine neue Farbe waren angesagt, zumal die letzte Hennabehandlung eine ganze Weile zurücklag und der nachgewachsene Ansatz nicht mehr zu übersehen war. Auf dem Weg zurück in die Fußgängerzone kam ich an einem Strumpf- und Dessousgeschäft vorbei. Ob es wohl auch besonders schöne Wäsche für unterm Dirndl gab?

»Tine, was machst du denn hier?« Träumend stand ich vor dem Schaufenster und betrachtete ein Paar halterlose Strümpfe. Ich hatte Iris nicht bemerkt. »Komm mit, lass uns mal hineingehen, das sieht doch schick aus.«

Schon öffnete Iris die Tür und ich folgte brav. *Markus hätte bestimmt nichts dagegen, wenn ich mir diese Strümpfe kaufen würde*, schoss es mir durch den Kopf. Na, der wird sich wundern. Sein Mäuschen sollte er nicht wiedererkennen. Ich überlegte nicht lange und kaufte ein Paar unauffällige schwarze Strümpfe. Der einzige Schmuck daran war eine breite Spitze.

»Iris, ich muss jetzt erstmal irgendwo was essen. Ich sterbe vor Hunger. Kommst du mit?«

»Wir könnten in die Markthalle gehen. Da gibt es alles, was das Herz begehrt. Und wir können sogar draußen sitzen.«

»Ist mir recht.«

Iris kannte sich aus. Geschickt lotste sie mich durch die kleinen Gassen, weg von den Massen. Ich war froh, dass ich meine bequemen Sandalen trug, erschöpft ließen wir uns auf die letzten freien Plätze fallen. Iris plauderte wie immer munter drauflos, heute störte es mich allerdings überhaupt nicht. Ich fand sie sogar recht nett und bemerkte ihre tatsächlich wunderschönen blauen Augen.

»Sag mal Iris, wer ist eigentlich der Lockenkopf, der mit uns angekommen ist und bei der Begrüßung dabei war? Ihr zwei seid ja ziemlich oft zusammen unterwegs.«

»Ach, du meinst den Niko, also richtig heißt er natürlich Nikolas. Den habe ich hier im letzten Jahr schon einmal getroffen, als ich zu einer Präventionswoche im Kurhotel war. Der ist wahnsinnig witzig und er kann so charmant sein.« Iris strahlte mich an. Ich hatte das komische Gefühl, dass sie in den Typ verliebt sein könnte.

»Heute Abend wollen wir zusammen in den Irish Pub gehen. Komm doch mit, dann kannst du Niko und seinen mitreißenden Humor kennenlernen. Ich verspreche dir, du kommst aus dem Lachen nicht mehr heraus.«

»Mal sehen. Bei diesem schönen Wetter habe ich eigentlich keine Lust in einer dunklen Kneipe zu sitzen und mir den ganzen Abend Witze anzuhören. Ich glaube, Niko hat einen etwas anderen Humor als ich.« Am liebsten hätte ich Iris gesagt, dass ich mit seinem platten Humor nichts anfangen kann. Erstaunt stellte ich fest, dass ich nicht sofort zugesagt hatte, wie ich das sonst gern tue.

Iris kicherte, während sie in ihrem Latte rührte. »Vielleicht kann ich ihn ja noch dazu überreden, nachts mit mir im See schwimmen zu gehen.« Sie beugte sich zu mir herüber und flüsterte mir ins Ohr: »Nackt!«

»Also Iris!« Meine Entrüstung war nicht gespielt. »So genau will ich das gar nicht wissen. Der ist doch bestimmt verheiratet, oder?«

»Na und?«

»Hast du denn keine Skrupel, dich mit einem verheirateten Mann einzulassen?« Ungläubig, aber auch fasziniert starrte ich auf ihre rot lackierten Fingernägel und sagte dann mehr zu mir selbst: »Das könnte ich nicht. Niemals würde ich ein Verhältnis mit einem Mann anfangen, der bereits vergeben ist.«

Anscheinend nahm Iris die Sache mit der Treue nicht so wichtig. Abrupt legte sie den Löffel aus der Hand und schaute mich nachdenklich an. Ob sie jetzt versuchen würde, mich davon zu überzeugen, dass die lebenslange Treue absoluter Blödsinn ist und ein Wunschmodell von selbsternannten Moralaposteln?

»Ewige Treue?! Wenn ich das schon höre. Im richtigen Leben kommt das so gut wie nie vor. Außerdem vergibt man sich dadurch so viele schöne Gelegenheiten, wunderbare

Glücksmomente. Man verzichtet auf Streicheleinheiten und Küsse und hat wesentlich weniger Spaß. Wir alle brauchen Aufmerksamkeit, Zärtlichkeit und Berührung. Nicht nur mit Geist und Seele. Der Körper will doch auch sein Recht. Mein Kurerfolg soll wirklich ganzheitlich sein, für mich gehört das zur Therapie. Ich liebe Männer und ich liebe es, einen Mann mit Haut und Haar zu spüren und mich ihm hinzugeben.« Iris ereiferte sich und verklickerte mir ihr Weltbild. Sie war gut drauf. Vor ein paar Tagen hatte sie mir noch erzählt, dass sie immer Pech mit Männern hat. Das war anscheinend Geschwätz von gestern. Iris endete mit der Feststellung, dass eine Kur sowieso eine besondere Zeit sei. Eine Art Ausnahmezustand, begrenzt auf drei oder vier Wochen.

»Danach ist alles wieder beim Alten. Du kehrst zurück in deinen Alltag, in deinen Job, dein Leben, zu deinem Mann. Oder deiner Frau. Und wenn du klug bist, erzählst du ihm nichts von deinem Flirt oder was immer da gewesen sein mag. Aber du selbst, du kannst lange davon zehren und dich auf die nächste Kur freuen.« Sie senkte wieder die Stimme. »Und wenn's ne echt heiße und innige Sache wird, dann finden sich immer Möglichkeiten, sich gelegentlich zu treffen.«

Ich muss sie wohl ziemlich ungläubig angesehen haben.

»Du willst mir doch nicht weismachen, dass du wirklich so ein unschuldiges Schäfchen bist, das noch niemals fremdgegangen ist? Oder zumindest mal in der Rolle der Geliebten war?« Mit großen Augen schaute sie mich an.

Meine Güte! Mit dieser Frage hatte Iris etwas angestellt. Mir fiel eine längst verjährte Geschichte wieder ein. Es gab tatsächlich einmal einen Mann in meinem Leben, in den ich mich unsterblich verliebt hatte. Wir waren beide verheiratet und konnten nicht voneinander lassen. Wenn die Kinder nicht gewesen wären, hätte ich mich von meinem Mann getrennt. Doch ich entschied mich für die Familie. Wenige Monate später eröffnete mir mein Mann, dass er sich scheiden lassen will. Er hätte sich in eine andere Frau verliebt. Kurze Zeit später traf ich Markus, der sich rührend um mich und die Kinder kümmerte.

»Hey Tine, aufwachen!« Iris holte mich in die Wirklichkeit zurück. »Ich bin sicher, du hast auch schon so etwas erlebt. So wie du gerade geguckt hast.«

»So? Wie habe ich denn geguckt?« Mein Versuch, mir nichts anmerken zu lassen, scheiterte kläglich. Iris war nicht so ein blondes Dummchen, wie ich gedacht hatte. Sie schien über gute Menschenkenntnis zu verfügen und war bodenständiger, als es den Anschein hatte.

Iris kramte in ihrer Handtasche, holte den Lippenstift hervor und legte frische Farbe auf. »Ich habe noch eine Verabredung, ich muss los. Vielleicht überlegst du es dir ja noch und kommst heute Abend mit in den Pub.« Ihren hochgerutschten Rock zurechtzupfend stand sie auf und stolzierte mit keckem Hüftschwung davon.

Das Gespräch hatte mich aufgewühlt und der Spruch auf meinem Glückstagebuch ›Gedanken sind der Anfang von Taten‹ ließ mich nicht los. Ich hing meinen Gedanken nach, als ich durch Füssen schlenderte und suchte mir eine Bank mit Blick auf den Lech, der sich in einem milchigen Blaugrün durch die Landschaft schlängelte.

Auf dem Rückweg, als ich meine Einkaufstüten mit dem Dirndl abholte, entdeckte ich wieder ein witziges, heißes Teil. Das musste ich unbedingt noch haben. Es war ein Handytäschchen als Strumpfband, aus kariertem Baumwollstoff. Die nette Verkäuferin legte es als kleine Aufmerksamkeit des Hauses in meine Tüte und steckte die Visitenkarte eines Geschäftes dazu, das sich spezialisiert hatte auf besonders reizvolle Wäsche unterm Dirndl.

»Fahren's mal nach Kempten und schauen's sich da mal um.«

Mein Bedarf an neuen Klamotten war für heute gedeckt. Selbst neue Badelatschen hatte ich erstanden. Mit Fußbett, in knalligem Pink. Die wollte ich nachher einweihen, bei einer Runde in meinem geliebten Schwimmbad.

Nach meiner Rückkehr setzte ich das sofort in die Tat um. Das Schwimmbad gehörte mir allein. Mit den Massagedüsen verwöhnte ich meine verspannten Schultern und meinen Nacken solange, bis Niko auftauchte und über meine neuen Badeschuhe stolperte.

»Hoppla Niko, diese knallige Farbe kann man ja nun wirklich nicht übersehen!« Ich musste laut lachen.

***

Ich überlegte, wann ich meine Neuerwerbung, mein Dirndl, anziehen sollte. Auf meinem Zimmer hatte ich mich schon ein paarmal vor dem Spiegel darin bewundert. Aber ich traute ich mich noch nicht, damit vor die Tür zu gehen. Angie war hellauf begeistert, als ich sie einlud, meine Schätzchen zu begutachten.

»Umwerfend, ich sage nur umwerfend«, war ihr Kommentar. Sie umrundete mich, begutachtete mich von allen Seiten und konnte es nicht fassen, welch eine Veränderung mit mir passierte, sobald ich in dem Kleid steckte.

Selbst merkte ich es natürlich auch. Sobald ich den Dirndl-BH anzog, schlüpfte ich in eine andere Rolle. Meine Schultern strafften sich, mein Blick wurde klarer, ich ging aufrechter. Das Lächeln kam wie von allein. Ich gefiel mir darin, fand mich total weiblich, sogar ein wenig verführerisch.

»Ich muss dir mal was zeigen.« Angie schaute gespannt, als ich vor ihr stand, den Saum hochschob und ihr meine Strümpfe zeigte. Die Halterlosen.

»Was ist das denn? Ne, nicht? Wo gibt's denn so etwas?« Sie stand mit offenem Mund vor mir und zeigte auf mein exklusives Strumpfband mit Handytasche im Trachtenlook.

Sofort rief sie mich an. Es vibrierte und klingelte an meinem Oberschenkel.

»Soll ich es noch länger klingeln lassen?«, fragte Angie übermütig. »So ein Teil muss ich auch haben und stell dir mal vor, wenn ich dann …«

Angie brach den Satz ab. Wir konnten uns vor Lachen kaum halten und erörterten die verschiedenen Einsatzmöglichkeiten, samt gekonntem Griff unter den Rock, um es mit Bedacht hervorzuholen und dann tatsächlich zu telefonieren.

»Ein echter Hingucker in jeder Lebenslage.« In dem Moment klingelte es tatsächlich, aber diesmal war es nicht Angie.

»Es hat leider auch Nachteile. Man kann nicht sofort erkennen, wer anruft.« Ich nestelte das Teil aus der Halterung. Als ich sah, dass Markus am anderen Ende der Leitung war, stellte ich mein Handy auf lautlos. Ich hatte keine Lust, jetzt mit ihm zu telefonieren und mir womöglich wieder die gute Stimmung verderben zu lassen.

Das Einzige, was Angie an meinem Outfit noch störte, war meine Frisur. Von meinem Friseurtermin verriet ich ihr aber nichts. Wenn die Haare gut würden, das hatte ich mir selbst versprochen, dann würde ich abends im Dirndl zum Essen gehen.

* * *

Es bereitete mir größtes Vergnügen, mich bei den Mahlzeiten umzuschauen, vor allem den Bachelor-Tisch im Blick zu behalten. Nelly erzählte haarklein, was sie erlebt hatte und wie toll die Gleitschirmflieger von unten, auf der Wiese liegend, aussehen. Und wie geil es ist, in einem Porsche durch die Gegend zu fahren.

Chris bremste sie ein bisschen, wenn sie zu sehr übertrieb. Jetzt fragte er doch tatsächlich. »Wer möchte mich denn beim nächsten Mal begleiten?« Sofort schnatterten alle Mädels durcheinander.

»Ich!«

»Ich bin dabei!«

»Wann denn? Ich habe heute Nachmittag Zeit.«

»Ich wollte immer schon mal zu dem Berg, wann geht's denn los?«

»Ohje, jetzt habe ich aber was angestellt!« Betroffen blickte Chris sich um. »Ich kann euch leider nicht alle mitnehmen, auch wenn ich das liebend gern tun würde.«

»Wir können ja auslosen, wer heute mitfahren darf«, schlug eine der Damen vor.

Auf meiner gepolsterten Bank sitzend, trank ich mein letztes Schlückchen Tee und grinste. Chris schaute sich hilfesuchend um. Ich zuckte die Schultern und machte mich auf, zu meinem zweiten Termin bei PP. Mein Heft steckte in der Tasche und ich war gespannt, wie die Sitzung heute verlaufen würde. Ob die Therapiestunde mich zu neuen Erkenntnissen bringen würde?

* * *

PP war zufrieden mit mir. Ich hatte befürchtet, dass ich ihm Rede und Antwort stehen müsste mit meinen Eintragungen in das Glückstagebuch. Das war erfreulicherweise nicht der Fall. Ein paar meiner Eintragungen hatte ich ihm verraten. Und auch, dass es mir meistens nicht gelang, nur drei schöne Momente aufzuschreiben. Als ich mein Heft in der Therapiestunde aufschlug und überflog, was ich notiert hatte, stellte sich tatsächlich wieder so ein richtiges Wohlgefühl bei mir ein. Dieses Mal erzählte ich Psycho-Phil auch von meinem Problem mit Markus. Davon, dass ich mich ihm gegenüber immer klein fühlte und wie mich das Telefonat in der letzten Woche, nach der ersten Sitzung, als ich so gut drauf war, heruntergezogen hatte. Und dann berichtete ich PP von meiner ersten verrückten Tat, dem Dirndl-Kauf. Ich hätte ihn dafür knutschen können, dass er nicht gelacht hatte.

»Und ..., gibt es noch andere verrückte Ideen, Tine? Was wollen Sie in dieser Woche anstellen?«

Ich druckste etwas herum, strich mir eine vorwitzige Haarsträhne aus dem Gesicht, bevor ich antwortete: »Ich habe mir für

Freitagnachmittag einen Termin beim Friseur geben lassen. Und wenn ich ganz mutig bin und die Friseurin gute Ideen hat, werde ich mir einen neuen Haarschnitt und eine andere Haarfarbe zulegen.« Ich strahlte Psycho-Phil an und war gespannt auf seine Reaktion.

»Tine, das ist ja großartig. Sie machen Nägel mit Köpfen. Ich bin sicher, dass Ihnen Ihr neuer Look hervorragend stehen wird.« Er sah mich sehr intensiv an und ich fing an zu verstehen, weshalb Iris ihn so attraktiv fand.

»Nun verraten Sie mir mal bitte, was Sie denken! Ich kann Ihnen doch ansehen, dass Sie bereits ein fertiges Bild von mir im Kopf haben.«

Er ließ sich nicht aus der Reserve locken, sondern ging geflissentlich darüber hinweg.

»Und ..., ist Ihnen noch mehr eingefallen, was Sie machen wollen? Weitere kleine oder auch größere Veränderungen?«

»Na ja, wenn das mit der neuen Frisur gut wird, dann werde ich am gleichen Tag mein neues Dirndl zum Abendessen anziehen.« Nun war es raus. Bis eben hatte ich selbst noch nicht gewusst, dass die Premiere am Freitagabend sein würde. Geliebäugelt hatte ich schon damit, mich nur nicht getraut, es wirklich so konkret zu benennen.

Phil verabschiedete mich mit den Worten: »Ich glaube, ich muss mal wieder hier im Hause Essen gehen. Ihren Auftritt möchte ich nicht verpassen.«

Wieder verließ ich PP mit einem guten Gefühl

Zum ersten Mal in meinem Leben probierte ich es mit Meditation. Es war eines der vielen freiwilligen Angebote, die ich bislang außer Acht gelassen hatte. Angie hatte es mal wieder geschafft, mich neugierig zu machen auf andere Aktivitäten. Frühmorgens, um kurz nach sieben, ging ich neuerdings zur Gymnastik. Mein Kreislauf kam in Schwung und unsere Vorturnerin war so sympathisch, dass es mir richtig Spaß machte. Meistens lag Angie neben mir auf der Matte. Toni schaffte es normalerweise nicht, an der Frühgymnastik teilzunehmen, er ging um sieben Uhr zu seinen ersten Anwendungen.

Dafür turnte Christian jedoch fleißig mit. Wenn wir uns zufällig begegneten, blieben wir gern einen Moment stehen und unterhielten uns. Er war viel sympathischer, als ich anfangs dachte. Selten traf ich ihn allein, ohne weibliche Begleitung. Als Mann interessierte er mich dennoch nicht. Ich hatte absolut keinen Bedarf an Männern. Außerdem war Chris optisch nicht der

Typ, auf den ich stehe. Mal abgesehen von seinen Füßen. Chris war mir insgesamt zu glatt, zu gutaussehend und zu machohaft. Außerdem hatte er blonde Haare und blaue Augen und ich stehe auf dunkle Haare und braune Augen.

Angie und ich führten Strichlisten darüber, wie oft er mit derselben Frau gesehen wurde. Momentan lag Nelly an der Spitze. Neulich, als ich wieder einmal um den See walkte, hatte ich Nelly und Chris zusammen spazieren gehen sehen. Es sah nach einem total romantischen Abendspaziergang aus. Der Mond hing dick und voll über dem See, die Grillen zirpten und es wehte ein laues Lüftchen.

Iris bog sich vor Lachen, als sie mir später erzählte, dass der Abend wohl nicht so romantisch gewesen war, wie Nelly sich das vorgestellt hatte.

»Stell dir vor, als Nelly es sich mit Chris auf einer Decke am Ufer gemütlich machen wollte und der Prosecco in den Gläsern perlte, kam ich mit den Feierbiestern vorbei. Wir waren beim Gastwirt gegenüber vom See gewesen und hatten gut gelaunt den Rückweg angetreten. Als wir das turtelnde Pärchen entdeckten, haben wir uns fröhlich dazugesellt und die Flasche Prosecco gemeinsam geköpft. Ich würde mal behaupten, dass Nelly besondere Highlights für Chris vorbereitet hatte und drauf und dran war, ihn zu verführen.«

»Ja, und Chris? Wie hat der denn reagiert?«

»Chris schien über die Störung überhaupt nicht sauer zu sein. Er lud uns ein, diesen schönen Abend gemeinsam zu feiern. Aber Nelly gelang es nicht, ihren Ärger zu verbergen, auch wenn sie sich noch sehr bemühte.«

»Zu gern wäre ich dabei gewesen«, sagte ich und musste lachen bei dieser Vorstellung.

Dieses Erlebnis hatte ich leider verpasst, aber das würde mir nicht noch einmal passieren. Ich war wild entschlossen, keine Vergnügungen mehr an mir vorbeiziehen zu lassen. Also gesellte ich mich zu den Feierbiestern, nicht als vollwertiges Mitglied, sondern als gelegentlicher Gast.

Die Feierbiester waren eine Gruppe von acht bis dreizehn Frauen, die sich in der Kur gefunden hatten. Schätzungsweise waren sie zwischen Mitte vierzig und sechzig und hatten, genauso wie ich auch, ihre Probleme zu Hause.

Das Blöde ist ja, dass man den Leuten nicht ansehen konnte, dass sie nicht so fit waren, wie es den Anschein hatte. Eine von ihnen war frisch getrennt, das Gerangel um die Kinder ging los und der Kleinkrieg um Hab und Gut. Als ich die Stories von einigen Frauen hörte, wurde mir bewusst, wie gut ich es habe und dass ich wirklich keinen Grund zum Jammern habe. Die Feierbiester hatten sich hoch und heilig vorgenommen, sämtlichem Stress abzuschwören und drei Wochen lang wie im Paradies, samt Sündenfall, zu leben. Dazu gehörten Vergnügungen jeglicher Art.

***

Für den Abend war ein Besuch im Irish Pub angesagt. Vorher wollten wir am See flanieren und den Alphornbläsern lauschen, einmal wöchentlich wurde geblasen. Für mich war das wilde Heimatromantik, die vor dieser Kulisse keineswegs kitschig wirkte. Ich hätte nie gedacht, dass ich an derartigen Veranstaltungen Gefallen finden könnte.

Auch in der Guinness-Höhle erklang Live-Musik. Der Laden war gerappelt voll als wir eintrafen, die Hälfte der Gäste stammte aus unserem Kurhaus. Ein paar Gäste aus umliegenden Kurhäusern waren noch anwesend und eine Geburtstagsgesellschaft, die richtig für Stimmung sorgte.

Notgedrungen mussten wir uns auf mehrere Tische verteilen. Ich ergatterte einen guten Platz nahe der Tür, mit direktem Blick auf das Publikum und auf die winzige Show-Bühne.

Der kleine Musiker war genial. Er spielte Songs aus den Achtzigern, aber auch Stücke von den Stones, den Beatles und auch aktuelle Sachen. Völlig unscheinbar sah er aus, aber er verstand es, das Publikum zu unterhalten und die Stimmung anzuheizen.

Als er den Song ›Lady in Red‹ spielte, flackerten sämtliche Handytaschenlampen zum Takt der Musik auf. Das Geburtstagskind tanzte mit seiner Liebsten und nach und nach gesellten sich immer mehr Gäste dazu. Auch Niko bewegte sich plötzlich auf der Tanzfläche, jedoch nicht mit Iris, die am Nebentisch saß. Der lockige Witzbold versprühte seinen Charme und seine

Witze anscheinend in jegliche Richtung, sein Spektrum war breit gefächert.

Niko machte auf weltgewandter, erfolgreicher Künstler. Er trug ein knallig buntes Hemd mit einem zugegebenermaßen schönem, aber wildem Blumenmuster. Er erinnerte mich von seiner Art her an jemanden, den ich des Öfteren im Fernsehen gesehen hatte. Sein Hemd wirkte wie eine Sommerwiese vor türkisblauem Himmel. Fasziniert folgte ich ihm mit meinen Blicken. Jetzt hatte er tatsächlich ein junges Mädchen aus der Geburtstagsgesellschaft auf die Tanzfläche gelockt. Es dauerte nicht lange, bis sein Arm sie fest im Griff hatte. Tanzen konnte er ja, das musste ich ihm lassen. Zu gern hätte ich gewusst, was er dem Mädchen ins Ohr geflüstert hatte. Verschämt kicherte sie, unternahm aber nicht den Versuch, sich aus seiner Umklammerung zu lösen.

»Tine, siehst du das Gleiche wie ich? Das ist ja unfassbar.«

Das ist ja unfassbar, war einer von Lästerschwester Angies Lieblingssprüchen. Sie stupste mich an und zeigte in die Richtung, in die ich schon die ganze Zeit über starrte. »Sieh dir das an. Nun lässt sich der Breitscheitelschmarotzer auch noch bei dem Mädel in der Geburtstagsrunde nieder.«

»Und schnorrt sich so durch. Raffiniert!«

»Das ist nicht gerade nett Iris gegenüber. Er tut ja so, als wenn er sie überhaupt nicht kennt, sie ist Luft für ihn.«

Niko bemerkte nichts davon, dass wir ihn beobachteten und über ihn lästerten. Er war Feuer und Flamme und der geborene Entertainer.

»Aber Iris ist auch nicht schlecht«, bemerkte ich anerkennend. Sie saß da und begann mit einem Rundum-Augenflirt, ihre beleidigte Miene hatte sie schnell abgelegt. Innerhalb weniger Sekunden hatte sie es geschafft, den Musiker mit ihren Blicken einzufangen.

Wir prosteten uns zu und lauschten aufmerksam dem Musiker, den ich in Gedanken ‚Song-Jon' getauft hatte, der die nächsten Songs ankündigte. »Die nächsten drei Stücke möchte ich einer besonderen Frau widmen. Sie sitzt hier unter uns und scheint wie ein helles Licht in dieser Höhle.« Er strahlte Iris an. Sie hatte ihn entzündet.

»Wow, das möchte ich auch einmal erleben«, sagte Angie. Mit den Blicken verfolgten wir Iris, als sie in der Pause kurz nach Song-Jon verschwand.

»Was meinst du, geht sie sich die Nase pudern?« Vielsagend sahen wir uns an. Einige Minuten nachdem Song-Jon die Bühne wieder betreten hatte, kehrte auch Iris zurück. Frisch und strahlend, wie immer.

Fasziniert beobachtete ich, was hier abging. Meine Freunde hatten vielleicht doch nicht so unrecht mit ihren Sprüchen, dass eine Kur auch Schattenseiten mit sich bringt. Sie meinten natürlich die Kurschatten. Langsam kam ich dem Geheimnis auf die Spur.

Chris konnte ich leider nicht entdecken, dafür aber seine Mädels vom Tisch. Es fehlte nur eine von ihnen. Ob sie heute das Einzeldate gewonnen hatte?

»Angie, ich glaube, ich hab einen in der Mütze. Gib mir mal die Speisekarte, ich glaube, ich muss 'ne Kleinigkeit essen.«

»Das würde ich mir aber gut überlegen, Tine. Schau dir mal die Burger an.« Angie zeigte auf den Teller am Nebentisch.

Der Burger war riesig, so groß war mein Hunger dann doch nicht. Eine von den Feierbiestern hatte unser Gespräch aufgeschnappt.

»Hier, bedient Euch. Wir haben vorgesorgt.« Sie kannten die Gelüste, die einen mitten in der Nacht überkommen konnten. Unterm Tisch kreisten Lakritz- und Chipstüten. Natürlich nur Bio-Gemüsechips, schließlich waren wir ja zur Kur.

Kurz vor zehn leerte sich die Guinesshöhle. Viele Gäste mussten um zweiundzwanzig Uhr wieder zurück sein. Bei uns galten andere Regeln. Die Geburtstagstruppe hatte sich verabschiedet und unseren Breitscheitelschmatrotzer Niko allein gelassen. Seiner Tanzpartnerin stecke er noch etwas zu, bevor sie verschwand.

Er tat wirklich so, als würde er uns alle nicht kennen. Schnurstracks steuerte er auf ein junges Paar an der Theke zu. Mit elegantem Schwung setzte er sich der Frau zugewandt auf einen Hocker und verwickelte sie in ein Gespräch. Mit dem zugehörigen Partner wechselte er nur wenige Worte. Vermutlich hatte er ihm gesagt, was er trinken wollte, der Cocktail kam sofort.

»Das ist ja ein Knaller! Schau dir das mal an.« Angie war sprachlos, was bei ihr sehr, sehr selten vorkam. In ihrem Vokabular hatte sie noch einige fiese Worte für den Typen, aber Breitscheitelschmarotzer war ihr Lieblingsausdruck. Dabei hatte er gar nicht so einen breiten Scheitel, nur etwas ausgeprägte Geheimratsecken.

Unser Musiker näherte sich langsam dem Finale. Unter einem Riesenapplaus und nach mehreren Zugaben verabschiedete er sich. Diesen Abend verbuchte ich unter der Rubrik ›gelungener Abend‹. Ich hatte ebenso wie die anderen mitgewippt und teilweise sogar mitgesungen. Unser Marathoni erschien zu später Stunde noch auf der Bildfläche. Er hatte bei der Lautstärke leider keine Chance, seine neuen Rekorde zu verkünden.

Nach diesem Abend wusste ich, dass ich mich ins Kurleben eingewöhnt hatte und den Alltag ausblenden konnte. Mein Zuhause und selbst Moppel waren weit weg. Mit Markus telefonierte ich nur noch jeden zweiten oder dritten Tag, dazwischen schickte ich ihm Bildchen und kleine Nachrichten.

Haare gut – alles gut

Mittlerweile war ich schon eine Woche hier im Allgäu. Ich liebte nicht nur die bezaubernde Landschaft, sondern auch meine Sprudelbäder, die jedes Mal aufs Neue einen Sturm prickelnder, beinahe euphorischer Empfindungen in mir auslösten.

Meine Masseurin hatte sich auf meine Verspannungen spezialisiert, und da sie mich unerklärlicherweise in ihr Herz geschlossen hatte, bekam ich zum Abschluss als kleines Verwöhnprogramm, einen schönen Duft in den Rücken massiert. Ein bisschen suspekt war mir diese Spezialbehandlung, die auch vor meinem Po nicht Halt machte, aber schon. Mit Hingabe, und ich hätte fast gesagt mit Wollust, nahm sie sich dieser Fläche an und knetete dort aus Leibeskräften. Zum Abschluss klatschte sie dann ziemlich heftig darauf und ließ das angewärmte Aromaöl in hohem Bogen genau dorthin fließen, wo meine Pobacken sich teilten. Sie machte das sehr gefühlvoll und ich war hin- und hergerissen, ob ich das nun genießen oder ob ich mich empören sollte. Ich entschied mich fürs Genießen.

Täglich probierte ich mein Dirndl. Jetzt musste nur noch mit meinem Kopf, mit meinen Haaren etwas passieren. Glücklich und aufgeregt fieberte ich dem Friseurtermin entgegen. Von der bevorstehenden Veränderung hatte ich niemandem erzählt, nur PP und Angie gegenüber hatte ich etwas angedeutet.

Bevor ich den Friseursalon aufsuchte, schlenderte ich durch die Gassen von Füssen und besorgte mir eine Konzertkarte für St. Mang. Überall hingen Plakate aus, die auf das Heimatfest hinwiesen. Rundum waren Buden und Stände aufgebaut. Das Ganze hatte einen gewissen Volksfestcharakter.

Beim Friseur ›Alpenföhn‹ wurde ich bereits erwartet. Die Friseurin, mit der ich den Termin abgesprochen hatte, hatte sich in der Zwischenzeit Gedanken darüber gemacht, wie sie aus mir das Optimale herausholen könnte.

»Was stellen's sich denn vor?« Sachkundig wuselte sie durch meine Haare und prüfte, wo sich Wirbel drehten oder Haare kringelten. Mit suchendem Blick starrte sie lange auf meine

Kopfhaut. Ob sie mir gleich sagen würde, dass ich Läuse hätte?

»Wenn ich das man wüsste,« erwiderte ich. »Ich möchte eine Veränderung, einen modernen Schnitt und eine andere Farbe. Seit über zwanzig Jahren färbe ich mir die Haare mit Henna, ich kann es nicht mehr sehen. Meine Naturhaarfarbe war mal ein unscheinbares Mittelblond, jetzt allerdings schon mit etwas Grau. Als ich jung war, hatte ich richtig naturblonde Haare. Was meinen Sie denn, welche Farbe mir steht?«

Die Friseurin kam mit einem Büschel Haarsträhnchen in den unterschiedlichsten Farben zurück. Ihre Tendenz ging in Richtung hell.

»Könnten Sie sich auch eine ungewohnte neue Farbe vorstellen?« Erwartungsvoll schaute sie mich an.

»Solange es nicht grün oder pink ist«, versuchte ich zu scherzen.

»Na, aus dem Alter san mir ja woll raus?« Sie zupfte wieder an meinen Haaren und bemerkte eine leichte Welle. Ideale Voraussetzungen für das, was ihr vorschwebte.

»Wissen Sie was? Schneiden Sie die Haare so, wie Sie es für richtig halten. Und bei der Farbe lasse ich Ihnen auch freie Hand. Nur kein Schwarz.«

»Sind Sie da ganz sicher?«, wollte sie sich vergewissern. Dann beschrieb sie mir, was sie vorhatte. Da meine Haare ziemlich angegriffen seien, wäre es gut, sie richtig kurz zu schneiden. Eine gute Kopfform hätte ich ja. Und meine grünen Augen würden dann noch viel schöner zur Geltung kommen.

»Und bei der Farbe, da bin ich für ein silbriges Blond. Ganz hell und sehr kurz. Im Nacken können wir die Längen lassen. Ich glaube, das sieht megacool aus.«

»Einverstanden!« Ich warf einen letzten Blick in den Spiegel, dann vertiefte ich mich in Frauenzeitschriften und wollte erst wieder aufschauen, wenn die Friseurin ihr Werk vollendet hatte.

Die Prozedur zog sich ziemlich lange hin. Das Haar musste vorbehandelt werden, bevor es in Blond erstrahlen konnte. »Henna kann man nur ganz schlecht überfärben«, erklärte mir die nette Friseurin, »aber da Ihr Ansatz schon so weit herausgewachsen ist und wir den Rest eh abschneiden wollen, wird das bestimmt total super!« Nachdem sie die Blondierung ausgespült hatte, trug sie besagtes Silberblond auf, das sich ziemlich schnell in ein dunkles Lila verwandelte und mich in Angst und Schrecken versetzte. »Keine Panik, das ist normal«, beruhigte sie mich. In der Zeit, als die Farbe einwirkte, ließ ich mir Augenbrauen und Wimpern färben.

Als das Schnippeln dann aber losging und ich neugierig blinzelte, erschrak ich mich doch. Relativ lange Strähnen fielen zu Boden, aber jetzt gab es kein Zurück mehr. Es fühlte sich an, als würde mein Kopf immer leichter und luftiger werden. Ich war zu allem entschlossen. Entweder würde das Experiment voll daneben gehen oder ich fing ein neues Leben an.

Nach drei Zeitschriften war es dann so weit. Etwas geblinzelt hatte ich zwischendurch natürlich. Dann aber sofort wieder den Blick gesenkt und ich kniff die Augen zusammen, wenn ich den Kopf gerade halten sollte.

»Wow! Das bin ich?« Ich schaute die Frau im Spiegel erstaunt an. Die Friseurin hinter mir strahlte und das komplette Friseurteam stand im Halbkreis um mich herum.

»Und, gefällt's Ihnen?«

»Völlig anders! Krass! Ich habe das Gefühl, da sitzt mir eine andere Frau gegenüber. Und die sieht phantastisch aus. Fast so, wie eine aus den Zeitschriften.« Eines von den Mädels kam mit einem Tablett und bot mir und der Meisterin ein Glaschen Sekt an.

»Darauf sollten wir anstoßen. Schade, dass wir keine Vorher-Nachher-Fotos gemacht haben.«

Ich atmete tief durch, so wie ich es in der Entspannung gelernt hatte, ließ mir einen Spiegel geben und begutachtete mich von allen Seiten. Meine Finger zupften in dem kurzen Schopf, wuschelten ihn ordentlich durch.

»Die Frisur sitzt!« Mit diesem Kommentar, bei dem ich an eine altbekannte Werbung denken musste, erhob ich mich aus meinem Sessel. Die Friseurin hatte ganze Arbeit geleistet. Es war eine Art Pixie-Cut geworden und durch die helle Farbe fand ich mich irgendwie freundlicher dreinblickend. Das Grün meiner Augen leuchtete mir entgegen. Die dunklen Wimpern bildeten einen schönen Kranz und über meine Nase, die etwas zu ausgeprägt ist, blickte ich glatt hinweg.

Mein Trinkgeld fiel mehr als großzügig aus. Ich nahm noch ein paar Pflegeprodukte mit und dann musste mich ziemlich beeilen, um einigermaßen pünktlich wieder zum Essen im Haus Sonnengold zu sein.

Mein Fahrrad stand in der Fußgängerzone. Erstaunt stellte ich fest, dass mir völlig fremde Menschen zulächelten. Ich lächelte zurück und nutzte jede Schaufensterscheibe, um mich an meinen neuen Anblick zu gewöhnen. Das Experiment war geglückt.

Jetzt oder nie

Mein Dirndl hing auf dem Bügel am Kleiderschrank, als ob es auf mich gewartet hätte. Es gab keine Entschuldigung mehr, es nicht anzuziehen und vorzuführen.

Durch meine tägliche Anprobe ging es ganz schnell, die Klamotten zu wechseln. Der BH pushte ordentlich. Ich schnürte und knöpfte, bis alles perfekt saß. Zum Schluss legte ich den Halsschmuck um, schlüpfte in die neuen Stiefeletten und band die Schleife der Schürze auf der linken Seite. Es war mir egal, dass ich zuhause meinen Partner hatte, ich war mit Markus schließlich nicht verheiratet. Die Spielregeln für das Binden der Schleife hatte ich so ausgelegt, wie es für mich passend erschien.

Auf meinem Balkon holte ich noch einmal tief Luft, warf noch einen allerletzten Blick in den Spiegel, bevor ich mich auf den Weg nach unten machte.

Ich war eine der Ersten im Speisesaal, und auch an unserem Tisch hatte ich noch einen Moment Ruhe. Aus den Augenwinkeln bemerkte ich PP, der mit einem der Serviermädchen scherzte. Ich war froh über mein gutes Zeitmanagement, dass ich es geschafft hatte, vor den anderen da zu sein. Das war nicht immer so gewesen. Doch mit zwei Kindern, die ich als berufstätige Frau fast allein erzogen hatte, lernte ich schnell, dass der Alltag nur auf diese Art und Weise funktionieren kann.

Postbote Martin erkannte mich tatsächlich nicht. Er schaute mich irritiert an. »Der Platz hier ist schon besetzt. Fragen Sie mal die Vroni, an welchem Tisch Sie sitzen. Sind Sie heute neu angereist?« Dabei zeigte er auf Vroni und verteidigte sein Revier.

Scheinheilig und mit ernster Miene fragte ich: »Ist das denn nicht der Platz von Christine Landgraf?« Lange konnte ich nicht ernst bleiben. Ich fing an zu glucksen und schaute ihn intensiv an. »Martin, erkennst du mich denn nicht? Ich bin's, die Tine. Ich habe nur ein neues Kleid an.«

Es war ihm anzusehen, wie es in seinem Kopf ratterte. Er war noch immer sprachlos, als Frieda dazukam, einen Moment stehen blieb, mich musterte und dann in ihrer vornehmen Art ihren Kommentar abgab. »Willkommen an unserem

Tisch ...« Sie sprach nicht weiter, legte den Zeigefinger auf die Lippen und nickte mit dem Kopf Richtung Eingang. Der Saal füllte sich.

Als Angie mich erkannte, konnte sie ihre Überraschung nicht verbergen und posaunte durch den ganzen Raum: »Mensch Tine, du siehst ja rattenscharf aus. Steh mal auf, zeig dich mal.«

Ich tat ihr den Gefallen. Ich stand auf und drehte mich einmal um die eigene Achse. Psycho-Phil zeigte mir den erhobenen Daumen. Er war anscheinend stolz auf mich. Die Aufmerksamkeit der Nebentische und darüber hinaus war mir in diesem Moment gewiss. Von allen Seiten erntete ich Komplimente für mein neues Erscheinungsbild.

Den Feierbiestern lieferte ich damit einen Grund für eine nächtliche Strandparty. Sie waren einstimmig der Meinung, dass wir darauf anstoßen müssten.

»Der Aufwand hat sich aber gelohnt!«, flötete Iris im Vorbeigehen. Zum Glück etwas leiser fragte sie mich, ob ich auch die neuen Strümpfe darunter tragen würde.

Mein neues Outfit war der Knaller des Abends. Am Nebentisch, an dem Christschän saß, wurde eifrig die Abendplanung erörtert. Ich konnte sehen, dass er nicht bei der Sache war, sondern sein Blick immer wieder an unseren Tisch, zu mir hinüber wanderte. Nelly versuchte, Chris abzulenken, jedoch ohne Erfolg. Unvermittelt stand er auf und kam zu uns an den Tisch.

»Tine, du siehst umwerfend aus! Ich musste zweimal hingucken, ob du es wirklich bist. Hast du heute Abend schon etwas vor? Ich würde sehr gern mit dir nach Füssen zum Heimatfest fahren.«

Etwas verunsichert schaute ich mich um. Die Blicke seiner fünf Tischdamen klebten an Chris. »Die Einladung kommt jetzt aber ein bisschen überraschend.«

Nelly stand entschlossen auf und kam auf unseren Tisch zu. Mir ging die Sendung mit dem Bachelor nicht aus dem Sinn und innerlich musste ich schmunzeln. Ohne zu zögern sagte ich: »Ich war heute Nachmittag im Ort und hatte mir beim Friseur schon überlegt, heute Abend zu dem Fest zu gehen. Wir können gern gemeinsam hinfahren.«

Chris strahlte mich aus seinen blauen Augen an. Wahrscheinlich hatte er keine andere Antwort erwartet. Der Typ war so selbstsicher, so sehr von sich überzeugt und er hatte auch noch Charme, wie ich wieder einmal feststellen konnte.

»Tine, das freut mich riesig. Genau das wollte ich hören. Wann darf ich dich abholen?«

»Wie, abholen? Wir können uns doch unten im Foyer treffen.« Mit dieser Frage hatte ich nun wirklich nicht gerechnet. Aber als ich Nellys entgeisterten Blick und die Spannung am Nebentisch bemerkte, konnte ich nicht anders als zuzustimmen, und ich nannte ihm meine Zimmernummer.

»Dann kannst du mich um acht Uhr abholen.«

»Wir fahren auch alle zum Heimatfest«, warf Nelly mit einem Kopfnicken in Richtung Bachelor-Tisch ein. Sie wollte uns wohl darauf aufmerksam machen, dass wir nicht unbeobachtet sein würden.

»Na fein!«, antwortete ich. Ich fühlte mich wie beflügelt und der Gedanke, die anderen zu treffen, störte mich überhaupt nicht.

Schnell räumte ich ein paar Sachen in meinem Zimmer zur Seite, als das Telefon klingelte. Auf dem Display erkannte ich Markus Nummer.

»Ach Markus, mit deinem Anruf habe ich jetzt gar nicht gerechnet. Du spielst doch heute eigentlich Doppelkopf, oder etwa nicht?«

»Aber ja, Mäuschen, um acht geht's los. Aber ich wollte dich wenigstens vorher noch einmal sprechen. Du bist ja so viel unterwegs und meldest dich kaum noch. Ist alles in Ordnung bei dir?«

Ich war ziemlich entspannt und regte mich kaum über den verhassten Kosenamen auf. Gelassen beantwortete ich seine Fragen. »Lieber Markus, ich wünsche dir einen erfolgreichen Abend und drücke dir die Daumen, dass du gewinnst. Bei mir ist alles gut und ...«

Es klopfte, mit dem Telefon in der Hand öffnete ich die Tür. Chris stand vor mir, mit einer Flasche Champagner und zwei Gläsern.

»Entschuldige Markus, ich werde jetzt abgeholt, wir wollen zum Heimatfest. Bei mir ist alles gut. Lass uns morgen ausführlicher telefonieren. Ach, und noch etwas, nenn mich bitte nicht mehr Mäuschen.«

»Wieso?« Markus protestierte am Telefon. »Wen hast du denn zu Besuch?« Markus hatte mitbekommen, dass ich von einem Mann abgeholt wurde.

»Erzähle ich dir morgen, tschüss Markus.« Zufrieden über den Verlauf des Gesprächs legte ich auf und begrüßte meinen Besuch.

»Sag mal Chris, was wird das denn? Was hast du vor?«, fragte ich und zeigte auf die Flasche in seiner Hand.

»War das dein Mann, mit dem du telefoniert hast? Du warst ja recht kurz angebunden.«

»Das war Markus, mein Freund.« Ich sah Chris immer noch fragend an und stellte wieder einmal fest, dass der Herr von Dorschweiler nicht sehr viel größer war als ich selbst. Mit meinen Stiefeletten war ich nur wenige Zentimeter kleiner als er. *Mäuschen* genannt zu werden war schon allein aus dem Grund äußerst unpassend.

»Was ich vorhabe, gnä' Frau?« Chris ließ den Korken knallen, er zischte direkt durch die geöffnete Balkontür.

»Also wenn das jetzt jemand mitbekommen hat, dann sind wir das Gespräch des Tages.« Lachend hielt ich ihm mein Glas hin.

»Das sind wir jetzt schon, liebe Christine. Du hast ja die Blicke der anderen Mädels von meinem Tisch gesehen. Sie alle würden sich darum reißen, jetzt an deiner Stelle zu sein.«

»Ach? Dann muss ich mich wohl besonders geehrt fühlen?«

»Na klar«, erwiderte Chris mit einem Zwinkern. »Du hast gefragt, was ich vorhabe. Ehrliche Antwort?«

»Nun, mach es nicht so spannend. Ich bin immer für ehrliche Antworten und für klare Ansagen.«

»Das kannst du beides von mir haben. Also ehrliche Antwort: Erstens, ich möchte mit dir den heutigen Tag feiern und dich zu dieser Veränderung beglückwünschen. Es gehörte sicher viel Mut dazu. Zweitens, ich stehe total auf Dirndl! Ein Dirndl betont die weiblichen Reize, wie kaum ein anderes Kleidungsstück. Und zu dir passt es. Du trägst es so selbstbewusst, als hättest du nie etwas anderes angehabt. Drittens hast du die schönsten Füße hier im Haus, und auch darauf fahre ich voll ab.«

»Jetzt ist es aber genug, das ist ja nicht zum Aushalten!« Mit solchen Komplimenten konnte ich nicht umgehen und ich wurde tatsächlich ein bisschen rot. Ich war das einfach nicht gewohnt.

Markus war mit Nettigkeiten, und nicht nur damit, äußerst sparsam.

»Gut, dann klare Ansage: Wir trinken auf deinem Balkon etwas Champagner und du erzählst mir ein bisschen von dir. Wenn du etwas über mich wissen willst, kannst du mich alles fragen, wirst aber wahrscheinlich nicht auf jede Frage eine Antwort bekommen. Und dann fahren wir, wie versprochen nach Füssen und amüsieren uns auf dem Heimatfest. Ach ja und noch etwas, ich bin gern derjenige, der die klaren Ansagen macht. Einverstanden?«

»Für heute ja, einverstanden. Das heißt aber nicht, dass ich immer so nett bin.«

Chris hob sein Glas. Er schaute mir lange in die Augen, als er sagte: »Ich freue mich wirklich Tine, dass du meine Einladung angenommen hast. Auf einen schönen Abend und eine schöne Zeit.«

Ich konnte seinen Duft riechen, als er so nah vor mir stand und seine hellen Härchen auf den Armen hätte ich am liebsten gestreichelt. Für einen Moment legte er seine Hand in meinen Nacken, fuhr mit den Fingern in meine kurzen Haare und berührte mit seinem Mund meine

Lippen. Ich wusste nicht, ob ich schwindelig war vom Champagner, von dem ganzen Tag oder einfach nur von dieser Nähe und diesem hingehauchten Kuss. Mein Gott, ich fühlte mich als Frau wahrgenommen und begehrt.

»Auf einen schönen Abend, Chris«, erwiderte ich etwas lahm, ich wusste nicht, was ich noch sagen sollte. Aber das war auch nicht nötig. Chris war ein Meister des Smalltalks. Und er hatte die Gabe, geschickt vom allgemeinen Geplauder zum persönlichen Gespräch zu wechseln. Innerhalb von zwei Gläsern Champagner erzählte ich ihm so einiges von mir. Als ich ihn fragte, was er beruflich macht, wunderte mich gar nichts mehr. Er erzählte mir, dass er bei einer besonderen Einheit der Bundespolizei im Bereich Personenschutz eingesetzt sei. Seit einigen Jahren wachte er persönlich über Leib und Leben von Promis und Politikern.

»Dann bist du so eine Art Bodyguard?«, fragte ich ehrfurchtsvoll. Ich hatte damals den Film mit Whitney Houston gesehen und dabei geheult wie ein Teenie.

»So könnte man das nennen.« Chris schmunzelte und verriet mir leider keine

Einzelheiten. Weder, welche Promis er bisher beschützt hatte, noch von deren Eigenheiten. Ich konnte bohren, soviel ich wollte, er war absolut verschwiegen. Wäre es anders gewesen, hätte ich ihn verflucht.

»Bitte behalte das, was ich dir erzählt habe für dich, Tine. Es muss nicht das ganze Haus wissen.«

»Darauf kannst du dich verlassen, Chris. Das ist ja wohl selbstverständlich. Auch in meinem Job habe ich eine Verschwiegenheitspflicht, die ich ausgesprochen ernst nehme.«

Als wir aufbrachen und den Balkon verließen, klirrte irgendwo unter uns ein Glas. Ob da die ganze Zeit jemand gesessen und gelauscht hatte? Das mochte ich mir lieber nicht vorstellen.

Gutgelaunt machten wir uns auf den Weg Richtung Heimatfest, selbstverständlich nahmen wir den Bus. Chris konnte es sich nicht erlauben, mit Alkohol im Blut erwischt zu werden. Auch nicht auf dem Fahrrad.

* * *

In Füssen herrschte Volksfeststimmung. Mit meinem Kleid passte ich hundertprozentig in die Landschaft. Interessanterweise wurde ich mehrmals von irgendwelchen netten Menschen, meistens Männern, angesprochen. Tatsächlich trafen wir die Tafelrunde des Herrn von Dorschweiler und ich schlug Chris vor, mit den Mädels anzustoßen. Sie beäugten mich wie ein Alien, versuchten Christians Aufmerksamkeit zu erringen und ertränkten ihren Frust mit Wein oder Bier oder mit einem Hugo.

Wir setzten uns so schnell wie möglich ab. Als wir gingen, legte Chris wie selbstverständlich seinen Arm um mich und fragte, ob ich Lust hätte, ihn am nächsten Tag zum Gleitschirmfliegen zu begleiten. Die Thermik und der Wetterbericht waren günstig, ein idealer Tag, um seinem Hobby nachzugehen.

»Es ist fantastisch, die Welt aus einer anderen Perspektive zu betrachten, nur den Wind zu spüren und dahinzugleiten.« Chris fing an zu schwärmen und ich fragte mich, ob er womöglich vorhatte, mich zu überreden auch zu springen.

»Wenn ich nicht selber fliegen und kein Dirndl tragen muss, komme ich gern mit«, erwiderte ich und bedauerte sein untadeliges Verhalten, als er mich vor meiner Zimmertür verabschiedete. Wieder ein hingehauchter Kuss und dann gute Nacht.

Ich war völlig aufgewühlt und konnte nicht sofort einschlafen. Ich versuchte es mit Autogenem Training, bei dem ich im Kurs auf der Matte immer sofort wegdöste. Nur heute wollte es nicht funktionieren.

Chris hatte auf mich anscheinend die Wirkung eines Sprudelbades mit besonders anregenden Zusätzen. Mein Glückstagebuch konnte mein Glück nur schwer auf einer Seite fassen und meine strapazierten Füße forderten nach diesem ereignisreichen Tag auch ihr Recht. *Unglaublich, was es für schräge Typen gibt*, dachte ich, bevor ich endlich einschlief, und hatte noch seinen Duft in der Nase.

Gleitschirmsprung

Wie jeden Morgen wurde ich zur Stunde des Heusacks wach. Ich schaute auf den Wecker und drehte mich ausnahmsweise nicht noch einmal um. Vom Bett aus konnte ich auf den See sehen, er schimmerte friedlich im Licht des Sonnenaufgangs. Mein Blick in den Spiegel brachte mich durcheinander. Es dauerte ein paar Sekunden bis ich mich erkannte und mir durch die Haare wuschelte. *Und die Frisur sitzt*, grinste ich, zog meine Laufklamotten an, schnappte mir meine Stöcke und genoss die Runde um den See.

Im Ohr klang mir wieder das ›Supergirl‹. Paule, der Coach in meiner Laufapp, feuerte mich unerbittlich an, applaudierte und ließ mich zur Höchstform auflaufen. Ein paar Hundegänger und gelegentlich ein Jogger kamen mir zu dieser frühen Stunde entgegen. Es war kein Wölkchen am Himmel und bereits jetzt gefühlte zweiundzwanzig Grad.

Ich konnte es kaum erwarten, mit Chris zu dem Flugplatz oder wie immer man das bei den Gleitschirmfliegern nennt zu fahren. Vormittags wollten wir aufbrechen, gleich nach dem Frühstück. In meinen normalen, sportlichen Sachen fühlte ich mich sauwohl, meine Füße freuten sich über die bequemen Outdoorsandalen. Für alle Fälle packte ich aber auch meine Laufschuhe ein. Neiderfüllt blickten und tuschelten Nelly und die anderen Frauen von Christians Fanclub hinter mir her, als ich in seinen Porsche stieg.

Für meine neue Frisur brauchte ich kein Tuch und auch kein Cappy, um sie vor dem Fahrtwind zu schützen. Nur die coole Sonnenbrille durfte nicht fehlen, sowie mein Skizzenblock und ein paar Stifte. Schließlich wollte ich mich nicht langweilen, während Chris in die Luft ging.

Ganz gentlemanlike hielt er mir die Wagentür auf, als ich mich absenkte und mich möglichst elegant auf die Lederpolster gleiten ließ.

»So ein Porsche ist ja wirklich ein schickes Auto. Aber ein bisschen sportlich muss man schon sein, um einzusteigen. Wo hast du denn deine Flugausrüstung verstaut?« Suchend schaute ich auf die Rückbank, ein riesiger Rucksack machte sich dort breit.

»Tja, Tine, ein Porsche ist nicht nur schick, er ist auch schnell und zuverlässig. Ich liebe es, damit durch die Gegend zu fahren, das ist mein kleiner Luxus. Und es passt wesentlich mehr Gepäck hinein, als man denkt.«

»Na dann, wieder eine Premiere. Ich bin noch nie in einem Porsche mitgefahren. Wir haben nur einen alten Campingbulli und ich habe einen Twingo.« Es lag mir auf der Zunge zu fragen, was für einen Spritverbrauch so ein Flitzer hat, verkniff es mir aber in letzter Sekunde. Das war seine Sache und ich wollte nicht den Moralapostel spielen.

»Wohin fahren wir denn jetzt?« Ich hatte vor lauter Aufregung nicht auf die Ortsschilder geachtet und konnte nicht einschätzen, wohin die Reise gehen sollte. Er fuhr auf jeden Fall nicht in Richtung Tegelberg, wie ich vermutet hatte.

»Ich habe mir überlegt, dass wir ins Tannheimer Tal fahren. Die Leute auf der Station kenne ich zum großen Teil. Außerdem will ich mich dort mit einem Kumpel treffen, den ich vor fünf Jahren das letzte Mal gesehen habe. An der Station gibt es eine gemütliche Hütte, von wo aus du alles gut beobachten kannst und einen kleinen Einblick in die Fliegerei bekommst.«

»Das klingt gut.« Die Vorstellung, gemütlich in einem Café zu sitzen und zuzuschauen, wie die Männer und Frauen abhoben, gefiel mir. »Dann muss ich also nicht stundenlang verlassen auf einer Wiese sitzen und nach einem Gebüsch Ausschau halten, falls ich mal zur Toilette muss? Christian du hast ja an alles gedacht!«

Nach den ersten Kilometern entspannte ich mich. Chris hatte einen anständigen Fahrstil und nahm die Kurven mit Leichtigkeit und in gemäßigten Tempo. Mir wurde nicht übel, das war meine größte Sorge gewesen.

»Erzähl mal, Chris. Wie geht das mit dem Gleitschirm? Ich nehme an, du machst das nicht erst seit gestern? Wie muss ich mir das genau vorstellen?« Je länger wir fuhren, desto mehr Sachen fielen mir ein. »Ich habe keine Ahnung, was an Ausrüstung erforderlich ist, ob man einen Helm tragen muss oder sonstige Schutzkleidung.«

Chris freute sich über mein Interesse. Geduldig beantwortete er mir alle Fragen.

»Du scheinst dich ja echt dafür zu interessieren? Also, dann will ich dich mal über die wichtigsten Sachen aufklären. Es besteht selbstverständlich Helmpflicht und auch festes Schuhwerk ist erforderlich, um sich bei der Landung nicht die Knöchel zu verstauchen.« Mittlerweile war er über hundert Mal geflogen, jeder einzelne Flug wurde erfasst. Inzwischen war er selbst Trainer und hatte die Zulassung für Tandemflüge.

»Aber du musst keine Angst haben, dass ich dich zu irgendetwas überreden will. Wenn du natürlich sagst, dass du es einmal ausprobieren möchtest, dann kannst du mit mir in die Luft gehen. Du brauchst auch nichts bezahlen dafür.«

»Ne, ne, lass mal. Das hatten wir doch geklärt, dass ich nur mitkomme, wenn ich nicht Gleitschirmfliegen muss«, erinnerte ich ihn an unsere Abmachung. »Außerdem habe ich keinen Helm dabei und sicher nicht die richtigen Klamotten an. Mit kurzer Hose und T-Shirt darf man bestimmt nicht starten.« Entspannt lehnte ich mich zurück, das kam überhaupt nicht für mich in Frage.

»Man kann an der Station fast alles ausleihen. Aber du musst nichts tun, was du nicht willst. Sieh es dir einfach mal an.«

Chris schmunzelte in sich hinein, ich hatte keinen blassen Schimmer weshalb. Als er meinen fragenden Sonnenbrillenblick bemerkte, sagte er nur, dass er an den gestrigen Abend denken müsse und dass mein Dirndl ihm nicht aus dem Kopf gehen wollte. Natürlich mit dem dazugehörigen Inhalt.

»Du sahst so unglaublich sexy darin aus. Ich freue mich schon darauf, wenn du es wieder anziehst.« Er drehte die Musik etwas lauter. Der Klang seiner Anlage war exzellent, der Sound war nicht vergleichbar mit dem in meinem kleinen Twingo. Als wir unser Ziel erreichten, öffnete er mir wieder galant die Autotür.

»Das ist völlig ungewohnt, dass mir ein Mann die Autotür öffnet. So alt bist du doch noch gar nicht.«

»Liebe Christine«, nun wurde er förmlich, »gutes Benehmen hat nichts mit dem Alter zu tun. Für mich ist das eine Geste der Höflichkeit und der Wertschätzung.« Nachdenklich fügte er hinzu: »Vielleicht hat es auch mit meinem Job zu tun. Für mich jedenfalls ist das selbstverständlich. Für wie alt hältst du mich eigentlich?«

»Puh, das ist aber eine gemeine Frage! Bei solchen Fragen trete ich regelmäßig ins Fettnäpfchen.« Ich konnte sein Alter nicht einschätzen, manchmal wirkte er richtig jungenhaft. Aber die vielen kleinen Fältchen gaben seinem markanten Gesicht eine gewisse Reife.

»Ich würde sagen, du bist etwas über vierzig und noch keine sechzig.« Er könnte Anfang fünfzig sein. Aber mein Gefühl sagte mir, dass er wahrscheinlich jünger ist als ich. »Und? Verrätst du es mir? Oder ist das auch topsecret?«

»Später verrate ich es dir, vielleicht. Du liegst genau richtig mit deiner Einschätzung und hast eine ziemlich gute, diplomatische Antwort gegeben. Meistens versucht man ja, dem Fragenden zu schmeicheln und schätzt dann bewusst deutlich jünger. Komm, lass uns einen Kaffee trinken, bevor ich starte.«

Er lud seine Sachen aus, begrüßte ein paar Bekannte und holte Kaffee. Von dem sonnigen Plätzchen draußen vor der Hütte konnte ich beobachten, wie das Prozedere ablief. Die Gleitschirm- oder Paraglideflieger breiteten ihre Schirme auf der Wiese sorgfältig aus, legten die

Schnüre akkurat zurecht und schnallten sich dann die Halterung um. Diese war Bestandteil des Rucksacks und es sah aus, als ob sie auf einem Stuhl sitzen würden.

In der Luft leuchteten schon etliche Schirme gegen das Blau des Himmels. Wir waren ziemlich weit oben auf dem Berg und hatten einen traumhaften Blick ins Tal. Die Luft roch klar und würzig und ich war froh, dass ich meine Fleecejacke mitgenommen hatte. Chris schien viele Leute zu kennen, er war sehr gefragt. Es wurde noch jemand gesucht, der einen Tandemsprung mit einer interessierten Frau machen könnte. Chris erklärte sich bereit, zuerst aber wollte er allein durch die Luft schaukeln.

Ich machte es mir in einem Liegestuhl bequem, während Christian seinen Schirm ausbreitete, die Ausrüstung prüfte und sich dann daran befestigte. Es sah ziemlich cool und lässig aus, wie er so herumhantierte. Als er mit seinen Vorbereitungen fertig war, stand ich auf, um mir aus nächster Nähe anzusehen, wie er sich von dem Hügel stürzen wollte.

Er stand in voller Montur auf der Wiese und ich hätte ihn am liebsten noch einmal gedrückt.

Man weiß ja nie. Diese Sprünge könnten ja auch mal schiefgehen. Was wäre, wenn er in einem Baum hängenbleibt oder sich bei der Landung verletzt?

Nun ärgerte ich mich, dass ich alle Flirtversuche gestern Abend eisern abgeblockt hatte. Ich hätte diesen angehauchten Kuss bestimmt ausbauen können. Aber es ist nun mal nicht meine Art, beim ersten Date herumzuknutschen, außerdem hatte ich das Flirten verlernt. Zumindest war ich überzeugt davon. Um so mehr wunderte es mich, dass Chris trotzdem an mir interessiert war.

»Keine Angst, ich komme wieder«, rief er, als er sich in Bewegung setzte und losrannte. Er wurde immer schneller, die türkisblaue Fallschirmseide oder was immer das für ein Stoff war blähte sich auf, hob sich vom Boden ab und bildete einen wunderschönen Schirm. Nach ein paar Metern war die Rennstrecke zu Ende und es gab kein Zurück mehr für ihn. Es sah zuerst aus, als liefe er einen Idiotenhügel hinunter. So stellte ich mir diese Hügel jedenfalls vor. Ich war noch nie Ski gelaufen, aber ich hatte es oft genug im Fernsehen mit ansehen müssen. Und die Kinder waren von der Schule aus zu Skifreizeiten gefahren und hatten mir bildhaft beschrieben, was Idiotenhügel sind.

Auf jeden Fall nahm er den Hügel äußerst sportlich. Schon auf den letzten Metern hob der Schirm ihn in die Luft und dann hatte er den Boden unter den Füßen verloren. Meine Gedanken wanderten zu seinem Job. Der war bestimmt sehr stressig und auch sehr gefährlich. Im Job konnte er es sich wohl kaum erlauben abzuheben und die Bodenhaftung zu verlieren. Wahrscheinlich war das Gleitschirmfliegen deshalb für ihn so wichtig und ein guter Ausgleich.

Ich schlenderte zurück zu meinem Liegestuhl und beobachtete den türkisblauen Schirm, der sanft am Himmel schwebte. Er winkte mir von oben zu und ich konnte noch soeben erkennen, dass er mich anlächelte. Er schien sich in einem Zustand äußerster Glückseligkeit zu befinden. *Ob das der sogenannte Höhenrausch ist?*, fragte ich mich. Meine Augen ließen ihn erst los, als er ganz weit entfernt und nur noch als winziger Punkt am Himmel zu sehen war.

Unwillkürlich musste ich an meine Tochter denken, als sie noch klein gewesen ist. Zum Geburtstag hatte sie einen gasgefüllten Ballon geschenkt bekommen. Er war kanariengelb. Sie hielt ihn ganz doll fest in ihrem kleinen Händchen und dann hatte sie irgendetwas entdeckt und den Ballon versehentlich losgelassen. Ich konnte ihn auch nicht wieder einfangen. Die Tränen liefen ihr übers Gesicht, während wir stumm dastanden und zuschauten, wie der Luftballon seine Reise um die Welt antrat.

Das hier war natürlich etwas völlig anderes. Tränen vergießen brauchte ich nicht. Chris würde unversehrt wiederkommen, da war ich mir sicher. Über Funk wurde jemand verständigt, der die Gleitschirmsegler nach der Landung wieder einsammelte und sie mit einem Auto zurückbrachte zur Station. Ich brauchte mir also wirklich keine Sorgen machen.

Einige bunte Schirme schwebten in der Luft, an denen Menschen baumelten. Es war ein beruhigendes, eindrucksvolles Bild. Mein Traum aus der ersten Nacht fiel mir wieder ein, in dem ich fliegen konnte.

In meinem relaxten Liegestuhlzustand vermischten sich meine Traumbilder mit dem, was ich tatsächlich sah. Ich versuchte mir vorzustellen, wie es wohl wäre, wenn ich an einem Gleitschirm ruhig durch die Luft schweben würde. Mit einem Mann im Rücken, der mich hält und der mir Schutz gibt. Chris war bestimmt ein Mann, der einem Schutz geben konnte. Schließlich war er hauptberuflicher Beschützer. *Eigentlich sollte er Engel heißen*, dachte ich, *und nicht von Dorschweiler.*

Unsanft wurde ich aus meinen Träumen gerissen, als die Frau, die ihren ersten Sprung gemeinsam mit Chris machen wollte, sich neben mir niederließ und mich in ein Gespräch verwickelte.

»Es muss einfach herrlich sein! Wissen Sie, schon als kleines Mädchen habe ich davon geträumt, fliegen zu können. Die Welt von oben zu sehen, den Wind auf der Haut zu spüren und nichts anderes um mich herum, als die Natur und den Schirm über mir. Aber Sie kennen das ja bestimmt.«

Fragend schaute ich sie an. Ich war mir nicht sicher, was sie meinte.

»Na ja, Sie sind ja mit Ihrem Partner unterwegs. Es macht Ihnen doch nichts aus, dass er gleich mit mir fliegen wird?«

Allmählich dämmerte mir, worauf sie hinaus wollte.

»Sie sind doch bestimmt schon oft mit ihm durch die Luft geschwebt. Oder fliegen Sie auch allein?« Dann zögerte sie einen Moment, so als ob sie überlegte, ob sie weitersprechen sollte. Sie entschied sich dafür.

»Er ist aber auch ein stattlicher und gutaussehender Mann, Ihr Freund oder Ihr Ehemann. Und so stark. Der lässt Sie bestimmt auch noch auf andere Art und Weise abheben.«

Nun fing die Frau tatsächlich an zu kichern, während ich mich an meinem Wasser verschluckte. So hatte ich das noch gar nicht betrachtet. Nun hatte sie in meinem Kopf ein Feuerwerk entzündet. Sie kicherte immer noch, als sie weitersprach.

»Keine Sorge, ich habe nicht die Absicht, Ihren Mann zu verführen. Ich möchte mich nur einmal so richtig fallen lassen. Wie gesagt, das ist ein Wunsch, den ich lange vor mir hergeschoben habe. Ich hatte immer Angst und habe sie auch jetzt noch. Aber inzwischen bin ich achtundsiebzig Jahre alt, und wenn ich jetzt nicht meine Angst überwinde und mir diesen Wunsch erfülle, dann muss ich den Wunsch wohl mit mir zusammen begraben.«

Beeindruckt hörte ich ihr zu. Sie sah nicht aus wie Ende siebzig, ich konnte es kaum glauben. Sie wirkte absolut fit, ich hätte sie auf Anfang sechzig geschätzt. Vielleicht Mitte sechzig.

»Ehrlich gesagt, ich habe auch Angst. Ich bin noch nie mit einem Gleitschirm geflogen, auch nicht mit einem Heißluftballon. Und es geht mir ähnlich wie Ihnen, ich stelle es mir gigantisch vor. Ich glaube, das ist ein Erlebnis, das man niemals vergessen wird. Wenn ich nur nicht so ein Angsthase wäre!«

Plötzlich hatte ich das Bedürfnis, der Fremden von mir und meinen Ängsten zu erzählen. Wir kannten uns nicht, aber diese Frau hatte mich so beeindruckt mit dem, was sie mir erzählt hatte, dass ich mich nicht bremsen konnte.

»Tun Sie es! Und tun Sie es bald«, riet sie mir und dann raunte sie mir zu: »Tun Sie es mit diesem Mann. Man hat mir gesagt, er ist der Beste. Und wenn es passt, dann tun Sie auch alles andere mit ihm. Fliegen Sie mit ihm, heben Sie gemeinsam ab. Ich habe doch gesehen, wie er Sie angeschaut hat. Er begehrt Sie. Haben Sie das noch nicht bemerkt?« Sie schüttelte den Kopf. »Ich heiße übrigens Marie und da hinten kommt Ihr Freund, wenn ich mich nicht täusche.« Sie erhob sich und ging in die Hütte, um sich ihren Helm und ein paar andere Sachen zu holen.

Ich stand auf und ging Chris entgegen. Jetzt wo Marie mir ihren Eindruck geschildert hatte, betrachtete ich ihn mit anderen Augen. Sie hatte recht, er sah verdammt gut aus. Wo hatte ich bloß meine Augen gelassen? Ich kannte ihn mittlerweile seit eineinhalb Wochen, aber dass er wirklich so stattlich und auch noch auf ältere Frauen attraktiv wirkte, war mir entgangen. Man musste mich wohl immer mit der Nase darauf stoßen. War ich wirklich so weit jenseits von Gut und Böse, dass das an mir vorbeigegangen war?

Christian strahlte mich an. Er war völlig gelöst oder geflasht, wie meine Tochter sagen würde.

»Das Wetter könnte nicht besser sein für einen Flug. Es ist himmlisch, über allem zu schweben und sämtliche Sorgen unter sich zu lassen!« Er bestellte sich eine große Apfelschorle und ließ sich in Maries Liegestuhl fallen.

»Was hast du Schönes in der Zeit gemacht? Du hast dich doch hoffentlich nicht gelangweilt? Tine, falls du es dir noch anders überlegen solltest und es ausprobieren willst, dann sag rechtzeitig Bescheid.«

Großzügig verteilte er Sonnencreme in seinem Gesicht. Der dicke Klecks auf seiner Nase ließ die Mutti wieder in mir zum Vorschein kommen. Automatisch beugte ich mich vor und verteilte lachend die Creme. Damit hatte ich ihn tatsächlich aus dem Konzept gebracht.

»Du hattest noch Sonnencreme auf der Nase. Es sah so lustig aus. Ist wohl ein angeborener Mamareflex. Entschuldige.«

»Dann lass die Mama jetzt aber wieder zuhause. Hier bist du nur Frau, eine ganz besondere Frau.«

»Ja, bin ich das?« Bevor er antworten konnte, fuhr ich fort und erzählte, was ich in der Zwischenzeit gemacht hatte. Mein Skizzenblock lag noch aufgeschlagen neben mir. Es war nicht viel entstanden, nur eine Zeichnung mit einem angedeuteten Gleitschirm am Horizont.

»Deine Tandemfliegerin hat sich mit mir unterhalten. Weißt du eigentlich, dass du ihr einen Herzenswunsch erfüllst? Sie sagt, sie hat Angst. Aber wenn nicht jetzt, wann dann?«

Marie gesellte sich dazu. »Das stimmt, ich habe immer noch ein bisschen Angst und frage mich, ob ich ein verrücktes altes Huhn bin. Wann geht's denn los? Soll ich mich allmählich fertigmachen?«

»Du bist bestimmt kein verrücktes Huhn, Marie. Und alt bist du noch viel weniger. Ich mag Frauen, die den Mut haben, etwas Neues zu wagen, die sich trauen, über ihren Schatten zu springen. In zehn Minuten können wir den Schirm fertigmachen und dann geht's los. Marie, ich freue mich sehr, dass ich dir behilflich sein kann, deinen Herzenswunsch zu verwirklichen.« Er strahlte uns an. »Eine tolle Frau. Nein, zwei tolle Frauen. Was für ein Tag!«

Mit Marie zusammen bereitete er den nächsten Flug vor. Er nestelte wieder das himmlische Blau auseinander, breitete es aus und gab Marie ein paar Instruktionen, worauf sie bei Start und Landung zu achten habe. Als sie in die Haltebügel stiegen, beneidete ich Marie ein bisschen, dass sie so nah an Chris sein durfte und ein himmlisches Erlebnis mit ihm teilen würde. In Gedanken sah ich mich an ihrer Stelle. Von meinem Liegestuhl aus verfolgte ich jede einzelne seiner Bewegungen und seiner Schritte. Marie war eine kleine, zierliche Person und es sah aus, als schmiegte sie sich mit ihrem ganzen Körper an ihn.

Die Bilder im Kopf ließen sich nicht mehr beiseiteschieben. Der Spruch auf meinem Glückstagebuch mit den Gedanken, die angeblich der Anfang von Taten sein sollten, kam mir immer wieder in den Sinn.

Wieder folgte ich dem Schirm so lange mit den Augen, bis ich ihn nicht mehr vom Himmel unterscheiden konnte. Ob ich es auch jemals schaffen würde, über meinen Schatten zu springen und meinen Angsthasen dahin schicken könnte, wo der Pfeffer wächst?

Ich stellte mir vor, was meine Kinder und vor allem Markus sagen würden, wenn ich ihnen erzähle, dass ich mit einem Gleitschirm geflogen bin. Die Gesichter wollte ich sehen! Bestimmt würden sie mir nicht glauben. Ich müsste Beweise liefern, Beweise in Form von Fotos. Ich kramte mein Handy hervor und machte ein paar Aufnahmen von den bunten Schirmen, die über mir pendelten.

Ich hatte keine neuen Nachrichten auf dem Handy. Hier oben herrschte wohltuende Stille. Wir waren in einem Funkloch, wie sich später herausstellte. Niemand weit und breit, der etwas von mir wollte. Es war so schön ruhig, dass ich eingeschlafen bin und um ein Haar nicht mitbekommen hätte, als Christian mit seiner Flugschülerin Marie den Hügel hinaufstapfte.

Marie hüpfte ausgelassen wie ein Kind, sie war nicht zu bremsen. Es war ihr anzusehen, dass sie von Freude und Glück erfüllt war. Ihr kamen die Tränen, als sie mir von ihrem Erlebnis in allen Einzelheiten und voller Überschwang erzählte. Sie schwärmte, malte Bilder mit ihren Worten. Später erfuhr ich, dass sie Künstlerin war und ein teilweise skandalöses Leben geführt hatte. Männer spielten immer wieder eine Hauptrolle in ihrem Leben. Auch während ihrer Ehe. Eine unglaubliche Person, der ich viel zu verdanken habe. Heimlich hatte sie mir ihre Visitenkarte zugesteckt. Auf die Rückseite hatte sie eine persönliche Bemerkung geschrieben. »Hör auf Dein Herz und tu es!«, stand da.

«Tine, du kannst mich jederzeit anrufen, wenn du mal wieder mit Angsthasen kämpfen musst.«

»Das ist lieb von dir, ich komme vielleicht darauf zurück.« Die war ja süß! Und die sollte achtundsiebzig sein? Sie kam mir so jung vor, so lebendig und so voller Lebenslust.

Chris war schon wieder unterwegs und holte Kaffee und für Marie einen Prosecco. Ihr Jungfernflug musste gefeiert werden. Als Marie einmal verschwand, fragte er mich: »Wie siehts's aus, Tine? Willst du es versuchen, oder hält dich deine Angst noch fest?« Seine blauen Augen schienen mir direkt in mein pochendes Angsthasenherz zu schauen. Bevor ich mich versah, sagte ich etwas anderes, als ich eigentlich wollte: »Ich habe den Angsthasen in seinen Käfig gesperrt. Er kratzt aber gewaltig an der Tür. Ich weiß, ich bin verrückt und ich habe keine Ahnung, was mit mir los ist, aber ich möchte so gern fliegen. Bitte tu cs mit mir!«

Erst als ich den Satz ausgesprochen hatte, wurde mir seine Doppeldeutigkeit bewusst. Chris ließ sich aber davon nichts anmerken. Er hob nur für einen Augenblick die Augenbraue und wurde umgehend sehr geschäftig.

»Tine, ich habe es vom ersten Tag an gewusst. Schon als du mit deinen Badelatschen aus dem letzten Jahrtausend neben mir auf dem Stuhl gesessen hast, habe ich gewusst, dass du anders bist, als es auf den ersten Blick den Anschein hat. Komm mit, wir müssen einen Helm für dich aussuchen und mal sehen, ob wir Schuhe in deiner Größe und eine lange Hose für dich bekommen. Eine Fleecejacke hast du ja dabei?«

»Ja, die habe ich dabei, auch meine Laufschuhe. Wenn das damit möglich ist.« Ich hatte keine Zeit mehr, über meinen Entschluss nachzudenken. Das war auch gut so, sonst hätte ich doch noch einen Rückzieher gemacht.

Chris nahm meine Hand und ging mit mir auf die Wiese. Er zeigte mir, wie der Schirm vorbereitet wird. Fein säuberlich ordnete er zum wiederholten Mal die einzelnen Bänder und Schnüre, prüfte die Unversehrtheit des Schirms. Er half mir beim Befestigen der Gurte und erklärte haarklein, worauf ich bei Start und Landung zu achten hätte.

Als ich in dem Gurt stand und bereit war, mich ihm auf Gedeih und Verderb auszuliefern, legte er mir beruhigend die Hände auf die Schultern, strich mit den Daumen meinen Nacken hoch und flüsterte in mein Ohr: »Es wird dir gefallen, ich bin ja bei dir.« Dann liefen wir los. Erst langsam, dann immer schneller und plötzlich merkte ich, dass meine Füße nicht mehr den Boden berührten. Den Idiotenhügel hatten wir verlassen. Ich traute mich kaum, nach unten zu schauen. Als ich es doch tat und sah, wie hoch wir waren, schrie ich wie verrückt.

Ich schrie nicht aus Angst. Es war pure Freude, die sich in jeder Pore meines Körpers ausbreitete. Die mich flutete wie einen ausgetrockneten Stausee. Mein Gott, war das schön! Dankbarkeit triefte mir aus den Augen. Dann wurde ich langsam ruhiger, atmete wieder gleichmäßig. Christians Wärme spürte ich in meinem Rücken und mein Kopf schaltete sich aus. Es gab nur noch Landschaft, die unter mir vorbeizog, dazu Sonne und warmer Wind auf meiner Haut.

In mir waren nur noch schöne Bilder und viel Gefühl, ein angenehmes, warmes Gefühl.

Vielleicht waren es auch Schmetterlinge in meinem Bauch, die mich durch ihr Geflatter erwärmten? Ich machte mir nicht die Mühe, darüber nachzudenken. Für mich zählte nur noch das Gleiten hier oben in der Luft. Einmal legte Christian seine Hand auf mein Herz. Ob er kontrollieren wollte, dass ich noch lebte?

Unter uns leuchteten saftige Wiesen, eine Kirchturmspitze ragte zwischen den Häusern empor und das tiefe Blau des Himmels spiegelte sich in einem See. Manchmal trieb der Wind uns höher. Chris wusste dann immer genau, was zu tun war. Er beherrschte auch die Tricks, um heile wieder runterzukommen. Und zwar ungefähr dort, wo er es geplant hatte.

Die Landung verlief sanft, wir verfingen uns in keinem Baum und fielen auch nicht in einen See. Als wir fast den Boden berührten, gab Chris mir ein Zeichen, dass wir gleich aufsetzen würden und ich einfach mitlaufen soll und dabei immer langsamer werden müsste. Er hatte es mir vorher gut erklärt.

Als ich mich aus meiner Montur schälte, heulte ich. Es waren Freudentränen und ich merkte, dass ich mich nicht mehr unter Kontrolle hatte. Meine Arme umschlangen Christian, ich stand dicht vor ihm und drückte mich an ihn, küsste ihn rechts und links auf die Wange. Dazwischen nuschelte ich immer wieder: »Danke, Danke, Danke!« Abrupt hielt ich inne. Ich stand immer noch an ihn geschmiegt, als meine Lippen sich seinem Mund näherten und mein Kuss nicht mehr der eines Angsthasen war, sondern zu einem wilden, leidenschaftlichen Kuss wurde, der noch einmal das Gefühl des Abhebens herausfordern wollte.

Seine Überraschung ließ Chris sich nur für den Bruchteil einer Sekunde anmerken, bevor er meinen Kuss erwiderte. Ich taumelte vor Glück, ließ ihn irgendwann los und die Tränen rannen mir wieder über die Wangen.

»Wie gut, dass du mich noch einmal gefragt hast, ob ich es nicht doch versuchen will. Das ist das Schönste, das Größte, das Geilste, was mir ein Mann jemals geschenkt hat. Das werde ich dir nie vergessen. Nie, nie, nie!«

Ganz langsam wurde mir bewusst, was ich soeben getan hatte. »Chris, bitte denk dir nichts bei dem Kuss, ich bin im Moment nicht zurechnungsfähig. Ich habe gerade einen kleinen Aussetzer.«

Mein Gestammel ignorierte Chris geflissentlich. Stattdessen zog er mich an sich, gratulierte mir und dann fühlte ich nur noch seine Lippen, seinen Mund, seine Zunge, die mit meiner spielte, mich neckte und herausforderte. Sein Kuss schmeckte nach wilden Heublumen und Freiheit, und das Sprudelbadgefühl stieg in kleinen Prickelschüben in meinem Bauch auf. Es war mir völlig egal, dass ich kleine Aussetzer hatte. Ich gab mich dem Kuss vorbehaltlos hin, ich ließ ihn einfach geschehen.

»Wenn du bei kleinen Aussetzern immer so bist, dann lass es mich wissen. So möchte ich dich gern öfter erleben.«

Chris hielt mein Gesicht noch einen Moment in seinen Händen und schaute mir mit einem Blick in die Augen, den ich nicht deuten konnte und meine Knie weich werden ließ. Nach einer gefühlten Ewigkeit lösten wir uns voneinander.

»Tine, habe ich denn jetzt auch einen Wunsch frei?« Sein jungenhaftes Lächeln war unwiderstehlich.

»Na klar, Chris! Obwohl - kommt drauf an. Was für einen Wunsch hast du denn?«

»Ziehst du dein Dirndl heute Abend noch einmal an? Bitte! Nur für mich?«

»Den Wunsch erfülle ich dir liebend gern.« Ich hatte nach meinem unerwarteten Überschwang der Gefühle etwas anderes erwartet und war erleichtert und enttäuscht zugleich.

»Sehr gern ziehe ich das an. Chris, was hast du denn mit mir vor?« Meine Neugier erwachte. »Es reicht doch, wenn ich mich erst nach dem Essen im Kurhotel in Schale werfe, oder?«

»Das ist früh genug. Ich möchte den heutigen Abend mit dir verbringen und mit dir feiern. Ich habe auch ein paar nette Ideen, wo wir hingehen könnten.«

Chris packte seine Ausrüstung zusammen und bestellte an der Hütte nun auch einen Prosecco für mich. Da er fahren musste, verzichtete er auf das Glas zum Anstoßen. In dieser Hinsicht war er mehr als konsequent. Marie setzte sich zu uns und gratulierte mir. Sic drückte und herzte mich und wir beide sprudelten über vor Begeisterung. Wir kicherten, lachten und Chris amüsierte sich köstlich.

Auf der Rückfahrt bot er mir an, dass ich bei Gelegenheit mit seinem Porsche fahren dürfte. Aber nur, wenn ich Lust dazu hätte. Das war mir in meinem momentanen Gemütszustand dann doch ein bisschen zu viel Abenteuer. Dankend lehnte ich erstmal ab.

»Das hast du doch auch nicht wirklich ernst gemeint, dass du mich an dein liebstes Spielzeug lassen willst?«

»Mein Angebot ist durchaus so gemeint, wie ich es gesagt habe. Ich traue dir das zu und möchte mich auch mal chauffieren lassen.« Er verzog keine Miene dabei, er meinte das ernst.

Meine Mailbox klingelte unaufhörlich, etliche Nachrichten von Markus ploppten auf. Ich las die Oberste und konnte seinen vorwurfsvollen Ton förmlich heraushören. ›Wo steckst du? Ich kann dich überhaupt nicht erreichen. Du rufst nicht an und deine Mails liest du auch nicht. Melde dich unbedingt. Ich habe gute Nachrichten für dich. Gruß von Moppel an mein Mäuschen, Bussi.‹

Das Mäuschen gab es nicht mehr und nach Bussi stand mir nicht der Sinn. Ich wollte wieder richtige Küsse. Keine warmen kleinen Freundschaftsküsse. Schlagartig wurde mir bewusst, dass ich Chris wollte. Zum Glück konnte er keine Gedanken lesen, selbstverständlich würde ich mich nicht auf Kurschattenspiele einlassen.

***

Als wir auf den Parkplatz des Kurhotels fuhren, herrschte dort reges Treiben. Mehrere Mädels von Christians Fanclub standen zusammen in der Raucherecke. Auch die, die nicht rauchten. Sie tuschelten und schienen nur auf unsere Rückkehr zu warten. Chris winkte ihnen beim Einparken fröhlich zu und öffnete mir wieder gentlemanlike die Autotür.

Angie kam um die Ecke geradelt und hatte die Idee, dass sie ein Foto von mir im Porsche machen könnte. Ich rutschte hinters Lenkrad, reichte ihr mein iPhone und setzte mich in Positur. Dass ich lächeln sollte, brauchte mir niemand sagen. Man konnte mir mein Glück an der Nasenspitze ansehen.

»Zeig mal, sind die Aufnahmen gut geworden?« Normalerweise habe ich eine

Fotophobie, diese Aufnahmen waren trotzdem gelungen, ich sah richtig gut aus.

»Der Porsche steht dir wirklich gut«, kommentierte sie das Ergebnis.

»Dann mach bitte auch noch ein Foto mit dem Porschefahrer zusammen«, forderte Chris sie auf.

Angie schoss sich ein, erst mit meinem Handy, dann mit Christians Smartphone. Nelly kam hinzu und wollte auch ein Foto von sich und dem Porsche, samt Fahrer. Chris wich geschickt aus, den Porsche durfte sie selbstverständlich von allen Seiten knipsen. Beleidigt ging Nelly wieder zu den anderen Frauen. Anscheinend hatten die Wichtiges zu besprechen. Sie taten sehr geheimnisvoll und verrieten ansatzweise, dass sie eine Überraschung planten.

Chris und ich hatten abgesprochen, uns nichts anmerken zu lassen. Zumindest nichts von unseren innigen Momenten. Die Gerüchteküche sollte nicht unnötig angeheizt werden, auf Weibergezicke konnte ich gut verzichten.

Meiner Tischrunde erzählte ich voller Begeisterung, dass ich tatsächlich mit dem Gleitschirm mitgeflogen bin. Angie glaubte mir erst, als ich ihr die Beweisfotos zeigte, die Marie von mir gemacht hatte.

»Das müssen wir feiern!« Sie waren sich einig und beschlossen, wieder zum Jodler auf den Campingplatz zu gehen. »Und du musst heute mitkommen, wir lassen keine Ausreden gelten.«

»Hm«, brummelte ich und dachte an mein Date mit Chris.

Am Bachelortisch schien die Stimmung leicht angespannt zu sein. Chris wirkte wie immer aufmerksam und interessiert, erzählte aber nur wenig. Nelly begann ihn auszufragen, haarklein sollte er ihr alles erzählen. Als seine Tischdamen merkten, dass sie damit keinen Erfolg hatte, konzentrierten sie sich auf die Gespräche an unserem Tisch.

Unser Schwätzer redete nicht nur ohne Pause, zu allem Überfluss redete er auch noch recht laut. Es dauerte keine zehn Minuten, da wusste der komplette Speisesaal, dass ich mit Christian von Dorschweiler einen Tandemsprung gemacht hatte. An einen ruhigen Abend mit Chris war nun nicht mehr zu denken.

Kaum war ich auf meinem Zimmer, klingelte das Telefon.

»Tine hier«, säuselte ich in den Hörer. Mein Tonfall veränderte sich, als Markus sich vorwurfsvoll meldete und eine Erklärung von mir verlangte, weshalb er mich den ganzen Tag über nicht erreichen konnte.

»Wir haben einen Ausflug gemacht und hier in den Bergen gibt es so viele Funklöcher. Eben erst habe ich deine ganzen Nachrichten gelesen.« Das war nur minimal geschwindelt, von meinem Abenteuer in der Luft würde ich ihm erst zuhause erzählen.

Er maulte noch ein bisschen herum und dann verkündete er, dass er am nächsten Freitag hier auf dem Campingplatz eintreffen würde.

»Tine, ich freu mich ja so auf dich. Ich habe das Gefühl, dass du dich schon gut erholt hast. Und ... ich vermisse dich. Und Moppel auch.«

Meine Freude hielt sich in Grenzen. Ob sein Besuch wirklich so eine gute Idee war?

»Das ist wirklich eine Überraschung. Hast du denn Urlaub bekommen? Nur fürs Wochenende zu kommen lohnt sich ja nicht, dafür ist die Fahrt zu weit.«

»Ja, stell dir vor, ich kann den Montag noch dranhängen. Ich habe im Internet recherchiert, was der Veranstaltungskalender und der Kneippverein anzubieten haben. Ist ja richtig viel los bei euch!«, verkündete er stolz. Er plante bereits alle Wanderungen, die wir gemeinsam machen könnten. So wie es aussah, würde er mich volle vier Tage in Beschlag nehmen. Das passte mir gar nicht, ich hatte überhaupt keine Lust dazu. Das Leben hier in der Kur hatte seine eigenen Gesetze und auch seinen eigenen Rhythmus.

***

Unser Postbote Martin war das beste Beispiel dafür, wie das sein kann, wenn der Partner am Wochenende zu Besuch kommt. Eines Abends im Biergarten erzählte er uns die Story, wie er seine Angebetete kennengelernt hatte. Es war sein zweiter Versuch. Martins erste Ehe, aber auch ihre erste Ehe, scheiterten nach vielen Jahren. Seine jetzige Frau hatte die Nase voll von sämtlichen Männern dieser Erde und blockte jeden noch so zarten Annäherungsversuch ab. Sie wollte nichts mehr damit zu tun haben.

Martin erzählte mit glänzenden Augen, dass er seine Frau in seiner Funktion als Briefzusteller kennengelernt hatte. »Manchmal begegneten wir uns am Briefkasten und dann haben wir ein Schwätzchen gehalten. Die Schwätzchen häuften sich, wir hatten uns immer etwas zu erzählen und auch zu lachen. Über Monate ging das so. Und dann war sie plötzlich verschwunden. Einfach so, stellt euch das mal vor.«

»Ja und? Wie hast du sie dann wiedergefunden?« Angie und ich hingen gebannt an seinen Lippen.

»Sie hatte mir nichts davon gesagt, obwohl sie mir sonst immer alles erzählte. Ein neues Namensschild klebte an ihrem Briefkasten, anscheinend war sie umgezogen. Aber pfiffig, wie ich nun mal bin, habe ich die neue Adresse auf dem Dienstweg ausfindig gemacht. Mittlerweile war es Advent und ich schickte ihr Weihnachtsgrüße von ganzem Herzen.«

Was dann geschah, erzählte er uns mit Tränen der Rührung in den Augen. Ich hätte ihn am liebsten gedrückt. Sie trafen sich wieder und das Weihnachtsfest feierten sie zusammen. In der Silvesternacht stießen sie auf ein gemeinsames neues Leben an und im Februar heirateten sie heimlich. Selbst die Kinder erfuhren erst davon, als Martin mit seiner Liebsten in den Flitterwochen auf Gran Canaria weilte.

»Oh, ist das schön! Das ist ja voll romantisch!« Wir sahen uns an und Martin erzählte weiter.

»Und dann sagte meine Süße: ›Jetzt gehörst du mir Martin. Ich will, dass du einen Ohrring trägst, damit jeder sieht, dass du **Meiner** bist.‹ Und so bin ich zu dem Ohrring gekommen.«

Wir tranken immer wieder auf die Liebe und erfuhren von Martin, dass er jetzt seit drei Jahren mit ihr verheiratet ist, und dass seine Liebste ihn jedes Wochenende besuchen kommt. »Sie passt gut auf mich auf!«

Seitdem muss ich jedes Mal an diese Teddybären mit dem Knopf im Ohr denken, wenn ich ihn sehe. Als wir seine Frau das erste Mal erleben durften, kam sie mit ihrem Martin im

Arm gleich zu uns an den Tisch, um sich als seine Gattin vorzustellen. Argwöhnisch beäugte sie Angie und mich. Sie prüfte, ob wir ›Nachtschattengewächse‹ sein könnten, die einen ungünstigen Einfluss auf ihren Mann ausüben. Martin gefiel das anscheinend.

Das Jodeldiplom

Total happy und stolz, dass ich meine Angst überwunden hatte, stand mir der Sinn nach Feiern. Ob ich mich jetzt zum Feierbiest entwickeln würde?

Angie, Toni, Iris, Niko, Martin mit seiner Liebsten, aber auch Frieda und sogar Nelly und die Feierbiester, sie alle schienen darauf zu brennen, jede Einzelheit von mir zu erfahren und auf das Ereignis mit mir anzustoßen. Chris sah ein, dass wir unser privates Date verschieben mussten. In der Feierrunde war er natürlich auch dabei, der Superheld durfte nicht fehlen.

Mein Dirndl wollte ich Christian heute Abend natürlich nicht vorenthalten. Und da ich sowieso ziemlich verwegen drauf war, zog ich meine halterlosen Strümpfe samt Strumpfband darunter an. Meine kurzen Haare stylte ich mit Gel und wickelte ein schmales Haarband in der Farbe der Schürze um den Kopf. Also in frischem Maigrün. Und dann tat ich etwas, was ich bisher total albern fand und mitleidig belächelt hatte. Ich machte ein Selfie von mir und schickte es meiner Tochter.

Ihre Antwort kam prompt. »Mama! Ist bei euch Karneval oder Oktoberfest? Du siehst ja heiß aus! Coole Perücke, sieht total echt aus. Viel Spaß, hab's eilig. Hdl Maren« Hdl war unsere Abkürzung für ›hab dich lieb‹.

Von wegen Perücke! Sie konnte sich also nicht vorstellen, dass ihre Mutter sich auf ihre alten Tage von ihrer Hennapracht getrennt hatte. Rein provokativ und ohne zu überlegen, setzte ich nach: »Und rauchen tue ich auch nicht mehr!!! Hab's eilig, jetzt wird gejodelt! Hdl Mama.«

Ich kramte meine Zigarillos hervor, setzte mich auf den Balkon und zündete mir einen an. Wohl wissend, dass Rauchen auf dem Balkon verboten ist. Ich schenkte mir den restlichen Champagner vom gestrigen Abends ein, blickte auf den See, den Himmel und die Berge und genoss meinen letzten Zigarillo.

Eigentlich hatte ich nur zum Spaß geschrieben, dass ich aufgehört hätte zu rauchen. Schlagartig war mir jedoch klar, dass ich es wirklich wollte. Den Rest der Schachtel entsorgte ich auf dem

Weg zum Biergarten am Campingplatz. Ich brauchte keine Zigaretten oder Zigarillos mehr.

***

Erleichtert, übermütig und beschwipst, geflasht vom freien Fall, kam ich im Biergarten an. Iris rückte gleich zur Seite, sie hatte einen Platz in der ersten Reihe für mich und Christian reserviert. In diesen Dingen war sie echt gut. Sie war eine herzliche Nervensäge mit dem blauäugigen Blick fürs Wesentliche. Was immer das auch sein mochte.

Das Jodelduo stand in zünftiger Tracht auf einer kleinen Bühne bereit. Die beiden Originale trugen Kniebundhosen aus Hirschleder, karierte Hemden und einen Hut mit Gamsbart. Dem Älteren der beiden fehlte ein Schneidezahn, was ihn aber nicht zu stören schien. Fesch waren die Burschen, aber schon ziemlich alt.

Sie waren ein eingespieltes Team und rissen Witze, bei denen Niko sich auf die Schenkel klopfte und sich nicht wieder einkriegte. Das Publikum johlte begeistert und Chris flüsterte mir Sachen ins Ohr, die ich entweder nicht richtig verstanden hatte oder die einfach unverschämt frech waren. Jedenfalls wechselte mein Gesicht mal wieder die Farbe.

»Wie bitte? Was hast du gesagt?«

Mit einem Blick, der kein Wässerchen trüben konnte, versicherte er mir, dass ich ihn wohl richtig verstanden hätte. Seine Hand lag dabei für einen Moment auf meinem Oberschenkel.

»Ist das dein Dankeschöngeschenk für mich? Ich liebe halterlose Strümpfe mit Spitze«, hatte ich verstanden. Hatte er das wirklich gesagt und bei dieser kurzen Berührung herausgefunden?

Mein anderes Ohr wurde von Iris in Beschlag genommen. Gebannt starrte sie auf das jodelnde Duo, dabei wippte und schunkelte alles an ihr mit.

»Tine, guck mal. Sieh dir mal an, wie flink die mit dem Mund sind. Und hier, siehst du das? Die Zunge von dem Sepp, wie er sie rollt und dreht beim Jodeln?« Iris hatte recht, es war eine besondere Technik, die die beiden beherrschten.

»Was glaubst du, Tine, ob Jodler besonders gut küssen können? Bei dieser Zungenfertigkeit? Das müsste ich doch glatt mal herausfinden.« Iris konnte sich kaum beherrschen, sie schien über wichtige Dinge nachzudenken.

Ich bog mich vor Lachen und dank des super Push-up-BHs geriet auch mein Dekolleté in Wallung.

»Dürfen wir auch mitlachen?« Niko tat beleidigt. Er schien davon überzeugt zu sein, dass er den Witz für sich allein gepachtet hatte. Nelly hatte beide Ohren ausgefahren und versuchte mitzubekommen, was bei uns los war. Sie hatte ein bedenklich gutes Gehör und gab ihren Senf ungefragt immer gern dazu.

»Nur zu, Iris! Das solltest du unbedingt testen«, kam es aus den hinteren Reihen von den Feierbiestern.

»Aber doch nicht mit so einem Wurzel-Sepp???«, raunte ich ihr zu.

In mein anderes Ohr flüsterte Christian: »Tine, du machst mich unheimlich scharf. Am liebsten würde ich ...«

Der Rest ging im Gegröle und Gejodel unter, denn plötzlich stand Nelly vor dem Gesangsduo. Sie hatte Iris Gedankenschnipsel aufgenommen und begann nun, so ernsthaft, wie es nach drei Maß Bier möglich ist, den Jodler zu interviewen.

»Wie ist das eigentlich mit der Zungentechnik?«, fragte sie. »Wenn man so gut jodeln und seine Zunge dermaßen verdrehen kann, kann man dann auch besonders gut küssen?«

»Woas hast's g'sagt, Mädel?« Nelly wiederholte ihre Frage kichernd mit dem Anschein der Ernsthaftigkeit.

»Ob i guat küsse koa?« Der Sepp schaute in das Publikum, setzte sein Zahnlückenlachen auf, und bevor Nelly wusste, wie ihr geschah, zog er sie mit festem Griff an sich und jodelte in ihren Mund. Das Publikum feuerte ihn klatschend an und der Kuss schien ewig zu dauern. Nellys anfänglicher Widerstand löste sich nach den ersten zehn Sekunden auf. Diese Showeinlage war mehr als peinlich, hier war Fremdschämen angesagt. Als er Nelly schließlich von sich schob, fragte er sie vor dem faszinierten Publikum: »Is die Froage nua beantwortet?« Er beendete die Einlage mit einem gekonnten Abschlussjodler.

Nelly war nichts peinlich. Sie genoss es, der Star des Abends zu sein. Sie verbeugte sich nach allen Seiten vor dem Publikum und bedankte sich bei Sepp für das aufschlussreiche Interview.

›Das hast du nun davon! Das alles hättest du von mir haben können und noch viel mehr‹, schien ihr Blick zu sagen, als sie in Christians Richtung schaute. Ich amüsierte mich königlich bei diesem Schauspiel.

Vor lauter Trubel bemerkte ich erst jetzt, dass der Vibrationsalarm an meinem Oberschenkel von einem stetig ansteigenden, schrillen Klingelton begleitet wurde. Chris hatte es vor mir bemerkt, unauffällig schob er seine Hand unter meinen Rock, strich sanft über die Spitze des Strumpfes und holte mein Handy aus seiner Halterung. In dem Moment, als ich das Gespräch annehmen wollte, verstummte das dumme Ding.

Christian bugsierte mich so diskret wie möglich aus dem Biergarten, damit ich Markus in Ruhe zurückrufen könnte. Die folgende WhatsApp von Markus war jedoch so dämlich, dass ich keine Lust mehr hatte, mit ihm zu sprechen. Maren hatte ihm das Selfie von mir geschickt und darunter geschrieben: ›Mama sollte immer so rumlaufen, echt cool!‹ Markus war anscheinend nicht dieser Ansicht.

Christian bestätigte mir, dass meine Tochter recht hatte und ich immer so rumlaufen sollte, und dann entführte er mich an unseren Privatstrand. Fremde hatten keinen Zutritt zu dem

Bereich und aus unserem Kurhotel war niemand zu sehen.

»Mach es dir bequem, Tine. Lass uns heute Nacht Sternschnuppen gucken. Es ist eine von diesen Nächten, in denen extrem viele Sternschnuppen zu sehen sind.« Er stellte zwei Liegen zusammen, holte Auflagen aus dem kleinen Schuppen und machte es uns gemütlich.

»Dann kann ich mir ja ganz viel wünschen.« Die Liegen waren echt bequem, ich legte die Beine hoch und schaute in den schwarzen Himmel mit seinen Milliarden hellen Pünktchen, die die Nacht kaum erhellten. Im Moment war ich wunschlos glücklich. Es war eine von diesen Sommernächten, die man unbedingt im Freien verbringen musste. Chris verschwand noch einmal in dem Häuschen und kam mit Decken und einem Picknickkorb zurück.

»Diesen Wunsch konnte ich dir an deinen Augen ablesen.« Mit seinem jungenhaften Charme holte er einen Eiskühler mit einer Flasche Champagner, zwei Gläser und noch ein paar andere Leckereien aus dem Korb.

»Auf die Sternschnuppen und die vielen schönen Wünsche, die erfüllt werden wollen.«

»Da! Hast du sie gesehen?« Bevor ich weitersprechen konnte, nahm Chris mir das Glas aus der Hand. Er streichelte über meine nackten Arme, die sofort Gänsehaut bekamen, dann wanderten seine Lippen am Rand meines Ausschnitts entlang, an meinem Hals hoch, bis zu den Ohrläppchen und schließlich fanden sie meinem Mund. Der Kuss verriet ihm meine Wünsche ohne Worte und Chris verlieh seinen Wünschen Nachdruck. Zärtlich tastete er sich in die Richtung vor, in der er das Handy entdeckt hatte. Sanft strich er über die Spitze meiner halterlosen Strümpfe und liebkoste die warme Haut meiner Schenkel.

Sternschnuppen erhellten immer wieder das Dunkel der Nacht. Ich war kurz davor selbst Sterne zu sehen, so sehr erregten mich Christians Berührungen. Sie waren fordernd, aber nicht so, dass ich mich überrumpelt oder zu irgendwas gedrängt gefühlt hätte.

Ich schmiegte mich in Christians Arme, atmete seine Haut und verteilte zärtliche Küsse über seine Brust und hinab, Richtung Nabel. Er hatte sein T-Shirt hochgeschoben. Diese Tatsache und die Berührung seiner Hände genügten, um mich in die Tine zu verwandeln, die ich vor Ewigkeiten einmal gewesen war. Als wir uns voneinander lösten, war ich noch fast vollständig bekleidet, bis auf mein Höschen.

»Christian von Dorschweiler, kann es sein, dass du ein Dirndl-Fetischist bist?« Ich sah ihn streng an, konnte aber ein frivoles Kichern nicht unterdrücken. »Ich werde dich ab sofort nur noch Dirndl-Dorschi nennen.«

»Pst! Man könnte uns hören.« Er legte seinen Zeigefinger auf meinen Mund. Ich konnte nicht anders, als ihn mit meinen Lippen zu umschließen. Er schmeckte noch nach mir. Unter den Decken eng aneinandergekuschelt, folgten wir mit verklärtem Blick den Sternschnuppen beim Flug durchs Universum.

»Sternschnuppenwünsche darf man nicht aussprechen«, flüsterte ich. Am liebsten hätte ich meine Wünsche der ganzen Welt verkündet. Träumend und wünschend schliefen wir auf den Liegen ein. Gegen Morgen weckte Dorschi mich, es war kalt geworden.

Wie zwei Verbrecher schauten wir uns um, ob jemand unterwegs war, der uns hätte sehen können. Wir beseitigten alle Spuren der Nacht und verabschiedeten uns vor meiner Zimmertür.

»Schlaf noch ein bisschen, schöne Frau, und träum von mir.« Chris zog mich noch einmal in seine Arme und flüsterte mir ins Ohr: »Ich möchte, dass du mir deine Wünsche und Träume erzählst. Deine erotischen Phantasien.«

»Bitte? Das kann ich nicht«, stotterte ich. »Da muss ich jetzt erstmal drüber schlafen. Gute Nacht Christian, du Dirndl-Dorschi. Und ..., danke!«

Meine Füße habe ich an diesem Abend, besser gesagt an diesem Morgen, nicht mehr massiert und eingecremt und auch mein Glückstagebuch konnte mein Glück nicht fassen. Ich habe mich nur noch in mein Bett gekuschelt und bin auf der Stelle eingeschlafen.

Ich hatte so gut geschlafen und war am nächsten Morgen fast allein in dem großen Saal. Da ich für diesen Sonntag nichts geplant hatte, packte ich meine Badesachen und meinen Krimi ein und ging zurück an den Ort des Geschehens.

Unsere Liegen von letzter Nacht waren besetzt. Am liebsten hätte ich den älteren Herrn, der sich darauf bereitgemacht hatte, verscheucht.

Mit Sonnenbrille getarnt suchte ich mir ein schattiges Plätzchen unter einem Baum.

Mein Versuch zu lesen scheiterte kläglich, weil ich Gespräche mitbekam, die mit Sicherheit nicht für meine Ohren bestimmt waren. Ich konnte nicht herausfinden, wer es war, aber nach dem, was ich hörte, war ich mir sicher, dass uns in der vergangenen Nacht jemand beobachtet hatte. Ich konnte mich jedoch nicht erinnern, ob ich ein Geräusch oder etwas anderes bemerkt hatte. Es fiel mir nichts ein.

Lästerliesen

Das Gemunkel und Getuschel konnte ich nur teilweise verstehen. Ab und zu schaute ich über den Rand meines Krimis, ich kam mir vor, wie ein Geheimdetektiv. Momentan zogen sie über Chris her.

»Der Porschefahrer ist doch bekannt für seine Dirndl-Vorliebe«, hörte ich eine laute Frauenstimme.

»Der schleppt doch immer, wenn er hier ist, eine ab und lässt sie spätestens nach der Kur hängen«. Das war Nellys quäkige Stimme. »Man gut, dass ich noch rechtzeitig die Kurve gekriegt habe, obwohl ...«. Es folgte ein sehnsüchtiger Seufzer.

Als Angie sich zu mir gesellte, wurde es still in der Lästerecke. Gelegentlich wurde noch gekichert und ich dachte: ›Ihr blöden Hühner, ihr könnt mich mal.‹

Es war mir völlig wurscht, ob Chris jedes Jahr in der Kur eine andere Frau kennenlernte und verführte. Das, was ich mit ihm erlebt hatte, konnte mir keiner mehr nehmen.

»Sag mal, Tine, ihr wart ja gestern Abend so plötzlich verschwunden?« Angie zwinkerte mir zu und ich ahnte, dass sie Bescheid wusste.

»Ja, mein Handy hatte geklingelt. Markus! Ich wollte ihn zurückrufen.«

Angie fragte nicht weiter, was genau geschehen war, dafür war ich ihr sehr dankbar. Vielleicht würde ich es ihr irgendwann einmal erzählen. Doch vorerst sollte es mein Geheimnis bleiben.

Chris hatte sich zum Mittagessen abgemeldet. Seine SMS *Nicht böse sein, ich hab etwas Wichtiges zu erledigen*, die er mir mittags geschickt hatte, gab mir Rätsel auf. Aber ich hatte überhaupt keine Lust, mir darüber den Kopf zu zerbrechen. Vielleicht wollte er einfach allein sein und seinem aufgescheuchten Hühnerhaufen und den neugierigen Fragen entgehen.

Mittags schnappte ich mir mein Fahrrad, eine Decke und mein Buch und radelte Richtung Füssen. Auf halber Strecke machte sich mein Handy wieder bemerkbar und ich jubilierte, als ich eine Nachricht von Chris las.

Bin doch früher fertig geworden, als ich gedacht hatte. Bin in Füssen. Treffen um 14:00

Uhr am Anleger des Forggensee? Kuss, Dein Dorschi.

Ich musste mich ordentlich abstrampeln, um es bis vierzehn Uhr zu schaffen. Der war ja süß, schreibt eine SMS und geht davon aus, dass ich springe. Und ich bin so blöd und tue es tatsächlich. Verschwitzt und wenig ladylike kam ich am See an. Die Farbe des Wassers faszinierte mich aufs Neue. Es schimmerte ebenso wie der Lech in einem grünlichen Blauton.

Dampferfahrt

Als ich Chris lässig auf einer Parkbank sitzend entdeckte, musste ich unwillkürlich an Krimis und Agentenfilme denken. War er womöglich undercover unterwegs? Auf meine Frage, was er denn Wichtiges zu erledigen gehabt hätte, wollte er nicht eingehen. Angeblich hatte es etwas mit seinem Job zu tun. Mit einem Kuss lenkte Chris mich ab und brachte mich auf verwegene andere Gedanken.

»Und nun?« Ich parkte mein Fahrrad. Am liebsten hätt ich da weitergemacht, wo wir in den Morgenstunden aufgehört hatten. Die leichten Gewissensbisse, die immer mal wieder um die Ecke schauten, ignorierte ich einfach. Zu meinem Erstaunen gelang mir das recht gut.

»Wir könnten eine Bootsfahrt auf dem Forggensee machen. In einer Stunde legt der Dampfer ab zur großen Rundfahrt. Was hältst du davon?« Chris legte den Arm um mich und schob mich Richtung Anleger.

»Ein Gleitschirmflug wäre mir ehrlich gesagt lieber«, entgegnete ich flapsig.

»So, so, Christine. Wer hätte das gedacht? Du kannst wohl nie genug kriegen? Wenn du am Mittwochnachmittag keine Anwendungen hast, könnten wir es noch einmal versuchen. Vorausgesetzt, das Wetter spielt mit. Leider habe ich meine Ausrüstung jetzt nicht dabei. Ich war davon ausgegangen, dass mein Termin länger dauern würde.«

Wir einigten uns auf die große Bootstour und holten uns ein Eis, während wir darauf warteten, dass wir an Bord gehen konnten. Das Schiff war nicht ausgebucht und wir fanden einen schönen Platz für uns allein. Da zahlreiche andere Kurgäste aus unserem Haus anwesend waren, beschlossen wir, uns zivilisiert und anständig zu benehmen. Wir wollten die Gerüchteküche nicht unnötig anheizen. Ich hatte Chris von dem Gerede, das ich unfreiwillig belauscht hatte, erzählt.

»Ist an den Gerüchten denn was dran?«, wollte ich wissen.

»Liebe Christine, dazu müsstest du mir erst einmal erzählen, was du mit den Gerüchten genau meinst.«

Ich schaute aufs Wasser und es klang fast wie ein Selbstgespräch, als ich loslegte. »Na ja, du sollst ein ganz Schlimmer sein. Suchst dir jedes Mal in der Kur ein Dummchen mit Dirndl, das mit dir abheben darf und das hinterher eine Bruchlandung erlebt. Und dass du die Frau, sobald du genug von ihr hast, einfach so fallen lässt. Herzschmerz ohne Ende ist danach vorprogrammiert.«

Ich schwieg eine Weile, dann schaute ich ihn direkt an. »Eine der Lästerliesen erzählte, dass man dich auch den Sternschnuppenprinz nennt.« Mein Blick ruhte fest auf ihm. Das hatte ich lange trainiert. Ich konnte meinem Gegenüber minutenlang in die Augen zu schauen, ohne den Blick abwenden zu müssen.

»Das klingt ja fast wie ein Verhör.« Chris lachte, wurde dann aber ernst. »Dass ich auf Dirndl stehe, ist vollkommen richtig. Aber das heißt noch lange nicht, dass ich mit jeder Frau, die ein Dirndl trägt, auch vögeln will. Denk mal an die armen Serviererinnen, ich müsste ja jede von ihnen beglücken. So jung bin ich auch nicht mehr, dass ich die noch alle schaffe. Oder vielleicht doch?« Er wich meinem Blick nicht aus, ich konnte aber erkennen, dass er sich köstlich amüsierte. In seinen Augen war so ein verwegenes, selbstgefälliges Funkeln.

»Dorschi, du Angeber!«

»Was ist denn mit dir, liebe Christine? Du bist einem Abenteuer ja auch nicht abgeneigt und du hast einen festen Freund. Ich bin wenigstens ungebunden.« Er versuchte, den Spieß herumzudrehen.

»Das ist jetzt unfair!« Ich strich mir durch die kurzen Wuschelhaare und knabberte an meiner Unterlippe. Mein Gewissen nutzte sofort die Gelegenheit, aus seinem Versteck hervorzuspringen und mich aufzuwühlen.

»Hey, hey, war doch nur Spaß! So wie du dich bisher verhalten hast, suchst du bestimmt kein Abenteuer, du kannst so ekelig abweisend sein. Und dabei so verdammt sinnlich.« Christians Hand lag auf meinem Bein, ich rutschte ein wenig näher an ihn heran. Der Dampfer tuckerte gemächlich weiter über den See, wir befanden uns bereits auf der Rückfahrt.

»Weißt du, Tine, ich habe von uns wunderschöne Bilder im Kopf«, flüsterte er mir unvermittelt ins Ohr und fuhr dann fort: »Bilder von dir, in Aktion an mir.«

Hui, war das heiß. Ich rückte meine Sonnenbrille zurecht und wischte mir über die Stirn. »Chris, du machst mich ganz verlegen. Ich bin eigentlich überhaupt nicht so. Und wenn du es genau wissen willst, ich habe seit ein paar Jahren überhaupt keine Lust mehr auf Sex. Ich finde, Sex wird definitiv überbewertet.«

»Wie gut, dass du mir das sagst. Davon habe ich letzte Nacht nichts bemerkt.« Seine Hand wanderte ein paar Zentimeter nach oben und ich hatte wieder das Gefühl, als läge ich im prickelnden Sprudelbad.

»Wir können das ändern, mit deiner Lustlosigkeit. Ich helfe dir gern dabei.«

Hilfe! Ich bin in den Fängen eines Frauenflüsterers, dachte ich und warf meine Ernsthaftigkeit über Bord. Als wir am Anleger angekommen waren, konnten wir uns den neugierigen Blicken unserer Bekannten aus dem Kurhaus nicht mehr entziehen. Bevor wir mit ihnen zusammentrafen, verabredeten wir uns für später.

Zum Abendessen waren wir pünktlich wieder zurück. Es war eine gute Idee von uns gewesen, den Heimweg getrennt anzutreten. Ich radelte mit dem Fahrrad und Dorschi nahm seinen Porsche. Selbstverständlich war er damit schneller als ich. Er war bereits von seinen Damen umringt, als ich mit meinem Rad über den Hof schob. Sie hatten ihm verziehen und versicherten, dass sie ihn den ganzen Tag vermisst und eine wahnsinnig tolle Überraschung für ihn vorbereitet hätten.

Bevor ich wieder in das von Dorschi heißgeliebte Dirndl schlüpfte, drehte ich noch ein paar Runden im warmen Wasser unseres kleinen Schwimmbads und lockerte meine Verspannungen mit Hilfe der Massagedüsen. Morgen fing wieder der normale Kuralltag an, ich freute mich schon darauf.

Überraschung für Dirndl-Dorschi

Frieda studierte die Speisekarte für den nächsten Tag, als ich an unseren Tisch kam. Iris hörte ich laut schnattern und mit wehenden Fahnen kam Toni angedüst, hochrot im Gesicht. Er behauptete steif und fest, seinen Puls hätte er gut im Griff und nannte uns mal wieder beeindruckende Zahlen von Puls und Höhenmetern. An Christians Tisch war seltsamerweise noch gar nichts los. Er zwinkerte mir zu und ich freute mich auf den Abend mit ihm.

Dass der Abend völlig anders werden würde, ahnte ich erst, als Christians Tischdamen eine nach der anderen in einem Dirndl erschienen. Sie stolzierten herein, als kämen sie über einen imaginären Laufsteg, allen voran Nelly. Ihre Rundungen waren wie fürs Dirndl gemacht. Sie kamen viel zu gut zur Geltung. Sie verbeugte sich kurz vor Chris und präsentierte ihm ein Dekolleté, das aussah wie aus einem Bilderbuch für Erwachsene.

Nachdem sie Platz genommen hatte, trippelte die nächste Tischdame herein, drehte sich einmal um die eigene Achse, machte einen Knicks, und rutschte dann auf ihren Platz. Nummer drei hatte ein keckes Hütchen aufgesetzt, unter dem zwei dünne, blonde Zöpfe hervorschauten. Sie drehte mehrere Pirouetten, bevor sie an ihrem Platz ankam. Die Vierte eilte zügigen Schrittes zum Tisch, blieb kurz vor Christian stehen und wollte ihn mit einem Jodler beeindrucken. Zum Schluss lief die dunkelhaarige Karin auf, die, meiner Meinung nach, seit geraumer Zeit auf ein Einzeldate hoffte. Sie inszenierte einen Hüftschwung, der an Bardamen in Cowboyfilmen erinnerte und sah aus wie Marilyn Monroe in dunkelhaarig.

»Überraschung!«, riefen sie wie aus einem Munde. »Alles für dich, liebster Dirndl-Dorschi«, hauchte das Marilyndouble. Der halbe Saal war inzwischen aufgestanden und klatschte, sobald die Mädels einliefen. Ich schwankte, ob ich mich darüber amüsieren oder ob ich es schlichtweg albern und lächerlich finden sollte. Der Abend würde allem Anschein nach wieder einmal anders verlaufen, als ich mir das erträumt hatte. Ich witterte Gefahr, Christians Tischdamen sahen wirklich umwerfend aus in ihrem Outfit.

Toni fielen beim Anblick der Dirndl-Damen fast die Augen aus dem Kopf und unser Martin musste sich umsetzen, mit dem Rücken zum Geschehen. Seine Liebste war ja noch zu Besuch und passte gut auf ihn auf.

Die Aufregung legte sich erst, als das Essen aufgetragen wurde. Der Bachelor-Tisch stand im Mittelpunkt des Abends. Ich glaube, alle Anwesenden schielten mehr oder weniger auffällig zu den herausgeputzten Mädels, die sich rund um Chris versammelt hatten. Er konnte beim besten Willen nicht einfach mit mir verschwinden. Sein Gefolge hatte den Prosecco längst kaltgestellt. Die Feierbiester waren bereits in Aktion, nach dem Essen sollte die Party am See steigen.

Misswahlen

Ich war nicht zur Party eingeladen. Die dummen Hühner mobbten mich. Chris bestand jedoch auf meiner Anwesenheit. Nach einiger Überzeugungsarbeit kam Nelly zu mir an den Tisch.

»Du bist natürlich auch herzlich willkommen zur Dirndl-Party.« Sie kicherte frivol. »Es findet heute eine Miss-Wahl statt.«

»Das ist wirklich reizend von euch, aber ich habe heute Abend schon eine andere Verabredung. Vielleicht komme ich später noch nach. Viel Spaß«, sagte ich so freundlich, als wäre nichts gewesen. Ich hatte absolut keine Lust, zu einer Party zu gehen, bei der ich nur geduldet bin.

Angie versuchte mich zu überreden mitzukommen. »Komm Tine, sei keine Spaßbremse. Das lass ich mir doch nicht entgehen. Auf diese Misswahl bin ich echt gespannt.«

»Sind eigentlich auch noch andere Männer eingeladen?«, wollte ich wissen. »Oder ist der

Herr von Dorschweiler mit den Weibern allein?« Mein Tonfall bekam etwas Abfälliges, ich merkte es selber.

»Da kann ich dich beruhigen. Einige von ihnen haben sich anderweitig getröstet und bringen ihre Saisonschmuser mit. Los komm, mach mit. Wenn's dir zu blöd wird, kannst du ja immer noch gehen.«

Über den *Saisonschmuser* musste ich herzhaft lachen, diese Bezeichnung kannte ich noch nicht. Angie fügte nach meinem Lachanfall hinzu: »Außerdem ist es doch besser, wenn du live miterlebst, was passiert, als wenn du auf deinem Zimmer hockst und dir die wildesten Sachen ausmalst.«

»Hm. Wenn man es so betrachtet, hast du mal wieder recht.«

»Dann hole ich dich in einer halben Stunde ab. Umziehen brauchst du dich ja nicht mehr. Ich finde, du bist die Attraktivste von uns allen.«

»Hoppla, wie komme ich denn zu der Ehre? Ziehst du eigentlich auch ein Dirndl an?« Ich konnte mir Angie gut darin vorstellen, auch wenn sie sonst mehr der klassisch elegante Typ war.

»Natürlich habe ich auch ein Dirndl dabei. Ich habe mir bei meinem letzten Aufenthalt eins gekauft und ich freue mich immer, wenn ich es hier wieder anziehen kann.«

»Ganz wohl ist mir ehrlich gesagt nicht bei dem Gedanken zuzusehen, wie Christian von den Frauen angeschmachtet wird.«

***

So schnell konnte mich heute nichts aus der Bahn werfen. Mein Glücksgefühl hielt immer noch an. Nicht mehr in derselben Intensität wie nach dem Sprung, aber doch so, dass ich mich noch immer wie beflügelt fühlte.

Um gut vorbereitet zu sein auf den Abend, brachte Angie wieder eine Flasche Prosecco mit. Sie hatte einen beachtlichen Vorrat von zu Hause eingepackt und sämtlichen Stauraum ihres Smarts damit bestückt. Auf meinem Balkon schmeckte er ihr besonders gut. Von hier aus konnten wir direkt hinüberschauen zum Badestrand. Besser gesagt, wir konnten den Weg bis zum Eingangstor verfolgen.

Auf keinen Fall wollten wir die Ersten, aber auch nicht die letzten Partygäste sein. Als die Musik immer lauter wurde und etliche aufgebrezelte Frauen den Weg beschritten hatten, verließen wir meinen Balkon.

***

Die Feierbiester hatten alles bestens organisiert. In der Nähe des Badestegs hatten sie die Liegen zusammengeschoben, Auflagen verteilt und viele kleine Lichter aufgestellt. Es herrschte eine Atmosphäre wie bei einer exklusiven Sommernachtsparty rund um einen Pool, der in diesem Fall ein Badesee mit Moorwasser, Seerosen und vielen kleinen Fischen war.

Angie und ich fanden im hinteren Bereich noch freie Plätze, an denen es nicht so laut war. Die Gäste hatten Getränke mitgebracht, es gab reichlich Prosecco, aber auch Säfte und andere alkoholfreie Sachen.

Niko hatte sich zur Feier des Tages besonders schick gemacht. Er trug ein knallbuntes Hemd zu einer rotorangefarbenen Pluderhose. Seine silberne Lockenpracht war zu einem

Schwänzchen zusammengebunden. Er gefiel sich anscheinend in der Rolle des Moderators für die Misswahl.

Da auch *Germanys next Topmodel* zu den Kultsendungen gehört, die ich mit meiner Tochter regelmäßig gucken musste, war ich gut vorbereitet auf das, was mich erwartete.

Die selbsternannten Topmodels kannten die Sendung anscheinend auch recht gut. Sie hatten den Catwalk ziemlich perfekt drauf, auch das arrogante Lächeln und den Hüftkick. Ganz zu schweigen von dem verächtlichen Blick ins Publikum bei der Drehung. Zu dem Auftritt der Models wurde Musik aus den Charts gespielt.

Welche Rolle Chris bei der Misswahl innehatte, war mir nicht klar. Auf jeden Fall saß er am Ende des Laufstegs im Publikum. Vor ihm vollführten die Models ihre Drehungen und Hüpfer, sodass die mehr oder weniger üppigen Dekolletés nur so wackelten. Nelly hüpfte locker über den Steg und hob wie zufällig ihren Rock. Es war selbst hier hinten nicht zu übersehen, dass sie darunter sehr verführerische Dessous trug.

Niko mit seiner Schwäche für den platten Witz verkündete freudestrahlend, dass es nun zur *Wahl der Miss Mops* ginge.

»Mädels, zeigt, was ihr zu bieten habt, lasst die Möpse tanzen.« Er war ein guter Entertainer, mit betretener Miene fügte er sofort an: »Ich meine natürlich die Wahl der Miss Dirndl«. Vielsagend leckte er sich über die Lippen.

In der Jury saß neben Chris, der verwegen gut aussah in seinem Trachtenlook mit der extrem gutsitzenden Lederhose, doch tatsächlich das zahnlose Jodel-Original Sepp. Nelly hatte ihn angeschleppt, weil Iris sich überlegt hatte, dass auch sie bei ihm ihr Jodeldiplom machen wollte. Sie war wohl noch immer schwer beeindruckt von seiner Jodlerzunge. Sie trällerte ihm einen eigenen Jodler vor, vielleicht wollte sie ihm damit imponieren. Als drittes Jurymitglied hatten sie Vroni, die Seele des Kurhauses zu dieser ehrenvollen Aufgabe überreden können. Immerhin war sie eine waschechte Allgäuerin und wusste alles rund um die landestypischen Bräuche rund um das Dirndl.

Die Misswahl lief auf Hochtouren. Es war sehr laut und wir hätten die Hilferufe nicht gehört, wenn nicht plötzlich eine Dame mit Badekappe über den Laufsteg gerannt wäre, die mit Sicherheit nicht an dem Spektakel teilnahm.

»Hilfe! Hilfe! Nun tut doch was, er ertrinkt!«

»Das ist eine wirklich tolle Showeinlage«, rief Angie mir zu und hielt sich den Bauch. Erst als die Gäste in den vorderen Reihen die Panik in den Augen der Frau sahen, sprangen einige auf und liefen zu der Stelle, auf die sie zeigte. Schon bald war das Ufer von Helfern und Schaulustigen gesäumt.

Christian stand bis zu den Schultern im Wasser und zog den prustenden und um sich schlagenden Ehemann der Dame an Land. Jemand hatte einen Notruf abgesetzt, das Geheul der Sirene des Notarztwagens kam immer näher. Der Jodler und Chris führten Erste-Hilfe-Maßnahmen durch. Der verunglückte Mann kam langsam wieder zu sich, wurde aber zur Beobachtung erstmal ins Krankenhaus gebracht.

»Von dem würde ich mich auch gern wiederbeleben lassen!« Nelly hatte nichts Besseres zu tun, als einen blöden Kommentar von sich zu geben, weil der Notarzt recht jung und ziemlich gutaussehend war. Sie war drauf und dran, in ihrem beschwipsten Zustand vom Steg aus in den See zu springen. Vroni wurde rabiat, nahm Nelly unter Protest beiseite und brachte sie auf ihr Zimmer. Anschließend kehrte Vroni zu uns zurück und beendete die Misswahl.

»Schluss für heute! Es wird alles aufgeräumt und ordentlich hinterlassen. Ich will keinen Ärger bekommen und Sie sicher auch nicht.«

Die Misswahl war im wahrsten Sinne des Wortes ins Wasser gefallen. Betreten räumten wir auf und traten den Rückweg an. Dass der Abend so enden würde, damit hatte niemand von uns gerechnet. Ich hätte gern miterlebt, wer zur ›Miss Dirndl‹ gekürt worden wäre. Als Hauptgewinn winkte eine exklusive Privatführung auf Schloss Neuschwanstein für höchstens zehn Personen, inclusive Christian. Bestimmt hätte auch König Ludwig seine Freude an der farbenfrohen und unkonventionellen Party am See gehabt.

Gelegenheit macht Liebe

Die Montagsstimmung war gedrückt. Die Plätze des beinahe ertrunkenen Mannes und seiner Frau blieben leer und wir sorgten uns um sie. Oft hatten wir uns lustig gemacht über dieses seltsame Paar. Es erinnerte uns an Figuren aus einem Comicmagazin. Wir nannten sie heimlich das Prinzenpaar, denn mit richtigem Namen hießen sie König. Das Prinzenpaar tat furchtbar vornehm, selbst bei der Wassergymnastik. Die Zwei trugen die gleichen Noppenbadekappen und die Prinzessin nörgelte immer an ihrem Prinzen herum. Der nächtliche Unfall ging uns dennoch sehr nahe.

Am Bachelortisch wurde heute Morgen auch nicht viel geredet. Nelly fehlte, sie litt unter Migräne und Christian war unterwegs zu einer Anwendung. Letzte Nacht hatte er noch geschrieben und bedauert, dass der Abend so anders verlaufen wäre. *Für mich bist du die Erstplatzierte,* schrieb er. Der Einzige, der an diesem Morgen ununterbrochen quasselte, war unser Marathonschwätzer.

Auf meinem Tagesprogramm stand nach dem Arzttermin noch Wassergymnastik, Massage und auch der Kneipp'sche Guss. Die Termine waren so getaktet, dass ich dazwischen kaum Luft hatte.

Angespannt saß ich der Kurärztin gegenüber. Sie hielt eine Verlängerungswoche für angebracht. Bei meiner Anreise hatte ich jeden Gedanken daran weit von mir geschoben. Jetzt wünschte ich sie mir von ganzem Herzen.

»Gibt es schon Neuigkeiten wegen der Verlängerungswoche?« Unruhig rutschte ich auf meinem Stuhl hin und her.

»Ja, Frau Landgraf, ich habe gute Nachrichten für Sie. Haben Sie sich denn inzwischen gut eingelebt?« Sie musterte mich und nahm erfreut meine positive Veränderung zur Kenntnis. Mein Therapieprogramm wurde entsprechend angepasst. Lediglich die Therapiesitzungen bei PP wollte sie nicht reduzieren.

»Ich habe keine Verlängerung bekommen«, flüsterte Christian mir während der Wassergymnastik zu.

»Was???« Erschrocken tauchte ich unter.

Das bedeutete, dass er am Wochenende abreisen musste. Unsere kleine Romanze hatte doch gerade erst begonnen. Sollte sie etwa beendet sein, bevor sie richtig begonnen hatte? Wir hatten bisher nur eine aufregende Nacht miteinander erlebt und ich wollte und konnte mich damit nicht zufriedengeben. Allein die Tatsache, dass er fast nackt hier im Schwimmbecken neben mir planschte, weckte ein ungehöriges Verlangen in mir.

Wie zufällig berührte er mich unter Wasser an empfindlichsten Stellen und flüsterte mir etwas ins Ohr, das mir die Farbe wieder ins Gesicht trieb. Während der Übungen raunte er mir zu, dass er jetzt viel lieber unter mein Dirndl abtauchen würde, während seine Hand für einen winzigen Moment die Stelle streifte, an der meine Beine endeten. Selbstverständlich achteten wir darauf, dass niemand etwas davon mitbekam.

Es war verdammt schwierig, Gelegenheiten für ungestörte Zweisamkeit zu finden. Am Mittwoch wollte Chris noch einmal ins Tannheimer Tal zum Gleitschirmfliegen. Ich war Feuer und Flamme und setzte alle Hebel in Bewegung, um den einzigen störenden Termin, den ich nachmittags hatte, zu verlegen. Mit vielen guten Worten gelang es mir schließlich.

Ausgerechnet für das letzte Wochenende, an dem Chris noch da war, hatte Markus sich angekündigt. Panik stieg in mir auf. Ich wollte und konnte Chris nicht in der Gewissheit nach Hause fahren lassen, dass es mit uns schon aus und vorbei war. In mir brannte das unbändige Verlangen, Christians wundervollen Körper auf mir und in mir spüren, seine Haut auf meiner Haut zu fühlen. Die Sternschnuppennacht mit all den sündigen Küssen und heimlichen Wünschen war doch erst ein Anfang, meiner Meinung nach.

Bei jedem Schritt, den ich walkte, hatte ich nur noch Christian im Sinn und ich malte mir aus, was ich mit ihm alles anstellen könnte, beziehungsweise er mit mir. Ich wurde mit jeder Runde schneller, meine Fitness steigerte sich von Tag zu Tag.

Die Schlossführung

Am Montagabend war die Schlossführung angesetzt, die ursprünglich als Hauptgewinn der Misswahl vorgesehen war. Da keine Miss Dirndl gekürt worden war, hatte ich die Ehre, die Personen auszuwählen, die mitkommen durften. Angie und Iris mussten mit. Das Prinzenpaar lud ich auch ein, damit die beiden sich von ihrem Schreck erholen konnten. Sie schienen auf dem besten Weg zu sein, denn sie stritten sich bereits wieder. Meine Einladung nahmen sie trotzdem dankbar an. Auch Martin lud ich zu der Führung ein. Nachdem er das Okay von seiner Liebsten eingeholt hatte, freute er sich wie ein kleiner Junge.

»Wer möchte denn von euch mitkommen?«, fragte ich die Mädels von den Feierbiestern.

»Wenn du uns so fragst, liebe Tine, dann wollen wir alle mit.«

»Das geht leider nicht.« Ich hätte sie gern alle dabei gehabt.

»Dann losen wir das aus, nicht wahr?« Es gab bei den Mädels überhaupt keinen Stress untereinander.

Ein bisschen beneidete ich die Feierbiester, sie waren wirklich eine tolle Clique, deren oberstes Gebot Spaß war. Im Laufe der Woche würden einige von ihnen abreisen und die Gruppe würde anfangen, sich aufzulösen. Aber auch das war für sie ein willkommener Anlass zum Feiern.

Inzwischen waren nicht mehr nur Mädels bei den Feierbiestern, auch ein paar Männer wurden in den erlesenen Kreis aufgenommen. Zugangsvoraussetzung war entweder, dass die Männer Spaß am Feiern hatten und sich trotzdem anständig benehmen konnten, oder dass sie als *Nachtschattengewächs* gepflegt und geliebt wurden. Meistens war das Letztere das Aufnahmekriterium. Die Feierbiester führten definitiv kein Schattendasein. Wenn sie wieder heimreisen mussten, ließen sie ihre Schatten, mit denen sie die Kurschatten meinten, hinter sich. Das war ein ungeschriebenes Gesetz und wurde gleich zu Beginn einer Liaison klargestellt.

* * *

Wir waren bei der Schlossführung wirklich ein erlesenes Grüppchen und bekamen Zugang zu sämtlichen Gemächern. Selbst die königliche Toilette blieb uns nicht verborgen. Die Aussicht vom Schloss war grandios. Ich fühlte mich in den pompösen Sälen selbst wie eine Königin. Es wurden Geschichten und Anekdoten rund um den etwas spinnerten König Ludwig erzählt und Vermutungen über seinen mysteriösen Tod angestellt, der bis heute noch Rätsel aufgibt. Der Ausflug und die exklusive Führung auf Schloss Neuschwanstein war überaus beeindruckend.

Das Rätsel um unseren fast ersoffenen Prinzen wurde bei der Gelegenheit auch gelöst. Der Verdacht, dass Alkohol im Spiel gewesen sein könnte, erwies sich als reine Spekulation. Der gute Mann hatte einen heftigen Muskelkrampf im Bein gehabt, der ihn völlig außer Gefecht gesetzt hatte.

Chris verriet mir, dass er seine Beziehungen hatte spielen lassen, um diese Sonderführung zu bekommen. Es erweist sich doch immer wieder als vorteilhaft, wenn man bei der Polizei arbeitet und Ordnung und Sicherheit repräsentiert.

* * *

Als ich am nächsten Tag wieder die Wonnen des Sprudelbads genießen durfte, versuchte ich gar nicht erst, den Düsen auszuweichen. Ich träumte bei den blubbernden Bläschen, die an genau den richtigen Stellen aufstiegen, von all den schönen Dingen, die Mann und Frau so miteinander machen können. Seufzend stieg ich aus dem Bad. Mein verklärter Blick riss die junge Therapeutin wieder zu einem übermütigen Kommentar hin. Hatte ich womöglich laut gestöhnt?

Das Bergfest feierten wir in einem Biergarten bei fantastischer Livemusik. Groovige Jazzklänge ertönten und ein Saxophon, das mir unter die Haut ging. Zum freien Blick auf den Sonnenuntergang über dem See genehmigte ich mir einen Campari-Orange. »Ich hab das Gefühl, dass ich in einem Bilderbuch sitze oder auf einer kitschigen Postkarte. Geht euch das auch so?«, fragte ich Iris und Angie, die mit mir feierten. Chris glänzte mal wieder durch Abwesenheit, er hatte angeblich noch etwas Dienstliches zu erledigen. Er tat sehr geheimnisvoll und murmelte etwas von Job und telefonieren und delegieren. Enttäuscht nippte ich an meinem Campari. Dass Christians Zeit im Kurhotel am Samstag beendet sein sollte, wollte ich nicht wahrhaben.

Lustschreie in der Nacht

Möglichst unauffällig klopfte ich abends an Christians Zimmertür. Es dauerte einen Moment, bis er öffnete, mein Herz klopfte wie verrückt. Ich hatte insgeheim befürchtet, dass er noch unterwegs sein könnte. Schließlich hatte ich all meinen Mut zusammengenommen. Der Campari war nicht ganz unschuldig daran.

»Endlich! Ich habe schon daran gezweifelt, ob du es jemals tun würdest.« Sofort zog er mich in seine Arme. Sein Mund berührte mein Ohr, als er das sagte. Ich wusste genau, was er meinte, fragte aber trotzdem nach.

»Dass ich was tun würde?«

»Zu mir zu kommen und mir endlich sagen, dass du mich willst. Dass du mich verführen willst, dass du mit mir schlafen willst oder vögeln oder wie immer du das nennen magst.«

Ich wurde rot wie eine Fünfzehnjährige. Es war eine Art Alpenglühen in meinem Gesicht und auch noch in tieferen Regionen.

»Na komm, gib es zu. Sag mir, was du willst. Sag mir, dass du mich willst.«

Ich spürte seine Hände überall auf mir. Er stand nur einen Atemzug von mir entfernt, und ich fing an zu stottern wie ein Teenager beim ersten Mal.

»Ich ... ich ... ich weiß nicht, wie ich es sagen soll.« Statt etwas zu sagen, küsste ich ihn zärtlich. Er erwiderte den Kuss, wartete aber immer noch auf eine Antwort.

»Oh Chris, mach es mir doch nicht so schwer. Ich bin doch jetzt hier, bei dir. Reicht das denn nicht? Was willst du denn hören?«

Seine Augen ruhten fest auf mir und dieses Mal schaffte ich es nicht, seinem Blick standzuhalten. Verschämt schaute ich zu Boden. »Ich kann das nicht. Ich bin das nicht gewohnt, vom Vögeln oder so zu reden. Und dass ich dich will, das merkst du ja. Das weißt du doch längst. Sonst wäre ich nicht hier.« Ich wurde immer leiser.

»Dann müssen wir das ändern, meine liebe Christine. Du kannst viel mehr, als du glaubst. Du hast es doch schon bewiesen. Ich finde, es gibt kaum etwas Heißeres, als eine Frau, die mir sagt und beschreibt, was und wie sie es mag. Wenn sie mir ihre erotischen Phantasien verrät und mich auffordert, all die Dinge zu tun, die ihr höchste Lust bereiten.« Chris hatte sein Shirt ausgezogen und zog mich an seinen nackten Oberkörper. Sein Duft stieg mir in die Nase und meine Knie wurden zittrig. »Upps, jetzt fällt mir gar nichts mehr ein, ich glaube, ich sollte lieber gehen.« Ich drehte mich zur Tür.

»Nein Tine, bleib hier. Deine Schüchternheit kannst du zusammen mit deiner Kleidung ablegen, ganz langsam, Stück für Stück. Und wenn du so weit bist, dann verführ mich.«

Der folgende Kuss war Sünde pur und ließ meine Bedenken wegen Markus in den Hintergrund treten. Chris zündete Kerzen an, leise Musik spielte und in seinem Kühlschrank lagerte noch eine Flasche Prosecco. Er machte es sich auf dem Sofa gemütlich, zog mich an den Hüften zu sich heran und wollte wissen, ob ich mit Markus, überhaupt mit den Männern, mit denen ich bisher zusammen war, denn nie über Sex gesprochen hatte.

»Nicht so wirklich«, wich ich der Frage aus. »Wir haben uns geliebt, sind auch voller Leidenschaft übereinander hergefallen. Aber über die wirklich intimen Wünsche und Bedürfnisse haben wir nicht gesprochen. Wir haben das erspürt und gefühlt, was dem anderen guttun könnte. Und dann haben wir es getan, ohne viele Worte. Chris, ich finde, man muss auch nicht alles zerreden.«

Ich fühlte seine Hand unter meinem Shirt. Mein Bauch sendete Signale nach oben und nach unten und meine Lust war vollends entfacht.

»Christine, ich möchte, dass du dich vor mir ausziehst. Ich werde nur hier sitzen und zuschauen. Ich werde dich nicht berühren, solange du mich nicht darum bittest. Ich verspreche dir, ich werde nichts tun, was du nicht willst. Einverstanden?«

Ich schluckte. Das lief jetzt völlig anders, als ich es mir ausgemalt hatte. Nach kurzem Zögern willigte ich ein. »Einverstanden! Ich will es versuchen. Aber nicht lachen, ich habe weder Striptease- noch Dirty-Talk-Erfahrung.«

»Nein Tine, ich will dich nur ansehen. Du bist so schön, weißt du das eigentlich?«

Das wusste ich noch nicht. Meine Nase und meine Waden waren zu dick und mein Hintern auch. Aber so, wie Christian das sagte, fing ich an, es zu glauben.

Ich streifte die Schuhe ab. Barfuß nahm ich mein Glas, schloss die Augen und lauschte der Musik. Meine Hüften nahmen den Rhythmus auf. Langsam bewegte ich mich zu den Klängen und stellte mir vor, ich wäre eine Stripperin. So, wie ich es in Filmen gesehen hatte.

Ich trug nur einen Rock und ein Shirt. Und zum Glück wirklich schöne Wäsche darunter. Langsam begann ich mich zu drehen, wackelte mit meinem Hintern und streichelte über meinen Körper. An den Fingerspitzen fing ich an, strich aufwärts bis zum Hals, tastete mit den Fingerkuppen über mein Gesicht, fuhr mir durch die Haare und ließ die Hände über meinen Busen gleiten. Ich entblößte eine Schulter, zog mein Shirt hoch und bot ihm den Blick auf einen spitzenbesetzten BH, durch den sich meine Brustwarzen deutlich abzeichneten.

Chris sagte nichts und er rührte mich nicht an. Es war nur Musik und das Knistern der Begierde zwischen uns. Ich wurde mutiger. Meine anfängliche Scheu verlor sich tatsächlich. Ich strich über meine Nippel, umkreiste sie und nahm sie zwischen die Finger, so wie ich es auch manchmal mache, wenn ich allein mit mir bin. Im

Zeitlupentempo ließ ich meinen Rock fallen, erst dann öffnete ich die Augen wieder.

Unsere Blicke begegneten sich, verhakten sich ineinander und ließen sich nicht mehr los. Er begehrte mich. Und ich begehrte ihn. Als ich nur noch einen Slip anhatte und dicht vor ihm tänzelte, kniff er zärtlich in eine meiner Brustwarzen. Wie ein elektrischer Schlag ging es mir durch und durch, ich schnappte nach Luft.

Christian forderte mich auf, mich vor seinen Augen selbst zu befriedigen. Meine Hand glitt tiefer, dorthin, wo ich heiß und feucht war.

Mein Atem ging schneller, ich wollte ihn spüren und forderte ihn dazu auf. Mit Worten, die er mir anbot und die ich verschämt versuchte auszusprechen. Auch das F-Wort, das bisher ein Unwort für mich war. Aber so wie Chris das sagte, hatte es nichts, rein gar nicht Abstoßendes oder Abwertendes.

Christian hat auf dem Gebiet einen äußerst umfangreichen Wortschatz, den würde ich wohl niemals erreichen. Nach und nach lernte ich, es auszusprechen. Das Zauberwort für ihn war »Bitte f... mich.« Ich war mehr als bereit dafür und zerfloss unter seinen Händen, während er in mir war und all das aussprach, was er mit mir tat. Und dann passierte etwas, das ich noch nie erlebt hatte. Mein Orgasmus überrollte mich. Ich konnte mich nicht zügeln und zu meinem Erstaunen war ich zum ersten Mal in meinem fast fünfzigjährigen Leben beim Sex nicht leise. Ich musste ein Kissen zu Hilfe nehmen, um meine Lustschreie zu dämpfen.

Es war mir nicht wirklich gelungen, ungehört zu bleiben. Die Lustschreie der vergangenen Nacht wurden zum *Gesprächsthema* des nächsten Tages. Niemand konnte mit Sicherheit zu sagen, woher die Geräusche kamen.

Chris und ich hatten natürlich auch keine Ahnung. Wir wussten von nichts, taten völlig unschuldig und machten mit bei dem allgemeinen Rätselraten, wer mit wem in dieser Nacht etwas gehabt hatte. Wir waren uns sicher, dass wir nicht die Einzigen waren.

Als wir nachmittags zum Gleitschirmfliegen losdüsten, mussten wir uns nur anschauen, um in ungezügeltes Gelächter auszubrechen. Wir hielten am Straßenrand an, lachten Tränen, küssten uns die Tränen gegenseitig weg und berühren uns so unsittlich, wie es auf einer Landstraße möglich ist. Chris bremste mich, als ich versuchte, das in der vergangenen Nacht Gelernte anzuwenden. Als Promipersonenschützer kann Christian sich in seinem Job keine Ausrutscher erlauben. Er holte mich auf sehr liebevolle und zärtliche Art schnell wieder auf den Boden zurück. Ich hatte keine Chance, ihn unterwegs zu verführen.

Ich hatte keine Angst mehr, nur eine prickelnde Vorfreude. Das Schweben oben in der Luft über dem Tannheimer Tal erlebte ich heute ganz anders. Als wir den Boden unter uns ließen, schrie ich aus Leibeskräften und ich genoss es, so eng mit Chris verbunden zu sein. Ich wusste, ich kann mich auf ihn verlassen und fühlte mich absolut sicher bei ihm.

In puncto Sex gab es noch einiges, was ich von ihm lernen konnte. Dummerweise würde unsere Zeit nicht ausreichen, um von ihm vollständig in die Geheimnisse der Lust eingeweiht zu werden. Verdammter Mist! Das war der einzige Wermutstropfen an der ganzen Sache. Zu den unmöglichsten Gelegenheiten flüsterte mir mein Dirndl-Dorschi etwas ins Ohr, das mich innerlich zum Glühen brachte. Dieses wahnsinnige Gefühl hatte ich seit Jahren vermisst, das wurde mir mit einem Mal klar. Ich fragte mich, wie ich es in den Alltag mitnehmen könnte. Mit Markus hatte ich solche Höhenflüge nie erlebt. Auch nicht am Anfang unserer Beziehung.

Ich war danach wieder geflasht. Meine Hormone tanzten und Chris hielt mir seinen Autoschlüssel hin, stieg auf der Beifahrerseite ein. Dann erklärte er mir, dass sein Porsche Boxster, genau wie alle anderen Autos auch, Bremse, Gas und Kupplung hat.

»Du darfst heute fahren, du kannst das.«

»Was du mir alles zutraust«, erwiderte ich, drehte den Schlüssel im Zündschloss und trat vorsichtig aufs Gaspedal. Das war etwas völlig anderes, als mein Twingo oder unser Campingbulli. Schnell hatte ich mich an sein Auto gewöhnt, das Fahren machte mir richtig Spaß. Ich gab ordentlich Gas.

Schon wieder, oder immer noch, schwebte ich in diesem Hoch, im Gefühlsflash und im Gewissenschaos. Wir ließen den Tag auf meinem Balkon ausklingen, diesmal eher ruhig und nur leicht unanständig.

Am nächsten Tag wollten wir einen Ausflug nach Kempten machen. Chris schwärmte, dass man dort so schön shoppen kann, vor allem Dirndl. Aber natürlich auch alles andere. Ich dachte an die Visitenkarte mit der Adresse des Shops für die Dirndl-Dessous, steckte sie ein und war voller Vorfreude.

Nachmittags, ich wartete seit ein paar Minuten in der Eingangshalle auf Chris, klingelte mein Handy. In unserem Kurhaus hatte man in vielen Bereichen keinen Empfang, aber hier in der Nähe der Rezeption war das Netz wirklich gut.

»Tine, ich kann es gar nicht abwarten, dich wiederzusehen. Und Moppel erstmal. Stell dir vor ...« In dem Moment, als Markus das sagte, schoss Moppel um die Ecke und begrüßte mich stürmisch. Ich hörte, wie Markus rief: »Moppel, komm sofort hierhin. Bei Fuß! Du kannst doch nicht fremde ...«

Das Wort im blieb ihm offensichtlich im Hals stecken. Er stand vor mir, schaute mich ungläubig an und umkreiste mich zweimal, während Moppel schwanzwedelnd an mir hochsprang.

»Ach, mein kleiner Liebling, da bist du ja! Ich hab noch gar nicht mit dir gerechnet und Frauchen hat gar kein Leckerli für dich.«

»Tine, Mäuschen! Bist du das wirklich? Das kann doch nicht sein. Wo hast du deine roten Haare gelassen?« Markus schaute ziemlich dämlich drein. Ich wahrscheinlich genau so.

»Beim Friseur«, war meine knappe Antwort. Verärgert stellte ich fest, dass er es wieder einmal geschafft hatte, alles durcheinanderzubringen.

»Wieso bist du denn heute schon angereist? Ich dachte, du kommst erst morgen?« Liebevoll kraulte ich meinen kleinen Hund und war froh, auf diese Weise Markus Blicken zu entgehen.

»Freust du dich denn gar nicht?« Die Enttäuschung stand ihm ins Gesicht geschrieben.

»Doch, und wie«, versicherte ich ihm, fügte aber dann hinzu: »Nur jetzt, ich meine heute Nachmittag, habe ich leider überhaupt keine Zeit für euch. Ich habe mich für zu der Besichtigung einer Käserei angemeldet und auch schon bezahlt. Gleich werde ich abgeholt.«

Der Besichtigungstermin stand tatsächlich im Tagesprogramm. Wie gut, dass ich es so ausführlich studiert hatte! Ich kannte Markus und wusste, dass er niemals etwas absagen würde, wofür er bezahlt hatte. In diesen Dingen war er kniepig, er war ein Sparfuchs und Pfennigfuchser. Ich nutzte mein Wissen, es rechtfertigte meine Notlüge.

Als ich Markus diese kleine Schwindelei auftischte, bog Chris um die Ecke, den Autoschlüssel lässig in der Hand. War mir das unangenehm! Irgendwie musste ich die Situation entschärfen und stellte die beiden einander vor.

»Lieber Markus, ich glaube, ich muss los. Wie du siehst, werde ich gerade abgeholt. Die Fahrt zu der Käserei muss man nämlich selbst organisieren und Christian ist so nett und nimmt mich mit. Zum Abendessen sind wir zurück.«

Ich gab mir große Mühe, mir nichts anmerken zu lassen.

»Wirklich schade! Aber da kann man nichts machen. Passt mir eigentlich auch ganz gut, dann kann ich mich auf dem Campingplatz erstmal häuslich einrichten und mit Moppel die Gegend erkunden.« Markus dachte mal wieder praktisch.

»Bring mir ein schönes Stück Käse mit. Viel Spaß Tine.« Kleines Küsschen, einmal Po tätscheln und nix wie weg.

Markus schnappte sich unseren aufgeregten Vierbeiner, der vor lauter Wiedersehensfreude immer noch wie wild um mich herumtanzte. Mit sanfter Stimme erklärte er dem Hund, dass Frauchen jetzt keine Zeit hätte, aber dass wir den ganzen Abend zusammen verbringen würden.

»Dir scheint Frauchens neue Frisur zu gefallen, hm?« Markus führte ein freundliches Selbstgespräch mit Hund. Im letzten Satz hörte ich ihn murmeln, dass er mich ganz anders in Erinnerung hatte, dass er sich aber sicher schnell an die neue Tine gewöhnen würde.

* * *

»Was machen wir denn nun, Chris? Einerseits freue ich mich, dass Markus da ist, andererseits bringt er alles durcheinander. Hast du eine Idee?« Ich fühlte mich überfordert mit der Situation. Ich konnte nicht sofort umschalten und so tun, als ob alles in Ordnung wäre.

»Liebste Tine, es gibt zwei Möglichkeiten.«

»Und die wären?«

»Entweder fahren wir wirklich zu der Käserei und probieren uns durch die verschiedenen Sorten, oder wir fahren wie geplant nach Kempten und bummeln ein bisschen, essen ein Eis und haben gute Chancen, nicht gesehen zu werden.«

Noch waren wir auf der Landstraße und konnten wählen. »Oder, dritte Möglichkeit, wir kehren um und du verbringst den Nachmittag mit deinem Schatz.«

»Ach Christian, ist das alles verzwickt. Es tut mir so leid und es ärgert mich, dass wir nun wahrscheinlich keine Gelegenheit mehr haben, Abschied zu feiern. Du musst doch am Samstag abreisen.«

Wir standen an einer Kreuzung und mussten uns während einer Rotphase entscheiden, in welcher Richtung wir nun weiterfahren wollten.

»Richtung Kempten!« Mehr sagte ich nicht, lehnte mich im Sitz zurück und rückte meine Sonnenbrille zurecht. Der Fahrtwind tat gut, er schob meine trüben Gedanken beiseite, und als wir in Kempten ankamen, freute ich mich auf einen schönen Nachmittag mit meinem

Sternschnuppenprinz. Das Städtchen war wirklich ein Highlight.

Mit Markus konnte ich noch nie gut bummeln geschweige denn shoppen gehen. Er hatte nichts dafür übrig und es war für ihn jedes Mal eine Tortur, wenn er in die Stadt musste, um neue Klamotten zu kaufen. Da er aber Einkäufe aus dem Internet prinzipiell ablehnt, blieb ihm nichts anderes übrig. Für ihn sind das Pflichtveranstaltungen, die möglichst schnell abgehakt werden müssen. Drei Tage später klagt er dann immer noch über Rückenschmerzen und lässt sich darüber aus, wie ungesund das Laufen auf gepflasterten Straßen ist. Wir hatten auch kein gemeinsames Schritttempo oder nur selten. Entweder war ich zu schnell oder ich war zu langsam. Ich konnte es ihm nicht recht machen.

Mit Chris war das anders, es war harmonisch und schön. Unsere Schultern befanden sich ungefähr auf gleicher Höhe. Er legte den Arm um mich und wir liefen im Gleichschritt, eng aneinander. Christians Nähe, jede Bewegung seines geschmeidigen Körpers, war für mich Versuchung pur. Er kannte sich in Kempten aus und steuerte auf ein etwas abseits gelegenes Straßencafé zu.

»Dann wollen wir uns erst einmal stärken, bevor wir stundenlang durch die Straßen laufen.« Sein jungenhaftes Lächeln zu den markanten Gesichtszügen war unwiderstehlich und ich flüsterte ihm ins Ohr: »Am liebsten würde ich auf der Stelle mit dir in ein Hotel verschwinden und unanständige Sachen machen.«

Da war wieder dieses kaum wahrnehmbare Zucken seiner Augenbraue. Es verunsicherte mich ein bisschen.

»Wenigstens küssen möchte ich dich«, schickte ich hinterher und wartete seine Antwort nicht ab. Mitten in der Stadt küsste ich ihn, in einem kleinen Café. Zum Glück war noch keine Kaffeezeit und die meisten Plätze waren noch leer. Ich weiß nicht, ob ich mich das sonst auch getraut hätte.

Vielleicht war ich auch nur so forsch, weil ich in Abschiedsstimmung war. Ich wusste, dass Chris lediglich eine Episode in meinem Leben sein würde, dass er nur ein Kurschatten war. Dennoch mochte ich mir nicht vorstellen, dass wir uns nicht wiedersehen würden. Ich fasste all meinen Mut zusammen und fragte ihn, ob es ein Abschied für immer wäre.

»Liebe Tine, auch ich möchte nicht, dass wir am Samstag für immer auseinandergehen.« Beruhigend legte er seine Hand auf meinen Unterarm. »Ich habe eine Überraschung für dich. Du weißt, dass ich letzten Samstag in Füssen war. Ich habe von dort aus geklärt, ob mein Urlaub genehmigt worden ist. Vorsorglich hatte ich noch eine Woche angemeldet, direkt im Anschluss an die Kur. Du musst wissen, dass diese vier Wochen am Stück in meinem Job zwingend erforderlich sind. Anders kann man das nicht aushalten. Das ganze Jahr über muss ich rund um die Uhr erreichbar sein und immer für Sondereinsätze zur Verfügung stehen.«

»Und was ist mit deinem Resturlaub? Kannst du auch außer diesen vier Wochen am Stück noch ein paar Tage Urlaub bekommen? Du hast doch auch dreißig Tage Urlaubsanspruch, oder etwa nicht?« Über so banale Dinge hatten wir bei unseren bisherigen Treffen nicht gesprochen. In meinem Amt ist das alles gut geregelt. Auch wir müssen unseren Urlaub rechtzeitig anmelden, aber eine Art Rufbereitschaft kannte ich nicht.

»Tine, nun lass mich doch mal ausreden. Ich habe von meinem Vorgesetzten grünes Licht bekommen. Und dann habe ich für die ganze nächste Woche ein komfortables Zimmer in einem modernen Hotel in Füssen gebucht.« Mit verschmitztem Lächeln schaute er mich an. »Es ist schallisoliert, falls du wieder laut wirst.«

»Ne, nicht? Und das sagst du mir erst jetzt?«

Mich einfach so hinzuhalten und in dem Glauben zu lassen, dass ich eine seiner Sternschnuppen bin, die langsam verglüht wenn wir uns trennen, war eine bodenlose Unverschämtheit.

»Und du meinst, ich kann dort heimlich die Nächte mit dir verbringen? Ich muss trotz allem im Kurhotel übernachten. Morgens um sechs kommt der Heusack.«

»Schauen wir mal, was uns da einfällt. Wir könnten uns auch nachmittags miteinander vergnügen. Ich würde dich in jedem Fall nachts immer wieder zurückbringen zum Sanatorium. Es gibt noch so viele schöne Spielarten der Liebe, die ich mit dir tun möchte.«

»Was denn?«, hauchte ich und rutschte unruhig auf meinem Stuhl hin und her.

»Später, Tine. Komm, ich will jetzt mit dir shoppen.«

Ich holte die Visitenkarte von dem Trachten-Fachgeschäft aus meiner Tasche. Chris kannte es und bekam glänzende Augen.

Voller Begeisterung zeigte er mir immer wieder neue Dirndl, die ich anprobieren sollte. Er half mir beim Anziehen und beim Ausziehen, während eine Verkäuferin immer neue Kleider samt den dazugehörigen Accessoires anschleppte. Chris schnürte Mieder, streifte mit seinen Lippen über meine Haut, berührte mich unerwartet und wunderbar unsittlich. Die Verkäuferin verzog keine Miene, sie witterte ein gutes Geschäft und bekam nichts von all dem mit, was in der Umkleidekabine geschah.

»Das macht mich rattenscharf, Tine. Ich stehe nun mal auf Dirndl.« Chris umkreiste mich mit seinem Smartphone und knipste jede Menge Fotos von mir in den verschiedenen Kleidern.

»Soll das eine Entschuldigung für dein unsittliches Benehmen sein, mein lieber Dirndl-Dorschi?« Mit gespielter Strenge sah ich ihn an, fand mich aber selber auch rattenscharf in dem schwarz-lilafarbenen Dirndl. Es war leider sündhaft teuer, allein das Kleid sollte über fünfhundert Euro kosten, dazu kam noch die Bluse, ein Petticoat und diverse Kleinigkeiten.

»Man kann nicht alles haben im Leben.« Bedauernd gab ich das Dirndl zurück und stöberte ein wenig in den anderen Abteilungen des Hauses. Hier gab es wirklich alles, was das Herz einer Frau begehrt und auch das, was ein Mann braucht, damit er die Dame seines Herzens begehrt.

Mit einem kleinen Tütchen verließen wir den Laden. Darin war ein Paar Strümpfe, zwei witzige Strumpfbänder und ein Halsband mit einem Herzanhänger. Dorschi hatte mir die Sachen geschenkt. Auf dem einen Strumpfband stand doch tatsächlich *Luder*. Er meinte, es würde zu mir passen.

Vor lauter Trachten hatten wir die Uhrzeit völlig vergessen. Wir mussten uns beeilen, wenn wir pünktlich zurück sein wollten. Verdammter Mist!

Erst als wir am ›Sonnengold‹ ankamen, fiel mir ein, dass wir nicht daran gedacht hatten, unterwegs ein Stück Käse für Markus mitzubringen. Ich musste mir eine Ausrede einfallen lassen, hatte aber noch keine Idee. Meine Geschenktüte nahm ich vorsichtshalber nicht mit auf mein Zimmer, Christian nahm sie für mich in Verwahrung.

Markus hatte mir getickert. *Melde dich sofort, wenn du mit dem Essen fertig bist. Ich möchte gern rüberkommen zu dir und mir das Haus und natürlich auch dein Zimmer ansehen. Den Abend können wir auf dem Campingplatz verbringen, dort gibt es ein nettes Lokal mit einem Jodel-Original.*

Nein, nicht schon wieder, war mein erster Impuls. Vielleicht könnte ich ihn ja dazu bringen, mit mir zu dem Gartenlokal auf der gegenüberliegenden Seite des Sees zu gehen. Dann hätte Moppel auch noch etwas Auslauf.

Heute war wieder ein An- und Abreisetag. Einige neue Gäste saßen an den Tischen. Bei Christian hatte sich die Damenrunde verkleinert, er hatte jetzt männliche Verstärkung bekommen. Allerdings war die keine Konkurrenz für einen Mann wie ihn.

Mit schmachtendem Blick Richtung Christian verließ ich den Speisesaal. Markus wartete bereits in der Lobby auf mich. Zur Feier des Tages hatte er sein schönstes kariertes Hemd angezogen, kombiniert mit seiner besten Outdoorhose. Er liebt Hosen, die viele praktische Taschen haben. Ebenso liebt er seine Gesundheitstreter, die auch noch aus dem letzten Jahrtausend stammen.

Als ich ihn da so sitzen sah, wie er locker mit einem Neuzugang der Feierbiester plauderte, fand ich ihn plötzlich ziemlich attraktiv. Vielleicht lag das daran, dass wir uns so lange nicht gesehen hatten. Natürlich war er auf eine andere Art attraktiv als Chris, er ist mehr der Typ großer Junge und irgendwie Kumpel, so ein unkomplizierter Campingtyp eben. Ich konnte mir gut vorstellen, dass er das Gleitschirmfliegen auch gerne mal ausprobieren würde. Ob ich ihm von meinem Erlebnis erzählen sollte? Aber ich wollte nicht gleich am ersten Abend mit der Tür ins Haus fallen, Markus musste sich erstmal an mein neues Aussehen gewöhnen.

Wir drehten eine Runde durchs Haus, ich zeigte ihm mein geliebtes Schwimmbad, den Flüsterzonenbereich, das Kneipp-Becken und natürlich die geheimnisvolle Tür, hinter der Psycho-Phil seine Praxisräume hat.

»Das ist ja wie im Wellnesshotel hier. Ich habe mir das ganz anders vorgestellt.« Es klang wie ein Vorwurf, als er das sagte.

»Ich auch, Markus! Und ich muss sagen, ich bin angenehm überrascht. Du weißt doch, mit welchen Befürchtungen ich hierher gefahren bin.«

Auf meinem Zimmer angekommen, konnte er sich nicht mehr beherrschen. Die Tür war kaum zu, da schloss er mich in seine Arme. Es tat gut, ihn zu spüren. Sein Körper und sein Duft waren mir so vertraut und doch so fremd und sein Kuss schmeckte lecker. Sein Kuss war der kurze Weg zum gewünschten Ziel. Routiniert streichelte er mich an den Stellen, von denen er glaubte, dass sie mich heißmachen würden.

Ich dachte bei jeder Berührung an Christian, stellte mir vor, dass er es ist, der mich mit seinen Zärtlichkeiten verwöhnt. Ich genoss es, aber nur solange, bis Markus nach dem Käse fragte. Er hatte in meinem Kühlschrank die angebrochene Flasche Wein entdeckt. Nachdem er sie geleert hatte, überkam ihn ein unbändiger Appetit auf ein gutes, herzhaftes Stück Käse.

»Wie blöd, den hab ich bei Christian im Auto vergessen.« Ich musste schwindeln, unmöglich konnte ich Markus von meinem Ausflug mit Christian erzählen. Morgen würde ich ihm den Käse präsentieren und ich hoffte darauf, dass der kleine Tante-Emma-Laden mich retten würde.

»Kannst du ihn nicht anrufen und ihm sagen, dass du mal an sein Auto musst?« Markus ließ nicht locker. Wenn er sich etwas in den Kopf gesetzt hat, muss das immer sofort passieren.

»Christian ist bestimmt schon wieder unterwegs. Er ist ein gefragter Mann hier bei den Damen. Er hat mir erzählt, dass er heute Abend noch verabredet ist. Du weißt schon ..., da will ich ihn lieber nicht stören.«

Dafür hatte Markus Verständnis.

»Tine-Mäuschen, ich habe dich so vermisst. Es ist ohne dich so einsam, vor allem wenn ich nachts allein im Bett liege. Am liebsten würde ich dich Sonntag mit nach Hause nehmen. Vermisst du mich wenigstens auch ein bisschen?« Markus machte mit seinen Zärtlichkeiten an der Stelle weiter, an der er aufgehört hatte.

»Ich habe überhaupt keine Zeit zum Vermissen. Und bitte Markus, sag nicht mehr

Mäuschen zu mir. Nie mehr! Das passt einfach nicht mehr zu mir.«

Erstaunt und treuherzig wie unser Moppel schaute er mich an. Sein fragender Blick war einfach süß.

»Markus, hier in der Kur, insbesondere in den Therapiestunden, ist mir klargeworden, dass wir beide etwas ändern müssen. So, wie es jetzt mit uns läuft, kann es nicht weitergehen. Ein erster Schritt ist, dass du mich nicht mehr Mäuschen nennst. Bitte Markus.« Eindringlich schaute ich ihn an. Ich war mir nicht sicher, ob er verstanden hatte, was ich sagen wollte.

»Was ist denn mit dir plötzlich los? Irgendwie komme ich jetzt nicht mit. Tine, ich liebe dich! Wir haben ein wunderbares Leben, alles was wir brauchen, um glücklich zu sein, wir haben uns.« Er hatte also nicht verstanden, was ich meinte. Abrupt hörte er auf, mich zu streicheln. Fassungslos schaute er an mir vorbei.

»Lass uns rübergehen zum Campingplatz, Tine. Darauf brauche ich jetzt ein Bier und etwas Vernünftiges zu essen.« Kopfschüttelnd nahm er meine Hand und zog mich hinaus ins Freie. Stolz zeigte er mir die tolle Lage seines Stellplatzes.

Moppel sprang uns sofort entgegen und ich ließ mich nur zu gern von dem kleinen Racker ablenken.

Auf dem Campingplatz begrüßte Jodel-Sepp mich wie eine gute, alte Bekannte. Chris war nicht da, als wir eintrafen. In der momentanen Situation war ich ganz froh darüber. Wir setzten uns zu den anderen an den Tisch. Ich hatte Chris über den Käseschwindel informiert. Auf keinen Fall sollte die Geschichte durch eine unbedachte Bemerkung auffliegen.

»Wieso wart ihr denn nicht in der Käserei?«, fragte Toni, unser Marathonschwätzer treuherzig. »Der Käse und die Brezen waren so lecker und das Bier erstmal.« Er schwärmte in den höchsten Tönen von dem Ausflug. Selbstverständlich war er als Supersportler mit dem Fahrrad zu der Käserei gefahren. Ich musste mir etwas einfallen lassen, es wurde brenzlig für mich.

Ich musste dringend zur Toilette und mir etwas überlegen. Markus unterhielt sich in der Zeit angeregt mit Toni. An seinem Verhalten merkte ich, dass seine Laune richtig mies wurde. Er versuchte zwar, sich nichts anmerken zu lassen, aber ich wusste, dass es in ihm brodelte.

Mein Gott, war das eine vertrackte Situation! Auf dem Rückweg vom Klo fiel mir ein Plakat ins Auge, auf dem ein Konzert in der Wieskirche beworben wurde. Das war meine Rettung, ich hatte eine gute Ausrede.

»Weißt du, Markus«, fing ich an, als ich auf meinen Platz zurückkehrte, »ich war überhaupt nicht bei der Käseverkostung.«

»Prost mein Schatz!« Er hob seinen Krug und schaute mich enttäuscht und sauer an. »Das habe ich wohl mitgekriegt. Oder meinst du wirklich, der liebe Markus merkt gar nichts mehr?«

»Ich mochte dir das nicht sagen. Du hättest mich garantiert ausgelacht, wenn ich dir gesagt hätte warum.«

»Na, da bin ich aber gespannt.«

»Heute Nachmittag war ich zu einem Konzert in der Wieskirche! Das ist eine kleine, sehr bekannte Kirche im Rokoko-Stil, mit sehr viel Gold und Stuck innen drin. Die wollte ich unbedingt während meiner Zeit hier besichtigen. Unterwegs haben wir das Plakat mit dcr Veranstaltung entdeckt und sind dann spontan hingefahren.« Um Verzeihung bittend schaute ich ihn an. »Ich gehe doch außer an Weihnachten nie in die Kirche und ich hatte Angst, dass du mich auslachst, wenn ich dir das erzähle. Käse konnte ich dir natürlich nicht mitbringen. Wollen wir morgen gemeinsam Käse und Bier verkosten?« Mit engelsgleich unschuldigem Blick sah ich Markus an und hoffte, dass er mir meine Ausrede abnehmen würde.

***

Der Abend wurde doch noch schön. Markus hatte alles, um sich wohlzufühlen. Er war umgeben von seiner geliebten Campingatmosphäre, die Natur war bilderbuchmäßig, das Wetter traumhaft schön und mich hatte er auch. Allerdings nur stundenweise.

»Musst du denn wirklich zurück in deine Anstalt?«

Es fiel mir nicht schwer, ihn davon zu überzeugen, dass ich pünktlich zurück sein musste in der Anstalt, wie er mein schönes Kurhaus nannte.

»Aber ja, Markus! Ich bin ja nicht nur zum Vergnügen hier, auch wenn es vielleicht den Anschein hat.«

»Noch einen letzten Absacker?« Markus hatte sein Glas noch nicht einmal ausgetrunken, als er wortlos hintenüber auf die Pritsche fiel und auf der Stelle einschlief. Mein Markus! Ich zog ihm die Schuhe aus, deckte ihn zu und ging zurück in die *Anstalt*.

Ich konnte beim besten Willen nicht abschalten. Obwohl ich todmüde war, lag ich die halbe Nacht wach und grübelte. Ich dachte an Markus, den ich nach wie vor irgendwie liebe und immer öfter dachte ich an Chris, der mit jedem Treffen interessanter wurde und an dem ich immer mehr Seiten entdeckte, die mich faszinierten.

In meinem Alter verliebte man sich doch nicht mehr Hals über Kopf, oder doch? Und erst recht nicht, wenn man genau weiß, dass es niemals eine gemeinsame Zukunft geben wird, sondern nur einzelne innigste Momente. Sternstunden eben.

Vor lauter Frust las ich in meinem Krimi weiter. Über die erste Leiche war ich bisher nicht hinausgekommen. Tatmotiv: krankhafte Eifersucht. Gruselig! Ich wollte mir gar nicht erst vorstellen, was passieren könnte, falls Markus von meiner Affäre mit Christian erfuhr.

Bergwanderung

Achtundvierzig Stunden später wusste ich, was passiert. Der Tag fing wie immer fröhlich-freundlich mit dem Heusack an. Chris zwinkerte mir unauffällig zu und am Frühstücksbuffet raunte er mir etwas Nettes ins Ohr. Auf meinen Termin bei PP hatte ich mich gut vorbereitet und den Nachmittag hatte ich zur freien Verfügung.

Zwischen zwei Anwendungen besuchte ich meinen Schatz auf dem Luxuscampingplatz. Er ruhte im Schatten vor unserem Antiluxuscampingbus. Moppel wuselte um ihn herum und schloss Freundschaft mit den Nachbarn.

»Oh, hallo Tine, hab' ich ein Schädelweh! Ich glaube, ich habe eine Extremmethylisation«, diagnostizierte er seinen Zustand.

»Kann es sein, dass du vielleicht ein bisschen zu viel Obstler und Bier getrunken hast?«

»Ach was, das bisschen! Das kann nicht sein. Das liegt bestimmt an der Höhenluft.« Da war ich anderer Meinung, aber er wollte es partout nicht hören, dass diese Kombination einen dicken Kopf verursacht.

Markus hatte eine Wanderung geplant, er wollte mit mir den Tegelberg erklimmen. Vorsorglich hatte er meine Wanderschuhe von zuhause mitgebracht. Noch zweifelte ich daran, ob er dazu in der Lage war.

In meiner Therapiestunde beichtete ich Psycho-Phil, dass ich mich nicht nur zum gemeinsamen Sprung mit Chris hatte hinreißen lassen. Natürlich nannte ich keinen Namen, aber ich war mir sicher, dass PP wusste, von wem ich sprach.

»Wissen Sie, Tine, wenn es sich für Sie gut anfühlt, dann ist es in Ordnung. Dann gibt es nichts zu bereuen. Oder gibt es da etwas anderes, das Ihnen Sorgen bereitet? Meldet sich möglicherweise eine innere Stimme, die Ihnen sagt *das darfst du nicht?*«

»Wenn es doch nur so einfach wäre«, seufzte ich und fing an, mich innerlich zu sortieren. »Phil, ich kann ja selber nicht verstehen, was mit mir los ist. Auf der einen Seite bin ich total geflasht von den Begegnungen mit diesem Mann. Er hat so eine starke Ausstrahlung, der ich mich einfach nicht entziehen kann. Und auch nicht will. Es ist vor allem die körperliche Anziehungskraft. Und je öfter ich mit ihm zusammen bin und wir uns unterhalten, desto mehr habe ich das Gefühl, dass da mehr ist, als nur die rein körperliche Anziehung. Verstehen Sie, was ich meine?«

»Und was ist auf der anderen Seite?« Phil nickte verstehend.

»Auf der anderen Seite ist mein Lebensgefährte, Markus. Ich hatte ja schon von ihm erzählt. Er ist jetzt hier. Gestern ist er angekommen, einen Tag früher, als geplant. Und ich habe ihn hintergangen und belogen. Obwohl ich ihn liebe. Irgendwie. Anders. Wir können gut zusammenleben und wir können auch über vieles gemeinsam lachen. Also ich meine, bevor ich durch den Job mein Lachen verloren habe. Ich will ihm nicht wehtun. Das hat er nicht verdient.«

Je mehr ich erzählte, umso mehr fiel mir ein. Phil sortierte mein Gefühlschaos mit geschickten Fragen und mir wurde einiges klarer.

»Haben Sie denn den Eindruck, dass Markus etwas ahnt?«

Das fragte ich mich seit dem gestrigen Abend immer wieder. Markus hatte mich zwischendurch so komisch angesehen. Natürlich könnte es sein, dass Nelly oder eine von den Feierbiestern ihm etwas gesteckt hatten. Chris und ich verhielten uns so diskret wie möglich. Es war durchaus vorstellbar, dass mich jemand ärgern wollte. Vielleicht eine verschmähte Tischdame?

Ich hatte Uschi im Verdacht. Auch sie gehörte zu Dorschis Fanclub und verzog jedes Mal das Gesicht, wenn sie mich mit Christian zusammen im Porsche oder sonst wo sah.

Bei Uschi muss man auf der Hut sein, sie hat Schauspielerfahrung, die kann sogar auf Kommando heulen, hatte Iris mich gewarnt. Sollte Uschi wirklich so ein falsches Luder sein? Sie sah so harmlos aus.

Geduldig wartete Psycho-Phil auf meine Antwort.

»Ne, eigentlich nicht. Bisher hatte Markus keinen Grund, mir nicht zu vertrauen. Und er neigt nicht zur Eifersucht, überhaupt nicht. Obwohl ..., so eine kleine Spur Eifersucht würde ich mir vielleicht manchmal wünschen. Für ihn ist alles so selbstverständlich.«

Dann haute Phil mir die Frage um die Ohren, die ich befürchtet hatte. »Und was ist uneigentlich?«

»Na ja, vielleicht ahnt er doch etwas.« Ich zupfte an meinem Ohrläppchen, das ist eine dumme Angewohnheit, wenn ich nicht weiter weiß oder wenn ich aufgeregt bin. Dann erzählte ich PP von der Notlüge mit dem Käse und meinem heimlichen Verdacht, den ich mich kaum traute, laut auszusprechen.

»Es ist wahrscheinlich Quatsch, aber ich kann mir vorstellen, dass die nette und sympathisch wirkende Uschi meinen Markus auf eine Idee gebracht haben könnte. Sie saß gestern Abend auf dem Campingplatz direkt neben Markus auf der Bank und sie hat sich sehr angeregt mit ihm unterhalten. Was soll ich denn jetzt tun?«

Meine Hoffnung, dass Phil mir ein paar gute Ratschläge mitgeben würde, wurde leider nicht erfüllt.

»Nein Tine, es gibt kein Patentrezept. Sie wissen die Antwort doch selbst.« Mit diesem weisen Spruch entließ er mich. Ich war genau so schlau wie vorher. Aber das Gespräch hatte mir gutgetan.

* * *

Markus erzählte ich nichts von meinem amourösen Abenteuer, als wir den Wanderweg zum Tegelberg hinauf stiefelten. Ich wollte ihm nicht das Wochenende vermiesen. Mir fiel auf, dass er mehrmals das Wort Kurschatten fallen ließ. Lachend schilderte ich ihm meine Beobachtungen in dem Kurhotel.

»Stell dir mal vor, Markus, es scheint tatsächlich etwas dran zu sein an dem ganzen Gerede über Kurschatten.« Ich erzählte Markus von Nelly und von Niko, der sich fast jedem weiblichen Wesen als Begleiter und Beschatter zur Verfügung stellte.

»Hat dieser Niko sein Glück auch bei dir versucht?« Markus Stimme klang normal, ich konnte keinerlei Misstrauen heraushören. Nicht einmal eine winzige Spur.

»Ja, am Anfang, als ich kaum angekommen war. Ich saß unten in der Bäderabteilung, eingehüllt in meinem Bademantel und mit meinen alten blauweißen Badeschlappen. Und dann ... Es war zu köstlich, dann hat er es mit der

Fußnummer versucht. Du hast aber schöne Füße und so weiter.«

»Hast du ja auch. Das war damals schließlich auch meine Masche, erinnerst du dich?« Versonnen lächelte Markus. Sein morgendlicher Kater schlich sich wohl allmählich davon. Er konnte wieder witzig sein, und wenn er wollte, auch sehr charmant. Ich musste lächeln, die Erinnerung an unser Kennenlernen war zu schön.

Schweigend nahm ich Markus' Hand, so liefen wir eine ganze Weile nebeneinander her. Es erinnerte mich an unseren ersten Urlaub zu zweit. Nur mit dem Unterschied, dass Markus in diesem Urlaub jedes stille und unbeobachtete Fleckchen Natur nutzte, um mir an die Wäsche zu gehen. Das machte er jetzt nicht mehr. Hier waren zu viele Wanderer unterwegs. Außerdem zitierte Markus gern den Spruch: »In unserem Alter tut man so etwas nicht mehr.«

Ich war voller Dankbarkeit, Markus würde mich niemals betrügen. Markus ist ein durch und durch anständiger Kerl. *Manchmal zu anständig*, blitzte es für einen Moment in meinem Kopf auf, und Christians Bild schob sich dazwischen. Es war wirklich nur für den Bruchteil einer Sekunde.

Mit versonnenem Lächeln marschierte ich neben ihm her. Vielleicht lag das an der Höhe, dem herrlichen Blick, oder daran, dass ich mich auf Markus immer verlassen kann.

»Woran denkst du denn gerade? Du hast so einen verklärten Gesichtsausdruck.« Markus schaute mich von der Seite an und strahlte. Er war wieder fit.

»So? Hab' ich das? Ich bin einfach nur dankbar und glücklich, Markus. Es ist so schön hier. Habe ich dir eigentlich erzählt, dass mein Psychotherapeut, wir nennen ihn alle Psycho-Phil oder auch nur PP, mir empfohlen hat, ein Glückstagebuch zu führen?«

»Hey, hey! Und das tust du? Du hältst doch eigentlich nichts von diesem esoterischen Quatsch.« Markus schüttelte ungläubig den Kopf.

»Das hat mit Esoterik nichts zu tun, mein Lieber. Es ist wissenschaftlich erwiesen, dass das Schreiben eines Glückstagebuchs die Menschen zufriedener macht.« Ich holte tief Luft. Wir waren fast an der Panoramahütte auf dem Gipfel angekommen, auf ungefähr 1600 Metern über dem Meeresspiegel. Mir fiel das Atmen schwerer, auch wenn ich sonst eine gute Kondition habe.

»Weißt du, es ist so, dass man sich dadurch auf die positiven Dinge fokussiert, die einem passieren. Und wenn man das regelmäßig macht, dann bekommt man mit der Zeit tatsächlich einen anderen Blickwinkel. Einen Blick auf all das Schöne, das wir oft überhaupt nicht mehr wahrnehmen.«

»Und das funktioniert? Bist du deshalb so verändert? Ich dachte schon, du hast einen Kurschatten.« Markus blieb stehen, prüfend schaute er mir ins Gesicht.

»Das funktioniert! Seitdem ich das Heftlein habe und täglich meine Eintragungen mache, fällt mir immer mehr ein, was ich eintragen kann. Zum Beispiel diese Wanderung heute mit dir und dieser wunderschöne, einmalige Moment.« Abrupt blieb ich stehen, schmiegte mich an Markus, schlang meine Arme um ihn und küsste ihn wie schon lange nicht mehr.

»Wenn das so ist, Tinchen, dann mach bloß weiter mit dem Glückstagbuch. Wirst du den Kuss heute Abend auch eintragen? Ich hätte noch eine andere Idee für das Abendprogramm, das könntest du dann bestimmt auch notieren.« Markus drückte mich fest an sich. Ich konnte sein

Verlangen deutlich spüren und ich hätte auf der Stelle nachgegeben, wenn dieser Wanderweg nicht so stark belaufen gewesen wäre.

»Du kannst dir ja auch ein Glückstagebuch zulegen und dann trägst du jeden Abend mindestens drei Sachen ein, die schön für dich waren, die dich erfreut haben.« Meine Begeisterung war echt. Ich glaubte wirklich an die Wirkung dieses simplen Rituals.

»Was trägst du denn sonst noch so ein? Zeigst du es mir nachher? Schließlich will ich doch wissen, woher die allumfassende Verwandlung meiner Liebsten kommt.«

»Nein Markus, das geht nicht, das ist wie ein Tagebuch, das zeigt man doch auch niemandem.« Auf die Idee konnte auch nur Markus kommen. In diesen Dingen fehlte ihm jegliches Feingefühl. Ich hatte viele Glücksmomente in den letzten Tagen gesammelt, die aber superpersönlich waren. Sie hatten mit Chris, mit dem Springen über eigene Schatten, mit der Überwindung von Situationen, vor denen ich Angst hatte, zu tun. Nein, mein Glückstagebuch war nicht für fremde Augen bestimmt, höchstens für PP.

»Lieber Markus, ich kann dir das Heftchen wohl zeigen, die Einträge werde ich aber für mich behalten. Ich will nicht, dass jemand das belächelt, was für mich von Bedeutung ist. Das ist mein persönliches Glücksbuch.«

»Wie kommst du denn auf die Idee, dass ich das belächeln könnte?« Markus tat entrüstet und grinste. »Auf alle Fälle scheint es die richtige Therapie für dich zu sein. Und das ist die Hauptsache. Tine, Tine, mein Mädchen, du erstaunst mich immer wieder.«

»Ja, nicht wahr? Dann kann ich dich wahrscheinlich noch mehr erstaunen, wenn ich dir sage, dass ich mit dem Rauchen aufgehört habe. Was sagst du denn dazu?«

»Das glaube ich nicht! Seit wann das denn? Hat der Arzt das verordnet? Machst du bei einem Raucherentwöhnungsprogramm mit?« Ungläubig sah Markus mich an.

Triumphierend beantwortete ich seine Fragen mit einem lässigen: »Ich wusste eines Abends einfach, dass ich keine Zigaretten oder Zigarillos mehr brauche. Ich habe mich auf den Balkon gesetzt und habe bewusst meinen letzten Zigarillo geraucht. Die restliche Packung habe ich dann in den Müll geworfen.«

»Tine, du wirst mir langsam unheimlich. Was tun die dir ins Essen? Irgendwelche Hexenkräuter?«

»Freust du dich denn nicht? Du konntest es doch nie leiden, dass ich diese Stinker geraucht habe. Ein bisschen mehr Begeisterung bitte!«

Schnaufend legten wir die letzten Meter zurück. Meine Beine wollten nicht mehr. Als wir endlich die Hütte erreicht hatten, ließ ich mich auf die nächstbeste Bank fallen. Der Aufstieg hatte sich gelohnt, wir befanden uns auf 1730 Metern Höhe und die Aussicht war grandios. Wie ein aufgeschlagenes Bilderbuch lag die Landschaft unter uns. Schweigend saßen wir da und entdeckten immer neue schöne Flecken. In der Luft schwebten etliche Drachen- und Gleitschirmflieger, lautlos segelten sie durch das Blau und mit ihren Schirmen setzten sie bunte Farbtupfer an den Himmel.

»Schau mal, das da unten ist der Forggensee und da drüben, siehst du, das ist der Hopfensee, mit deinem Campingplatz. Ob Moppel uns wohl vermisst?«

»Ne, ich glaube nicht. Bergsteigen ist für seine kurzen Beinchen nicht das Wahre, ich bin mir sicher, dass er seinen Spaß hat, wenn er mit den Kindern auf dem Platz spielen kann.«

»Hallo Moppel, viele Grüße von hier oben!« Wir winkten lachend nach unten und kamen uns ziemlich albern dabei vor. Es störte uns aber nicht.

»Mein Gott, ich brauche auch ein Glückstagebuch, ich will diesen Moment für die Ewigkeit festhalten!«Markus nahm seine Kamera und knipste wild drauflos. Er zoomte heran, blendete aus und zwischen den Schnappschüssen bestellten wir eine zünftige Mahlzeit. Die hatten wir uns verdient, nach dieser Kraxelei.

»Aus dieser Perspektive kommt einem Vieles so klein und unwichtig vor, findest du nicht auch, Tine?« Wir hingen unseren Gedanken nach. Ich hatte sofort das Bild mit Christian vor Augen, als ich diese Perspektive zum ersten Mal vom Gleitschirm aus erleben durfte.

»Hm.« Mir war nicht nach Reden. Stattdessen rutschte ich ganz nah an meinen Schatz heran.

»Den Abstieg machen wir aber nicht zu Fuß, das ist nicht gut für die Gelenke.« Markus dachte laut nach. »Lass uns mit der Tegelbergbahn runterfahren. Bitte Tine!« Bittend schaute er mich an. Er kannte meine Höhenangst und es ärgerte ihn immer wieder, dass ich deswegen nicht mit ihm auf Aussichtstürme stieg. Einmal hatte er auch miterlebt, als ich vor lauter Panik in einem Aufzug Schweißausbrüche bekam.

»Du musst keine Angst haben, es ist eine geschlossene Gondel und die sind ziemlich groß und absolut sicher. Und ich bin ja bei dir.« Er drückte meine Hand.

Ohne nachzudenken erwiderte ich: »Natürlich nehmen wir die Gondel! Glaubst du denn, ich will heute Abend völlig k.o. sein? Wer Gleitschirmfliegen kann, der kann auch mit einer Gondel fahren.« Verdammt! Erst jetzt merkte ich, was mir herausgerutscht war. Ich ahnte, dass ich damit eine Lawine losgetreten hatte.

»Wie bitte? Was hast du gesagt? Habe ich dich richtig verstanden?« Schlagartig ließ er mich los.

»Ich habe gesagt, dass man die Gleitschirmflieger von der Gondel aus viel besser sehen kann«, stotterte ich. Markus schaute mich noch immer ungläubig an, er hat manchmal verdammt gute Ohren und hört genau das, was nicht für ihn bestimmt war.

»Tine, wie hast du das gemeint, wer Gleitschirmfliegen kann und so weiter? Du hast doch nicht ...?« Er schob mich vor sich her in die Gondel. Von hier aus konnten wir wirklich gut sehen, wie die Schirme teilweise auf Augenhöhe an uns vorbeiglitten.

Dicht gedrängt standen wir aneinander und Markus sah mich immer noch entgeistert an. Wir hatten die letzte Gondel erwischt, sie war ziemlich voll.

»Tine! Du - bist - Gleitschirm - geflogen???« Dabei betonte er jedes einzelne Wort und ließ viel zu lange Pausen dazwischen. »Wann hast du das gemacht? Und mit wem? Wie bist du überhaupt auf die Idee gekommen?«

Bei Phil hatte ich noch gejammert, dass Markus kein bisschen eifersüchtig ist. Jetzt erlebte ich das Gegenteil. Ich fing an zu erklären und zu beschwichtigen. Sein waidwunder Blick durchbohrte mich. Er traf mich mitten ins Herz. Die vermisste Spur Eifersucht schien er sich für diesen einen Moment aufgehoben zu haben.

»Ich hatte einen Traum, Markus. So einen, in dem man fliegen kann, in dem man über allem schwebt und federleicht nach oben abhebt. Du kennst das doch auch. Der Traum ließ mich nicht los, er war ganz lebendig in mir. Und dann kam ich hier an und sah gleich am ersten Wochenende die vielen bunten Schirme, die sich in der Luft aufblähten.«

»Und dann hast du gedacht, das probiere ich auch mal aus? Dass ich nicht lache!«

»Nein Markus, so war das nicht. Aber dieser Traum kam immer wieder in mir hoch. Und dann hatte Chris, du weißt ja, der mit dem Porsche, also dann hat Chris mir erzählt, dass er zur Kur immer nach Füssen fährt, weil er hier ideale Voraussetzungen fürs Gleitschirmfliegen hat. Er ist selbst Trainer und hat sogar eine Ausbilderlizenz.« Ich redete und redete, während Markus schwieg.

»Er hat mich gefragt, ob ich einmal mitkommen möchte und zusehen will. Das wollte ich. Ich wollte sehen, wie das geht, wie das ist, wenn man abhebt. Aber ich wollte um Himmels willen nicht selbst ...«

»Und wie hat er dich rumgekriegt? Nur weil er einen Porsche fährt und auf Macho macht?«

»Markus, sei doch nicht gleich so beleidigt. So war es doch gar nicht. Ich wäre nie mit ihm gesprungen, wenn da nicht diese alte Frau gewesen wäre. Sie hatte einen Sprung bei ihm gebucht und sie war weit über siebzig. Sie tat es zum ersten Mal. Ich hatte mich lange mit ihr unterhalten, als Chris in der Luft war. Sie wollte sich mit dem Flug einen Herzenswunsch erfüllen und war überzeugt davon, dass man Ängste nur überwinden kann, indem man das tut, was einem Angst macht.«

»Aha! Eine weise alte Frau also.« Markus Stimme triefte vor Ironie. »Und die hat dir dann gesagt, du sollst springen?«

»Nein, das hat sie nicht.« Ich wurde immer leiser. »Ich habe ihre strahlenden Augen gesehen, als sie zurückkam. Die ganze Frau strahlte, sie glühte förmlich, so von innen heraus. Das wollte ich auch einmal wieder erleben. Ich fühlte mich mutig und Chris hat mich bestimmt noch dreimal gefragt, ob ich das wirklich will.«

»Und??? Geht's dir jetzt besser? Und du erzählst mir Geschichten über Glückstagebücher und so einen Quatsch!«

Markus sprach nur noch das Nötigste, unsere verliebte Stimmung war dahin. Moppel schaute mit seinem Mopsgesicht bedröppelt von einem zum andern. Er spürte, dass etwas nicht in Ordnung war.

Im Wohnwagen unternahm ich einen zaghaften Annäherungsversuch. Ich wollte keinen Stress mit ihm in den paar Tagen. Von hinten legte ich die Arme um ihn, aber Markus wies mich eiskalt zurück.

»Lass es dir doch erklären, es ist wirklich alles harmlos.« Mein schlechtes Gewissen verriet mich anscheinend, er glaubte mir nicht.

»Dann ist da also doch was dran, was Uschi mir gestern zugeflüstert hat.« Markus nestelte an seinen Schuhbändern, er sah mich nicht einmal an. »Ich muss jetzt raus! Ich muss laufen. Tine, geh bitte! Lass mich allein.«

Wie ein geprügelter Hund schlich ich davon. Die Stimmung war im Eimer, der heutige Abend gelaufen, und ich hatte es vermasselt.

Mir war zum Heulen zumute, aber ich war auch sauer. Irgendwie schaffte ich es, die Tränen noch so lange zurückzuhalten, bis ich auf meinem Zimmer war. Fürs Abendessen meldete ich mich ab.

Kaum hatte ich die Tür hinter mir geschlossen, schossen die Tränen in Sturzbächen aus meinen Augen. Ich weinte, wie ich schon ewig nicht mehr geweint hatte. Ich kam mir vor wie ein kleines Mädchen, dem man gesagt hatte ›wenn du unartig bist, dann haben Mama und Papa dich nicht mehr lieb.‹

Jetzt hätte ich gern eine Zigarette geraucht. So wie ich aussah, konnte ich nicht vor die Tür gehen und welche kaufen. Meine Wimperntusche war verschmiert und ich hätte als Zombie gehen können. In dem Zustand wollte ich niemandem begegnen und erst recht nicht angesprochen werden.

Anscheinend wollte mich auch niemand sehen. Meinen Kurfreunden hatte ich erzählt, dass ich den Abend und die Nacht mit meinem Schatz, mit Markus verbringen würde. Mich vermisste niemand, Angie nicht und Christian auch nicht.

Chris wollte heute Abend mit seinen Tischdamen und einigen anderen Bekannten Abschied feiern. Markus und mich hatte er auch eingeladen. Anscheinend hatte Chris kein Problem damit, dass mein Lebensgefährte angereist war und mich in Beschlag nahm. Vielleicht weil er wusste, dass mit Markus und mir im Bett nichts mehr lief.

Mit lautem Geräusch schniefte ich ein letztes Tempo voll. Anschließend machte ich mich auf die Suche nach irgendetwas, womit ich meine roten Augen kühlen konnte. In meinen Kühlschrank fand ich eine Flasche Wein, halbvoll und ohne Verschluss. Die musste jetzt herhalten. Den Wein kippte ich kurzentschlossen in mein Glas und die kalte Flasche legte ich mir auf die Augen.

Eingekuschelt auf meinem Plüschsofa sinnierte ich so vor mich hin. *Was ist denn nun eigentlich Liebe?*, fragte ich mich immer wieder. Mir fiel keine passende Antwort ein, obwohl sich doch angeblich alles darum dreht. Meine

Beziehung zu Markus hinterfragte ich und wägte das Für und Wider ab. Bei dem Wider stieg eine kleine Wut in mir hoch. Es lag doch nicht nur an mir, dass unsere Beziehung einen Knacks hatte?

Markus war enttäuscht von mir. Und ich hatte mich von Christian von Dorschweiler verführen lassen. Das konnte Markus aber nicht wissen, ich hatte ihm zumindest nichts davon erzählt. Wozu auch? Ich dachte an Iris und ihre Worte. *Wenn jemand fremdgeht, kann das doch nur passieren, wenn etwas in der Beziehung nicht stimmt*, hatte sie gesagt.

Ganz recht, dachte ich. Ich war es leid, die Schuld nur bei mir zu suchen, das hatte ich lange genug getan. Die Flasche auf meinen Augen kühlte längst nicht mehr und der Wein war ausgetrunken. Mit einem entsetzten Schrei sprang ich zurück, als ich einen Blick in den Spiegel warf. Anschließend brach ich in hysterisches Gelächter aus. Meine Augen waren zwar nicht mehr rot, aber das schwarze Mascarazeug hatte aus meinem Gesicht eine Fratze gemacht.

Okay Tine, du bleibst nicht auf deinem Zimmer und wirst Trübsal blasen, sagte ich zu mir. Ich trat mir selbst in den Hintern und überlegte, was ich machen könnte. Es standen ein paar Veranstaltungen im Programm, die mich interessierten. Ich restaurierte mein Gesicht und machte mich ausgehfertig, ich brauchte jetzt einen Cocktail.

Kommst du mit ins Enzian?, tickerte ich Angie an. *Markus und ich haben uns gestritten.*

Ihre Antwort kam reichlich spät. *Wir feiern Abschied, komm doch ohne Markus dazu. Wir sind am See, Getränke sind genug da, super Stimmung hier!*

Na klasse! Mein Dirndl musste wieder herhalten. Schnell putzte ich mich einigermaßen heraus, legte das Samtband mit dem Herz um, das Christian mir geschenkt hatte.

»Hallo Tine, mein Supergirl, du siehst ja völlig verwandelt aus! Das ist ja eine Überraschung, du siehst toll aus, ganz große Klasse.« Eric war begeistert von meinem neuen Outfit.

»Irgendwann ist es Zeit für Veränderung«, entgegnete ich so cool wie möglich.

Es gab wieder Küsschen rechts und links und nach einem kurzen Seitenblick, sagte er: »Du hast geweint. Stimmt's, Tine?«

»Darf ich dir wieder einen Spezialcocktail servieren?«

»Hm ...« Dass er aber auch alles merken musste. Ich riss mich zusammen, ich wollte nicht schon wieder weinen.

»Probier mal meine neue Kreation, den *Crying Heart*. Das bedeutet so viel wie *Tränendes Herz* und ist jetzt genau das Richtige für dich.«

Charmant reichte er mir seinen Arm und führte mich an die Bar. Er rückte mir den Hocker zurecht und fing an zu erzählen, wie dieser Cocktail entstanden ist.

»Also, es war vor genau neun Jahren. Da kam eine etwas ältere Frau in mein Lokal. Sie weinte bitterlich, weil sie ihren jungen Liebhaber verlassen hatte. Der Liebhaber war immerhin zwanzig Jahre jünger als sie. Sie hieß Adele und sie muss wohl Ende fünfzig, vielleicht auch schon Anfang sechzig gewesen sein. Adele saß auf diesem Hocker. Genau da, wo du jetzt sitzt, Tine. Vor ihr stand ein leeres Cocktailglas von einem *Rose-Kisses*. Nun waren ihre sogenannten Rosenküsse anscheinend vorbei und sie weinte und weinte. Die Tränen tropften in das Glas. Auf meine Frage, warum sie denn mit dem Mann

Schluss gemacht hätte, wo sie doch so verliebt in ihn war, schossen ihr sofort wieder heiße Tränen in die Augen. Sie schluchzte und erzählte, dass es so nicht weitergehen kann. - Ich bin doch viel zu alt für ihn. Es ist nur eine Frage der Zeit, wann er mich wegen einer jüngeren Frau verlässt. Schau mich doch an Eric. Diese Falten! Die Haut wird langsam knittrig und die ersten Knieprobleme lassen grüßen. Besser ein Ende mit Schrecken, als irgendwann von ihm als alte Schachtel gesehen zu werden. Adeles Glas war von den Tränen ungefähr zur Hälfte gefüllt. Ich nahm es unauffällig beiseite und mischte die Tränen mit drei geheimen Zutaten. Dann füllte ich das Ganze mit Champagner auf und gab zum Schluss, als Krönung sozusagen eine Himbeere und ein Blättchen Minze in das Glas.«

Fasziniert schaute ich ihn an. Eric hatte mal wieder den Schalk im Nacken. Er kam mir vor wie ein Märchenerzähler aus Tausend und einer Nacht.

»Und weiter? Wie ging es aus?«

»Ich sagte Adele, dass sie mich mit ihrer Geschichte zu einem Cocktail mit dem Namen *Tränendes Herz* inspiriert habe. Und dann tröstete ich sie mit den Worten, dass Tränen um ein Herz, um eine Liebe, doch die schönsten Tränen sind, die man weinen kann. Adele wurde ruhiger und bekam wieder ein bisschen Glanz in die Augen. Sie nippte an ihrem Getränk. Natürlich konnte sie nicht wissen, dass der Cocktail ihre eigenen Tränen enthielt, und sie wollte noch einen davon bestellen. Stell dir vor, so gut hatte er ihr geschmeckt! Ich erzählte ihr, dass man diesen speziellen Cocktail nur ein einziges Mal im Leben trinken darf, weil er Wunder bewirken würde.«

»Und das hat sie dir geglaubt?« Fasziniert starrte ich Eric an. Ich musste schmunzeln bei der Vorstellung, wie er ihr dieses Märchen aufgetischt hatte. Er konnte wirklich spannend erzählen und er war so einfühlsam.

»Ja natürlich hat sie mir das geglaubt, und das Wunder ist auch tatsächlich eingetroffen.« In Siegerpose wartete Eric auf meine nächste Frage.

»Was ist denn nun eingetroffen, Eric? Was war das Wunder?« Ich war überzeugt davon, dass diese Geschichte seiner Phantasie entsprungen war, wollte es aber trotzdem wissen.

»Tja Tine, das Wunder ...« Eric blickte verträumt nach oben. »Der junge Mann konnte und wollte nicht glauben, dass Adele ihn aus so egoistischen und, wie er meinte, eitlen Gründen verlassen wollte. Für ihn war sie die vollkommene Frau, er betete sie an. Er räumte ein, dass er ein großes Herz hätte, in dem mehrere Frauen ihren Platz finden könnten, auch jüngere. Aber dass Adele für immer einen festen Platz in seinem Herz hätte. Adele war überglücklich über sein Geständnis. Inzwischen sind beide verheiratet. Nicht miteinander. Nein, er hat eine Frau in seinem Alter gefunden und sie einen Mann in ihrem Alter.«

»Und das ist nun das Wunder? Ach Eric, das finde ich aber unromantisch.« Ich war ehrlich enttäuscht. Ich hatte weiß Gott was erwartet, aber nicht so etwas Banales.

»Nun wart's doch ab. Adele und ihr junger Mann treffen sich seitdem jedes Jahr und verbringen eine ganze Woche zusammen. Adele hat mir verraten, dass der junge Mann und sie sich geschworen haben, sich bis an ihr Lebensende einmal jährlich an diesem Ort zu treffen. Und in jedem Jahr besuchen mich die Zwei und bestellen dann einen *Old Times*.«

Eric reichte mir den Cocktail mit dem Namen *Crying Heart*, jedoch ohne diese eine, spezielle Zutat. Meine Tränen waren inzwischen versiegt. Nur eine winzige Träne tropfte noch in das Glas, weil ich so gerührt war von Erics Geschichte.

»Ach Eric, du hast es mal wieder geschafft, mich aus einem Tief herauszuholen.« Ich strahlte ihn an. Er war wirklich ein interessanter Mann, mit unglaublich viel Charme und Einfühlungsvermögen. Ich konnte mir gut vorstellen, dass die Frauen bei ihm schwach wurden.

In knappen Worten erzählte ich ihm von Markus und von dem, was vorgefallen war.

»Lass ihn«, riet er mir. »Er wird schon wiederkommen, dein Markus weiß genau, was er an dir hat. Gib ihm Zeit und versuch, kein schlechtes Gewissen zu haben. Später ärgert man sich über jede Chance, die man nicht genutzt hat.«

»Ach Eric, wenn das so einfach wäre.« Seufzend stand ich auf. Wieder drückte er mich, küsste mich rechts und links und flüsterte mir zu, dass auch ich ihn soeben zu einem neuen Cocktail inspiriert hätte.

»Am Tag vor deiner Abreise wird es mir eine Ehre sein, dir diesen Cocktail zu servieren.« Er zwinkerte mir zu. Flirtete Eric etwa mit mir?

»Da bin ich aber gespannt, wozu ich dich inspiriert habe. Die Einladung nehme ich gern an.« Lächelnd verließ ich das Lokal und schlenderte zum See. Jetzt war ich in der richtigen Stimmung, um zu der Abschiedsparty zu gehen.

* * *

Als ich ankam, war die Party in vollem Gange, es war ähnlich wie bei der Misswahl. Der Hofstaat des Sternschnuppenprinzen, alles Frauen im Dirndl, umringten Chris. Sie prosteten ihm zu und forderten Abschiedsküsschen ein. Die wenigen anwesenden Männer konnte man an den Händen abzählen.Am liebsten hätte ich auf dem Absatz kehrtgemacht, als ich Nelly an seiner Backe kleben sah. In dem Moment erblickte er mich. Chris zuckte mit den Schultern, als wenn er sagen wollte: Tut mir leid, aber ich kann nichts dafür.

Er wirkte ziemlich angeheitert, völlig ausgelassen und flirtete mit jeder Frau in seiner Nähe. So hatte ich ihn noch nicht erlebt. »Komm her, Tine, setzt dich zu mir!« Chris winkte mir zu und gab mir Zeichen, dass ich in seinen Hofstaat kommen sollte.

Das hatte mir noch gefehlt! Schulterzuckend lief ich weiter, Richtung Campingplatz. Es zog mich magisch dorthin, auch wenn Eric meinte, ich soll Markus erstmal in Ruhe lassen. Ich war jetzt wieder milde gestimmt und wie immer bereit, mal wieder den ersten Schritt zu machen. Mit seinem abweisenden Verhalten kann ich einfach nicht umgehen.

Die heimelige Beleuchtung im Wagen wirkte sehr einladend, ich fühlte mich magisch zu ihr hingezogen. Markus hat es sich anscheinend gemütlich gemacht, mit einer Flasche Rotwein, Brot und Käse, dachte ich. Ich wollte ihn überraschen. Wie ein Geheimdetektiv pirschte ich mich an. In dem Moment, als ich mich auf die Zehenspitzen stellte, um ins Innere des Wagens zu gucken, tippte mir jemand auf die Schulter. Zu Tode erschrocken zuckte ich zusammen und schrie leise auf.

»Psst! Lass es! Komm lieber mit«, flüsterte Chris und legte mir die Hand vor den Mund.

»Wo kommst du denn plötzlich her?«, zischte ich zwischen seinen Fingern hervor.

»Komm weg da, Tine!« Chris wiederholte sehr eindringlich, dass ich meinen Beobachtungsposten aufgeben sollte.

»Chris, was ist denn los? Ich denke, du bist mit deinen ganzen Sternschnuppen beschäftigt und musst dich von jeder mit Küsschen verabschieden?« Was fiel ihm denn plötzlich ein? Wollte er mich daran hindern, mich mit Markus wieder zu versöhnen? Oder war er etwa eifersüchtig?

»Komm mit!« Noch immer flüsterte er, legte seine Hand auf meine Schultern und zog mich vom Fenster weg. Leider zu spät! Da lag doch tatsächlich Uschi in den Armen von meinem Markus! Ich hatte es genau gesehen, nur einen winzigen Moment. Die Situation war eindeutig, sie küssten sich.

Wortlos nahm Chris mich auf den Arm und trug mich zum Ausgang. Mit einer Hand hielt er mir wieder den Mund zu. Er hätte mir besser die Ohren zuhalten sollen, denn ich konnte deutlich hören, wie diese falsche Schlange sich mit lüsternen Worten an meinem Markus zu schaffen machte und wie er sofort darauf ansprang.

Chris trug mich mit einer Leichtigkeit, als hätte er sein Leben lang Kohlensäcke geschleppt. Dabei bin ich mit meinen zweiundsiebzig Kilo wirklich kein leichtes Mädchen!

»Christian von Dorschweiler, was soll das?«

»Das fragst du noch? Musst du dich denn selber quälen und dir das antun? Leider hab ich es nicht rechtzeitig geschafft, dich davon abzuhalten.« Er setzte mich ab, händchenhaltend gingen wir ein Stückchen am See entlang.

»Musst du nicht wieder zu deinen Sternschnuppen? Du bist doch der Held des Tages. Und dann verrat mir einmal, wieso ich bei dir keine Alkoholfahne riechen kann?« Die letzte Frage konnte ich mir einfach nicht verkneifen. Ich hatte doch selbst gesehen, dass er dauernd mit den Mädels angestoßen hatte.

»Ganz einfach, meine Schöne, weil ich nur sehr selten und zu besonderen Anlässen, zum Beispiel mit dir, Alkohol trinke. Und auch dann nur sehr wenig. Ich könnte jederzeit zu einem Einsatz gerufen werden.«

»Du hast aber eben ausgesehen, als ob du ziemlich angeschickert bist. Sämtliche Frauen wollten doch mit dir anstoßen.«

»Tja, alles Tarnung, meine Liebe. Darin habe ich Übung. Und nun komm, lass dir nicht den Abend verderben und feiere mit uns. Mit mir. Bitte Tine!«

Mit seinem Kuss überzeugte er mich. Ich erwiderte den Kuss mit einer Hingabe, in der eine Spur Rache enthalten war. *Was Markus kann, das kann ich auch*, dachte ich.

***

»Da ist ja unser Dirndl-Dorschi mit seiner Sternschnuppe!«, rief Nelly lautstark. Sie unterhielt die ganze Gesellschaft und verkündete, wie sehr sie alle ihren Dorschi vermisst hätten. »Dorschi, du wirst uns so fehlen!« Theatralisch schniefte sie und wischte sich eine imaginäre Träne aus den Augen.

»Ach Mädels, ich werde euch auch vermissen. Ihr wart die beste Tischrunde, die ich je hatte. Es war eine tolle Zeit mit euch, ich wünsche euch noch viel Spaß und einen würdigen Nachfolger am Tisch.«

Er drückte nun jede einzelne der Frauen und verabschiedete sich. »Ich muss morgen sehr früh losfahren«, rief er, nahm mich bei der Hand und zog mich mit sich fort. Es war ihm egal, was die Mädels dachten und mir war es mittlerweile auch schnuppe.

Wir sagten nicht viel, mir war nicht nach reden zumute. Eng aneinandergekuschelt saßen wir auf seinem Balkon und hielten Ausschau nach Sternschnuppen. Christians Nähe und Wärme tat so gut, es fiel mir verdammt schwer, in dieser Nacht ganz brav auf mein Zimmer zu gehen. Uns blieb ja noch die ganze nächste Woche, das war mein einziger Trost. Meine Hemmungen, diese Woche mit Christian zu genießen, waren wie weggeblasen, nachdem ich Markus mit Uschi ertappt hatte.

Immer wieder wachte ich auf, zu viele Gedanken kreisten in meinem Kopf. Mit allen Tricks versuchte ich wieder einzuschlafen, leider vergebens. Zur Heusackzeit wachte ich auf, obwohl ich endlich einmal ausschlafen konnte. So wusste ich wenigstens, dass Wochenende war.

Am liebsten hätte ich mich im Bett noch einmal umgedreht, aber meine Neugier war größer. Vom Bett aus schaute ich auf den spiegelglatten See, öffnete die Balkontür und ließ die frische, klare Luft herein. Die Walkingstöcke schienen mich zu rufen. Ob ich Markus einen Besuch abstatten sollte? Ich musste Gewissheit haben, ob Uschi in meiner Koje die Nacht mit meinem Markus verbracht hatte. Schnell war ich startklar und trabte los, Richtung Campingplatz. Es war noch ruhig dort, nur eine leichte Kaffeebrise stieg mir in die Nase. Ich schickte eine Bestellung ans Universum und wünschte, dass Markus allein sein sollte. Und dann bestellte ich noch, dass er mir einen frisch gebrühten

Kaffee anbieten würde und wir unseren Streit begraben.

Mit Musik im Ohr erreichte ich den Platz nach wenigen Minuten. Sein Stellplatz war leer. An der Stelle, an der ich gestern Abend meinen Markus mit Uschi in unserem Campingmobil gesehen hatte, war nichts mehr. Sollte ich mich denn so vertan haben? Unser Bulli hatte doch hier gestanden, ich kannte doch den Platz. Oder hatte ich durch den Cocktail bei Eric Wahrnehmungsstörungen gehabt? Suchend lief ich über den Campingplatz. Aber auch in den anderen Reihen konnte ich unseren Bulli nicht entdecken. Er war weg! Heimlich über Nacht spurlos verschwunden. Ich traute meinen Augen kaum.

So ein mieser Feigling! Alle paar Meter kontrollierte ich mein Smartphone, ob eine Nachricht von ihm eingegangen war. Nichts, rein gar nichts. Nicht mal ein Smiley mit einem *Sorry*. Vielleicht war er nur zu einem anderen Campinglatz gefahren. Das war gut möglich, er hatte ja lautstark über den Preis gemeckert und mir erklärt, dass er keinen Fünf-Sterne-Campingplatz braucht.

Ich trabte weiter und meine Gedanken galoppierten mit. *Gut, wenn du es so willst, mein lieber Markus, dann kannst du auch von mir Funkstille haben*, beschloss ich. Ganz aus den Augen lassen konnte ich meine Mailbox trotzdem nicht., ich hoffte so sehr auf ein Lebenszeichen von ihm.

***

Die meisten Gäste, die kurz vor mir angereist waren, fuhren an diesem Samstag wieder nach Hause. Im Speisesaal herrschte reges Treiben. Ich kam mir vor wie auf einem Bahnhof. Überall standen kleine Grüppchen mit Stift und Papier oder mit Visitenkarten. Es wurde geküsst und gedrückt, aber auch Tränen wurden vergossen. Der Abschied fiel schwer, man versprach, sich wiederzusehen, zu telefonieren und in Kontakt zu bleiben. Diejenigen, die schon öfter zur Kur gefahren waren, erklärten mir, dass das ein frommer Wunsch sei. Mit der Zeit geraten die neuen Bekanntschaften bis auf wenige Ausnahmen in Vergessenheit. Blitzlicht, Momentaufnahmen und Sternschnuppenküsse ist das, was letztendlich davon übrig bleibt. An Abschied mochte ich noch gar nicht denken. Und vor allen Dingen nicht daran, dass es auch bei Chris und mir so sein könnte. In dem ganzen Trubel wurde auch ich geherzt und gedrückt.

Und dann stand der freundliche alte Chauffeur vor der Tür, hievte die Koffer in das Auto und kutschierte die gut erholten Menschen zum Bahnhof.

Schon lange interessierten mich die Stadtführungen in Füssen. Bisher hatte ich es nicht geschafft, daran teilzunehmen. Heute hatte ich die Gelegenheit dazu, schwang mich aufs Rad und fuhr in die Stadt.

Nach dem Kulturprogramm ging ich shoppen und fand auf Anhieb eine richtig gut sitzende Jeans, zwei T-Shirts und eine weiße Bluse. Ich hatte ganze drei Kilo abgenommen und ich fühlte mich richtig leicht. Wow! Ich hatte mein Wunschgewicht erreicht. Ein willkommener Anlass, mich mit neuen Klamotten zu belohnen.

Den Nachmittag verbrachte ich mit meinem Krimi am See. Dauernd schaute ich auf mein Handy, aber Markus blieb verschollen. Obwohl ich mich nicht bei ihm melden wollte, konnte ich es nicht lassen und schrieb ihm eine Whatsapp. Die blauen Häkchen bestätigten, dass er meine Nachricht gelesen hatte. Ich hoffte auf eine Reaktion, leider vergebens.

Chris war auch ausgeflogen. Er wollte sich mit einem Bekannten von früher treffen. Wir waren erst am Sonntag wieder verabredet. Das war mein erster Tag ohne Verabredungen und ohne Termine. Es war mir recht. Mein Bedarf an männlichem Gezicke und gekränkter Eitelkeit war vorerst gedeckt.

Iris und Niko waren so ziemlich die einzigen Bekannte, die noch da waren. Ich kam mir verlassen und einsam vor, auch meine neuen männlichen Tischnachbarn konnten das nicht ändern. Der eine war mir auf den ersten Blick unsympathisch. Ich schätzte ihn auf Mitte oder Ende siebzig.

»Willi«, stellte er sich vor. Er stand auf und begrüßte jeden von uns mit kernigem Händedruck. Ich war genervt und musste innerlich grinsen, als er verkündete, dass er mal ein hohes Tier bei einem Telekommunikationsunternehmen gewesen war.

Er wollte sogar unsere Tischgespräche wie Teammeetings organisieren. Mit der Masche hatte er allerdings keinen Erfolg. Wir redeten, wie uns der Schnabel gewachsen war.

Mit Iris und Niko ging ich den Irish Pub. Nach dem zweiten Guinness schüttete ich Iris mein Herz aus. Sie war eine gute Zuhörerin und es lenkte sie davon ab, sich über Niko zu ärgern, der ein paar Damen im Visier hatte.

»Der kommt schon wieder, Tine. Wart's man ab. Vielleicht wollte er nur aus dem einen Grund weg von dem Platz, weil ihm das peinlich war, was geschehen ist.« Mal wieder staunte ich über Iris verschärften Blickwinkel!

Mitten in unsere Frauengespräche stolzierte Uschi herein.

»Ihr habt doch nichts dagegen?« Ohne eine Antwort abzuwarten, nahm Uschi bei uns Platz, zückte ihr Handy und hielt alles Mögliche mit Fotos fest.

»Tine, wo ist denn dein Freund geblieben? Ich hatte mich neulich so nett mit ihm unterhalten.«

Fragend schaute ich sie an.

»Nun ja, als er hier angekommen war. Du hattest es an dem Tag ja so eilig und bist mit

Christian weggefahren. Markus, so hieß er doch gleich? Oder?« Mit dem Unschuldslächeln einer Heiligen rührte sie in ihrem Kaffee. Mir war schleierhaft, wie man so scheinheilige Fragen stellen kann. Mit gleicher Unschuldsmiene antwortete ich mit einer kleinen Lügengeschichte.

»Er musste leider in aller Frühe abreisen. Seine Mutter ist gestürzt und braucht ihn jetzt. Und ich hatte mich so auf unser Wochenende gefreut! Er lässt übrigens alle, die ihn kennen, herzlich grüßen.« Uschi musste nun wirklich nicht wissen, was tatsächlich los war.

Ich kam mir wie ein Fotomodell vor, als Uschi mich in allen Lebenslagen knipste. Mal mit Bierglas in der Hand oder als ich mit Iris über irgendetwas lachte. Meine neue etwas transparente Bluse gefiel ihr so gut, dass sie auch die fotografieren wollte.

»Tine, mach doch mal ein paar Knöpfe auf, das sieht doch viel schöner aus. Ja, so ist gut! Richtig sexy!«

Um ihr zu entkommen, flüchtete ich erstmal aufs Örtchen und machte mich frisch. Auf dem Rückweg entdeckte Niko mich und legte seinen

Arm um mich. Er erzählte mir seinen neuesten Witz. Uschi fotografierte auch das.

Wenn ich geahnt hätte, dass Uschi die Fotos, mit entsprechenden Untertiteln versehen, komplett an Markus schicken würde, dann hätte ich ihr Handy in meinem Bierglas ertränkt. Dummerweise bekam ich das zu spät mit. Er hatte ihr tatsächlich seine Handynummer gegeben! Sein eisiges Schweigen ärgerte mich. Hatte er sie womöglich beauftragt, mich auszuspionieren? Aber das sah ihm nicht ähnlich, das konnte ich mir nicht wirklich vorstellen.

Uschi war ständig irgendwo in meiner Nähe. War ich über Nacht berühmt geworden, ohne das mitzukriegen, und nun waren die Paparazzi hinter mir her? Ich brauchte dringend einen Bodyguard, meinen persönlichen Bodyguard.

Mit meinem Skizzenblock flüchtete ich in die Natur, er wurde zu meinem ständigen Begleiter. Ich skizzierte alles, was mir in die Quere kam. Ich zeichnete die Seerosen, die Gräser und in meinem Lieblingscafé die Tassen nebst üppigen Tortenstücken. Ich hatte mein altes Hobby viel zu lange vernachlässigt und nahm mir vor, zuhause einen Zeichenkurs bei der VHS zu belegen. Nach meiner Rückkehr wollte ich sowieso einiges verändern.

Kleine Geschenke

Chris meldete sich am Sonntag wie verabredet.

»Tine, komm gleich zu mir ins Hotel nach Füssen, hier wartet ein Geschenk auf dich.«

»Aber doch nicht jetzt sofort!? Bei dem schönen Wetter habe ich nämlich überhaupt keine Lust im Hotel zu sitzen.«

»Keine Lust auf Hotel, aber Lust auf mich???«, fragte er ziemlich von sich überzeugt! Amüsiert schüttelte ich den Kopf.

»Lieber Chris, ja, Letzteres! Aber erst etwas später. Was ist das denn für eine Überraschung? Verrätst du es mir?« Meine Neugier war geweckt, aber er verriet rein gar nichts.

»Nein! Komm hierher, zu mir. Bitte! Wir können auch noch was Schönes zusammen unternehmen, bevor ich dir zeige, was es ist. Bin so auf dein Gesicht gespannt. Kuss Chris«

»Überredet! Bin in einer halben Stunde bei dir! Kuss Tine«

***

»Du lässt es dir aber richtig gutgehen, Chris.« Neugierig schaute ich mich um. Das hier war kein kleines, gewöhnliches Einzelzimmer. Er wirkte völlig anders in der vornehmen Umgebung. Ich war zum ersten Mal in meinem Leben in einem Luxushotel gelandet. Chris bewegte sich in dieser Umgebung so selbstverständlich, als wäre er in sämtlichen Luxusherbergen der Welt zuhause.

»Ja, ich lasse es mir gerne gutgehen. Gefällt es dir?«

Ich wusste nicht, was ich sagen sollte. Schweigend starrte ich auf das riesige Bett.

»Und dir wird es auch gutgehen, das verspreche ich dir. Ich werde alles dafür tun, liebe Tine, dass es dir nicht nur gut, sondern bestens geht.«

»Da hast du dir aber was vorgenommen, mein lieber Dirndl-Dorschi. Ich bin sprachlos! In einem so schönen Hotelzimmer war ich noch nie. Ich kenne nur Urlaub auf dem Campingplatz mit schmalen, engen Bettkojen.«

»Tine, Tine! Dann wird es höchste Zeit, dass du mal etwas anderes kennenlernst.«

»Ist das nicht schön?« Wir standen auf einem riesigen Balkon. Mein Blick fiel auf Schloss Neuschwanstein und auf den Tegelberg. »Bei klarer Sicht kann man Drachenflieger und Gleitschirme erkennen.«

»Wow! Ist das schön!« Mir fielen keine anderen Worte ein. Chris amüsierte sich offensichtlich, dass ich so ehrfürchtig dastand.

»Schau, hier ist das Bad.« Es war supermodern, mit edelsten Armaturen, einer Wasserfalldusche und einer Wanne, in der schätzungsweise vier Personen Platz fanden.

* * *

»Und was hast du hier mit mir vor?« Mir fehlten immer noch die Worte, mein Herz klopfte wie verrückt. Ich war zu einem Mann ins Hotel gegangen, den ich vor knapp drei Wochen zum ersten Mal gesehen hatte. Und ich war nicht hier, um Kaffee zu trinken.

»Wir werden sehen. Lassen wir es ruhig angehen.« Chris zog mich an sich.

Seit der Sternschnuppennacht war ich süchtig danach, mich in seine Arme fallen zu lassen. Die hellen, feinen Härchen auf seinen gebräunten, muskulösen Armen übten eine magische Wirkung auf mich aus. *Er hat einen Körper wie aus einem Hochglanzmagazin*, dachte ich, und es fiel mir schwer, mir nicht anmerken zu lassen, was mir noch so alles durch den Kopf ging.

»Ja«, sagte ich einsilbig. »Es gibt nur ein Problem. Ich kann und darf beim besten Willen nicht über Nacht hierbleiben, Chris.« Ich seufzte und schielte auf das Bett. »Zu blöd, dass ich nachts zurück muss, in mein Kurhaus.«

Ich streichelte über seine Arme, seinen Bizeps und ließ meine Hände über seinen Rücken wandern, hinunter zu seinem Po und erwiderte seinen Kuss. Ohne lange zu überlegen, befreite ich Chris von seiner Jeans und allem, was noch zwischen uns war.

* * *

»Wolltest du bei dem schönen Wetter nicht lieber die Zeit im Freien verbringen?« Nackt und verschwitzt lag Christian neben mir und amüsierte sich königlich darüber, dass ich meine guten Vorsätze beiseitegeschoben und die

Vorzüge des Hotelzimmers getestet hatte. Es war erst Nachmittag und wir lagen bereits engumschlungen im Bett. Gemeinsam gingen wir unter die Luxusdusche. Das Wasser plätscherte auf uns herab und wir brauchten noch ein bisschen länger, bis wir startklar waren für weitere Aktivitäten.

»Tine, willst du nicht doch über Nacht bleiben?«

»Ach Christian, ich würde nichts lieber tun, aber morgen ist Montag und um sechs Uhr erwartet mich der Heusack in meinem Bett.« Die Rahmenbedingungen der Kur musste ich wohl oder übel akzeptieren, auch wenn es mir noch so schwerfiel.

»Der Heusack erwartet dich im Bett? Na super! Ich erwarte dich auch, in meinem Bett! Anscheinend ist der Heusack attraktiver als ich. Oder heißer als ich? Ich kann dich wirklich nicht überzeugen?«

»Er ist halt ein heißer, alter Sack, der es versteht, meine Verspannungen zu lösen«, konterte ich und fing an zu kichern.

»Dann lass uns jetzt was Schönes unternehmen, damit ich auf andere Gedanken komme.«

»Was ist denn mit der Überraschung? Damit hast du mich doch hierher gelockt. Oder war das nur ein Vorwand, ein Versprecher statt eines Versprechens?«

»Später, meine liebste Tine, später. Was hältst du davon, wenn wir Eis essen gehen und einen Spaziergang machen? Irgendwo draußen sitzen und 'ne Kleinigkeit essen? Wenn wir dann zurück sind, möchte ich dich überraschen.« Er hatte wieder sein spezielles Lächeln aufgesetzt. »Da kommst du nie drauf!«

»Ach Chris! Das ist gemein!« Chris grinste nur, schüttelte den Kopf und gab mir keinerlei Hinweise auf meine Fangfragen. Schmuck, Parfum, Dessous? Oder ein Buch, etwas Landestypisches?

Im Ortskern fanden wir einen sonnigen Sitzplatz in einem Café und gönnten uns ein dickes Stück Torte. Wir beobachteten die Menschen auf der Straße und erfanden Geschichten rund um die Menschen, die uns interessant erschienen. Dabei mussten wir aufpassen, uns nichts anmerken zu lassen und nicht in lautes Gelächter auszubrechen.

Wir entdeckten ein paar Bekannte aus dem Sonnengold, zu meinem Leidwesen war auch Uschi darunter. Sie kam sofort zu uns an den Tisch, als sie uns sah. Es war zum Verrücktwerden mit dieser Frau.

»Grüß Gott, ihr zwei! Ich dachte, du bist gestern abgereist, Christian? Das ist ja eine Überraschung, euch beide hier anzutreffen.« Zuckersüß begrüßte sie Chris, mich ignorierte sie.

»Grüß Gott, Uschi. Wie du siehst, gibt es mich noch. Jetzt nach der Kur locken Freiheit und Abenteuer. Ich habe noch ein paar Tage Urlaub und werde meinem Hobby frönen, dem Geleitschirmfliegen. Und du? Bist Du Fotografin? Zeig mal, was du Schönes fotografiert hast.«

»Lass mal sehen Uschi.« Auch ich war neugierig auf die Bilder. Wir rutschen näher an Uschi heran.

»Ein anderes Mal gerne. Ich muss los, ich habe noch eine Verabredung.« Wir sahen uns nur an und prusteten los. Uns war klar, dass sie uns die Bilder nicht zeigen wollte.

»Ganz schön neugierig die Dame.« Chris amüsierte sich und ich streichelte ihn mit meinen Augen. Es war zu schön, ihn zu beobachten, seinen aufmerksamen Blick, seine Mimik und seine gelassene Art, den ganzen Mann.

»Wie machst du das eigentlich, dass du immer so gelassen bleibst? Kann dich denn gar nichts aus der Fassung bringen?«

»Ich habe Urlaub, liebe Tine! Und nach drei Wochen Verwöhnprogramm im Sonnengold kann man nur entspannt und gelassen sein.« Nach einer kleinen Pause fügte er hinzu: »Es gibt genug Situationen, in denen ich nicht so relaxt bin. Im Job zum Beispiel. Meine Aufgabe ist es, Menschen zu beschützen, und das geht nur, wenn ich ruhig bleiben und besonnen handeln kann. Jahrelanges Training also.«

»Ach, wenn du mir davon nur ein Stückchen abgeben könntest, das wäre gut.« Mir fiel wieder die Eskalation im Amt ein und ich erzählte Chris, wie unprofessionell ich mich verhalten hatte. »Ich schäme mich im Nachhinein immer noch dafür.«

»Dafür bist du ja jetzt hier, wir hätten uns sonst nie kennengelernt. Und ich bin sicher, dass dir so etwas nicht noch einmal passieren wird.«

Verständnisvoll sah Chris mich an und lenkte dann ab. »Es gibt aber auch in meiner Freizeit bestimmte Situationen, in denen ich nicht gelassen bleiben kann.«

»Ach ja? Das kann ich mir bei dir kaum vorstellen.« Prüfend schaute ich ihn an.

»Dirndl! Ich sage nur Dirndl! Eine Frau in einem Dirndl, die sich traut, auch unter dem Dirndl etwas Reizvolles zu tragen.«

Heute war ich nur völlig normal angezogen, betreten sah ich ihn an.

»Na komm, lass uns ein bisschen laufen. Hast du schon das ehemalige Benediktinerkloster St. Mang besichtigt?«

»Nein, drinnen war ich noch nicht. Nur im Innenhof. Dann lass uns mal hineingehen und den Totentanzzyklus ansehen.« Durch den Torbogen gelangten wir in den Innenhof. Chris holte sein Handy aus der Tasche und spielte für mich Reiseführer. Er las alles Wissenswerte über das ehemalige Benediktinerkloster vor.

Die ausgestellten Zeichnungen, aber auch die Bibliothek mit der großen ovalen Öffnung in der Mitte des Raumes, die uns einen Blick hinunter ins Refektorium, dem Speisesaal der Mönche, ermöglichte, beeindruckten uns sehr. Von außen fand ich das Gebäude bereits sehr imposant, aber dass es im Inneren solche Schätze beherbergt, hatte ich nicht gewusst.

»Nach dem Totentanzzyklus sollten wir das Leben feiern, findest du nicht auch Tine. Es ist so kurz und es kann so schnell vorbei sein.« Nachdenklich sah Chris mich an. »Oder man kann plötzlich nicht mehr so, wie man möchte. Leider habe ich das oft genug miterlebt.«

Der laue Sommerabend war perfekt, um das Leben und auch die Liebe zu feiern und jeden Augenblick zu genießen. Mit einem guten Essen wollten wir anfangen in einem kleinen Restaurant mit Blick auf den Lech.

»Bist du satt und glücklich, Tine? Bereit für die Überraschung, die ich dir versprochen habe?«

Spontan bejahte ich seine Frage.

* * *

Zurück auf seinem Hotelzimmer hielt ich es kaum noch aus vor Neugierde. »Nun spann mich nicht so auf die Folter. Rück endlich raus mit der Überraschung.«

»Tu mir bitte einen Gefallen Tine. Schließ deine Augen und bleib da stehen, wo du jetzt bist. Und auch nicht umdrehen.«

Es fiel mir schwer, nicht zu blinzeln oder einen Blick über die Schulter zu riskieren. Leise Musik erklang und ich hörte, wie sich eine Schranktür öffnete. Chris machte es wirklich spannend!

Ich spürte seinen Atem, seine Lippen an meinem Ohr. »Pst, sag nichts. Tu nur das, was ich dir sage. Bitte Christine.«

Nickend stimmte ich zu. Christians Lippen fühlte ich jetzt in meinem Nacken. Zärtlich verstrubbelte er mir das Haar, dann legte er mir etwas über die Augen.

»Damit du nicht schummeln kannst, meine Liebe.«

»Was hast du vor Chris? Was ist das, was machst du?«

»Nicht sprechen, Tine. Lass dich überraschen. Ich werde nichts tun, was du nicht willst. Versprochen! Deine Augen sind jetzt von einer sehr schönen schwarzen Maske verdeckt. «

Wieder nickte ich. Es war aufregend und erregend zugleich. Chris fuhr mit seinen Händen über meinen Körper, er stand hinter mir, streichelte mich sanft und die Wärme seiner Haut beruhigte mich etwas.

»Ich werde dich jetzt ausziehen, Tine, und ich fange mit deinem Shirt an.« Mit leiser Stimme beschrieb er mir, was er tat. Seine Fingerspitzen waren jetzt an meinem Bauch. Er rollte im Zeitlupentempo das Shirt hoch, zog es mir aus. Ich sah nichts außer Dunkelheit hinter meiner Maske.

Chris liebkoste jeden Zentimeter meiner Haut, den er vom Stoff befreit hatte. Seine Härchen kitzelten. Ich streckte die Arme aus, ich wollte ihn fühlen.

»Gleich werde ich dir die Jeans ausziehen«, murmelte Chris zwischen Küssen, die meinen Nabel umspielten und mir trotz der Sommerhitze Gänsehaut verursachten. Chris flüsterte, beschrieb, was er sah, und genoss meine Lust. Er fuhr unter den Rand meiner Jeans, glitt tiefer bis zu meinem Slip. »Bitte«, wollte ich flüstern, er sollte weitermachen, viel weiter. Seine Finger sollten ihre Reise fortsetzen und endlich in mein Höschen gleiten.

»Pst, nichts sagen. Und auch nichts tun, wenn ich es dir nicht erlaube.«

Leise stöhnte ich auf. Geschickt öffnete er den Knopf meiner Jeans und viel zu langsam den Reißverschluss. Wie unbeabsichtigt berührte er meine erogenen Zonen und auch solche, von denen ich nicht bislang gar nicht wusste, dass sie dazugehören. Endlich schob er mir die Hose über die Hüften, ließ sie nach unten rutschen.

Sein Klaps auf meinen Po kam völlig unerwartet, als ich aus meinen Schuhen schlüpfte. »Das wollte ich machen, Tine. Du hast nichts anderes zu tun, als deine Lust zu genießen.« Die Stelle prickelte und mir wurde noch heißer, als er seine Hände auf die Stelle legte und ich seinen Atem auf meiner Haut fühlte. Seine Zunge fuhr liebkosend vom Mund zu den Ohren, bevor er mich mit einem Kuss zum Schwanken brachte.

»Kleines Ablenkungsmanöver, gnä' Frau. Ich werde dich jetzt mit meinem Mund verwöhnen, von oben nach unten.« Chris befreite mich von meinem BH, seine weichen Lippen nahmen von meinem Körper Besitz, sie ließen keine Stelle aus und ich verging vor Wonne. Als er vor kniete, konnte ich ein lautes Stöhnen nicht mehr unterdrücken und gab mich vollends meiner Lust hin.

»Chris«, stöhnte ich.

»Das war erstmal zum Warmwerden, liebste Tine. Das Spiel geht noch weiter.«

Er entfernte sich ein paar Schritte von mir. Was würde als Nächstes passieren? Etwas raschelte, es hörte sich an, wie feines Seidenpapier.

»Habe ich dir eigentlich schon gesagt, dass du die schönsten Füße hast, die ich je gesehen habe?« Chris küsste meine Füße, nahm sich jeden einzelnen meiner Zehen vor, massierte sie nicht nur mit den Händen. Er nahm sie in den Mund, saugte, leckte meine Zehenspitzen, meine Nerven vibrierten. Dass er mir einen String anzog, bemerkte ich erst, als ich das Bändchen in meiner Poritze spürte.

»Du willst doch wieder anständig aussehen, nicht wahr?« Liebevoll widmete er sich meinem kleinen Busen, und versteckte ihn schließlich in den Körbchen eincs Büstenhalters.

»Du darfst dich bewegen, Tine.« Chris ließ meinen Fuß in feinstes Nylon gleiten. Mit geschickten Fingern rollte er den Strumpf hoch bis zu meinem Oberschenkel, zupfte ein wenig daran herum und widmete sich dann meinem anderen Bein. Seine Küsse oberhalb der Spitze wanderten an den Innenseiten meiner Schenkel aufwärts, ließen mich taumeln.

»Du siehst rattenscharf aus. Tine, wenn du dich sehen könntest!«, flüsterte Chris mir ins Ohr. »Hast du etwas dagegen, wenn ich ein Foto von dir mache? Du musst nur nicken. Oder den Kopf schütteln, wenn du nicht einverstanden bist.«

Zustimmend nickte ich. Vermutlich stand ich in reizvollen Dessous da. Ich versuchte mir vorzustellen, welche Farbe die Sachen hatten und wie die Maske aussehen könnte.

Wieder nahm Chris meine Füße in die Hand und zog mir Schuhe an. Sie passten wie angegossen, sie schienen ziemlich hoch zu sein. Seine sanften Hände, vermischt mit meiner Phantasie und sein Mund, der mich immer wieder küsste, ließen meine Lust wieder aufflammen. Schweigend genoss ich jede seiner Berührungen.

Chris zog mir eine Bluse an, knöpfte sie zu. Es raschelte wieder, ein Geräusch, als ob man Stoff mit den Händen glattstreicht, war zu hören. Vielleicht war es ein edler Taft. Chris zog mir ein

Kleid an, zupfte an mir herum, befreite meine Schultern von dem feinen Stoff und hauchte Küsse darauf. Mit den Fingern zeichnete er Linien an den Innenseiten meiner Arme, hoch bis zu den Achseln.

Sein Atem ging schneller, als er das Mieder schnürte und den Rock glattstrich, der mich an den Knöcheln kitzelte. Er flüsterte mir Sachen zu, die mich erröten ließen, als er mir wahrscheinlich eine Schürze umband.

»Wunderschön siehst du aus, Tine. Bleib noch einen kleinen Moment so. Ich werde jetzt unter deinen Rock abtauchen. Bitte bleib ganz ruhig stehen.« Der Stoff raschelte wieder und Chris tauchte ab. Ich spürte, wie er etwas um meinen Oberschenkel drapierte, vermutlich ein Strumpfband. Dabei liebkoste er die Stellen, die unter dem Rock verborgen blieben.

»Komm Tine.« Er nahm meine Hand, unsicher folgte ich ihm.

»Und nun kommt der spannende Moment.« Er nahm die Maske ab. »Schau! Sieh dich an.«

Wir standen vor einem großen Spiegel. Meine Augen mussten sich erst an das Licht gewöhnen, im ganzen Raum waren Kerzen angezündet. Chris schaute mir mit einem triumphierenden Lächeln über die Schulter, sein Daumen streichelte meinen Nacken, direkt unterm Haaransatz. Wäre ich ein Kätzchen, ich hätte geschnurrt. Er sah aus, als hätte er im Lotto gewonnen.

»Gefällt es dir?« Unsere Blicke begegneten sich im Spiegel, er gab mir ein Zeichen, dass ich wieder sprechen durfte. »Cristine, ich musste es kaufen, es ist wie für dich gemacht.«

»Du bist ja ein verrückter Kerl. Chris, das ist ja noch schöner, als ich es in Erinnerung hatte. Und das willst du mir wirklich schenken?«, flüsterte ich und dachte an den Preis. Den vergaß ihn aber gleich wieder, als mein Spiegelbild mir eine Frau mit weißblonden kurzen Haaren und leuchtenden grünen Augen zeigte, in einem schwarz-lila-farbenen Dirndl, das wie maßgeschneidert aussah. Die Frau im Spiegel sah sehr attraktiv aus, sehr sexy. Die Frau im Spiegel war ich. Ich konnte es kaum glauben, unverwandt blieb mein Blick an dem Spiegelbild hängen.

»Nur zu gerne will ich dir das schenken, Tine, ich konnte das Dirndl nicht in dem Laden hängen lassen. Als wir in Kempten waren, hatte ich das Kleid sofort zurücklegen lassen, gestern habe ich es abgeholt. Du glaubst gar nicht, wie schwer es mir gefallen ist, nichts zu verraten.« Chris freute sich wie ein kleiner Junge. »Die Dessous habe ich gut ausgesucht, nicht wahr? Und die Schuhe gefielen mir so gut, dass ich sie auf gut Glück mitgenommen habe. Wenn sie nicht passen, können wir sie umtauschen.«

»Sie passen wie angegossen, die müssen wir nicht zurückbringen.« Ich hielt die Maske in meinen Händen, drehte sie hin und her. Es war ein glänzender schwarzer Satin mit einem Hauch lila Spitze am oberen Rand. Prüfend schaute ich an mir herab. Zentimeter für Zentimeter zog ich den Rock in die Höhe. Chris beobachtete mein Tun fasziniert im Spiegel. Zum Vorschein kam ein feiner schwarzer Strumpf mit einem eingewebten Muster, wie ein Nadelstreifen. Mein Schenkel war fast vollständig entblößt, es fehlte nur noch ein winziges Stückchen bis zum Abschluss.

»Oh Chris! Das sieht ja toll aus.«

»Finde ich auch.« Seine blauen Augen saugten sich an dem Anblick fest. Er stand noch immer hinter mir, legte seine Hände auf meine und führte sie über die lila Spitze, hinauf zu der nackten Haut darüber. Dann weiter zu dem winzigen Höschen, dass meine Pobacken prächtig zur Geltung brachte. Leise sagte er mir, was ich tun soll und lenkte meine Finger genau dorthin. Unsere Blicke begegneten sich immer wieder im Spiegel, verfingen sich ineinander. Was Chris dann mit mir tat, als er meinen Rock anhob und mich leicht nach vorn beugte, war unbeschreiblich. Mein lautes Stöhnen übertönte die Musik und ich fing an, es zu lieben, meine Lust hinauszuschreien.

Erst später zeigte er mir die Fotos, die er gemacht hatte. Es waren die schönsten Fotos von mir, die ich jemals gesehen habe. Ich hatte nicht gewusst, dass ich so verführerisch aussehen kann.

»Behalt die Fotos, sie sind mein Geschenk an dich, liebster Chris. Du hast mir so viel gegeben. Du wirst sie ja nicht ins Internet einstellen?«

»Nein Tine! Diese Bilder sind nur für mich und für dich.«

»Dann hast du wenigstens eine Erinnerung an mich«, murmelte ich.

Eng aneinander gekuschelt, erschöpft und glücklich schliefen wir ein. Mitten in der Nacht wurde ich wach, ich lag noch immer in Chris'

Armen, genauso wie wir eingeschlafen waren. Ich schaute auf den Wecker, er zeigte zwei Uhr. Siedendheiß fiel mir mein Heusack ein, ich musste gehen. Chris verzog keine Miene, zog sich an und brachte mich zum ‚Sonnengold'. Mit Christians Duft auf meiner Haut schlich ich auf mein Zimmer. Mein Glückstagebuch musste bis zum nächsten Tag warten, es war sowieso fast voll.

Das schwarz-lila Dirndl auf meinem Plüschsofa erinnerte mich daran, dass die vergangenen Stunden kein Traum gewesen waren. Wohlig räkelte ich mich in meinem Bett und griff gewohnheitsmäßig nach meinem Handy, schaute in den Nachrichteneingang.

Chris hatte mir einen Gutenachtgruß geschickt und meine Tochter wollte wissen, wann ich denn nun genau wiederkomme. Kein Lebenszeichen von Markus! Ärgerlich legte ich das Smartphone zurück. Sein Verhalten war einfach albern und kindisch. Ihm war doch hoffentlich nichts passiert, während ich mich nachts mit Chris vergnügt hatte? Den Gedanken schob ich schnell beiseite. Wenn ihm tatsächlich etwas passiert sein sollte, dann hätte man mich längst informiert.

Ich genoss die Wärme in meinen Rücken, blieb ein wenig länger liegen als sonst und fühlte mich so lebendig wie seit Jahren nicht mehr. Chris war eindeutig daran schuld. Er hatte Saiten in mir zum Klingen gebracht, von denen ich nichts geahnt hatte. Aber auch Psycho-Phil hatte dazu beigetragen.

Ich warf einen Blick auf meinen Tagesplan und freute mich auf die Sitzung am Nachmittag. Meine letzte Woche lag vor mir, eine Woche mit Chris, den ich liebevoll *meine persönliche Spezialtherapie* nannte. Die Zeit war rasend schnell vergangen.

Beschwingt ging ich nach der Morgengymnastik zum Frühstück. Uschi hatte sich an meinem Tisch breitgemacht und schien mich zu erwarten. Einen Augenblick lang überlegte ich, ob ich mich woandershin setzen sollte. So wie ich Uschi kannte, würde sie hinterherkommen, also setzte ich mein strahlendstes Lächeln auf und redete übers Wetter. Ich musste nicht viel sagen, sie redete gern und reichlich.

»Ich weiß gar nicht, wie du das machst, Tine? Wie kommst du bloß an all die tollen Männer?« Der Kaffee ging mir quer runter, hustend sah ich sie an. Als ich sah, wie sie auf meine Nase starrte, ahnte ich, was als Nächstes folgen würde.

»Ich dachte immer, Männer fliegen auf kleine, zierliche Frauen. Am liebsten noch mit langen blonden Haaren und so.« Wieder musterte sie mich von oben bis unten und holte dann aus.

»Bei dir trifft das anscheinend gar nicht zu. Du bist groß und auch nicht superschlank und ... na ja, ... ich weiß nicht, wie ich es sagen soll ..., du hast nicht einmal eine schöne Nase.«

Zack, das saß! Mir war klar, dass so etwas kommen würde, und regte mich kaum darüber auf.

»Hast du schon mal über eine Schönheits-OP nachgedacht? Weißt du Tine, damit kann man einiges rausholen. Also deine Nase zum Beispiel, die könnte man richtig schön schmal und klassisch formen.«

»Arbeitest du bei einem Schönheitschirurgen und bekommst Werbeprämien?« Ich funkelte Uschi gefährlich an. Meine grünen Augen sehen in solchen Momenten aus wie die einer Katze vor dem Angriff, hatte Markus mir einmal gesagt. »Meine Nase ist perfekt Uschi, mit ihr kann ich wunderbar atmen und mein Geruchssinn ist hervorragend ausgeprägt. Und mein Geruchssinn sagt mir gerade: Ich kann dich nicht riechen, du bist zu süß und zu klebrig. Schönen Tag noch!«

Mit offenem Mund schaute sie mir etwas dümmlich hinterher.

»Komisch nur, dass Markus von meiner Nase so begeistert war.« Diese Bemerkung überhörte ich geflissentlich und marschierte schnurstracks in die Bäderabteilung. Ein kalter Guss stand auf dem Plan, das war jetzt genau das Richtige.

Bei meinen Laufrunden dachte ich immer öfter an zuhause. Nach und nach wollte ich kleine Veränderungen einführen. Im Job musste sich etwas ändern, aber auch im Zusammenleben mit Markus. Ich hatte bei ihm ein warmes Gefühl der Geborgenheit und ich wusste, dass ich mich immer auf ihn verlassen kann.

Trotz meiner Affäre mit Christian und all den aufregenden Abenteuern, die ich mit ihm erlebt hatte, war mir klar, dass Chris zu dieser Kur gehören würde wie ein prickelndes Sprudelbad, wie eine besonders angenehme Kuranwendung. Er war mein Highlight und ich hatte ihm einen Platz in meinem Herzen geschenkt.

Angefüllt mit Widersprüchen und offenen Fragen ging ich mit meinem Glückstagebuch zu Phil. Es war meine vorletzte Therapiestunde.

»Viel Zeit haben wir leider nicht mehr, Tine. Nur noch heute und kommenden Freitag. Was haben Sie heute mitgebracht, worüber möchten Sie sprechen Tine?« PP lehnte sich wie immer in seinem Sessel zurück und ließ mich zappeln. Ich hatte reichlich viel auf dem Herzen und wusste nicht, wo ich anfangen sollte. Mein Heft fiel mir aus der Hand und blieb geöffnet auf dem Boden liegen. Also fing ich mit meinen Glücksmomenten an.

»Was mich am meisten beschäftigt, ist die Frage, wie es mit meiner Beziehung, mit Markus weitergehen kann und natürlich auch meine beruflichen Situation.« Ausführlich schilderte ich ihm, was vorgefallen war und meinen Alltag mit Markus.

»Ich weiß gar nicht, wie ich da etwas ändern kann. Ich sehe überhaupt keine Möglichkeit.«

»Womit möchten Sie denn beginnen? Ist es Ihre Beziehung oder die berufliche Perspektive?«

Das Thema mit Markus lag mir am Herzen, trotzdem entschied ich mich, erstmal mit der anderen Sache zu anzufangen.

»So wie Sie mir das geschildert haben, klingt es tatsächlich, als wenn es sich nicht ändern ließe.«

»Hm, ja, ich wüsste nicht wie.« Nachdenklich schwieg ich. Nach kurzem Zögern rückte ich mit meiner Wunschvorstellung heraus, meine Arbeitszeit zu reduzieren.

»Aha! Es gibt zumindest vage Ideen. Dann sollten wir die doch einmal genauer unter die Lupe nehmen.«

Wir beleuchteten die Vor- und Nachteile. Ich machte mir Notizen und kam zu dem Schluss, dass ich mit dem geringeren Einkommen zurechtkommen würde.

»Dann werde ich das mal auf meine To-do-Liste für nach der Kur setzen.«

»Und was kommt noch darauf?« Phil stellte mir aber auch immer wieder Fragen, die mich mit mir selbst konfrontierten. Er packte mich bei meinen Sehnsüchten, meinen Wünschen und meinen Unzulänglichkeiten.

»Wissen Sie, Phil, ich habe mir überlegt, dass ich eine Entspannungsmethode lernen will, wahrscheinlich Autogenes Training. Vielleicht auch die Progressive Muskelentspannung. Qi-Gong gefällt mir auch gut. Ich merke schon jetzt, dass die Formeln des Autogenen Trainings bei mir wirken. Anfangs hatte ich ja geglaubt, die Trainerin will mich veräppeln.« Ich holte tief Luft und erzählte weiter. »Ich soll still vor mich hinsagen: Ich bin vollkommen ruhig und gelassen! Ha, ha, hab ich nur gedacht, die spinnt doch. Weshalb bin ich denn hier, bitte schön? Ich bin überhaupt nicht ruhig und gelassen. Das habe ich ihr auch gesagt. Und sie hat freundlich erwidert, dass ich es trotzdem ausprobieren sollte. Auch wenn ich nicht daran glaube. Mit regelmäßiger Übung verankert sich das im Gehirn, meinte sie. Widerstrebend habe ich es dann getan und dreimal täglich geübt. Und jetzt merke ich, sobald ich den Satz nur denke, werde ich tatsächlich ruhig und gelassen. Ich hoffe nur, dass ich das zuhause auch schaffe. Hier ist ja alles anders. Hier ist heile Welt und alles ist gut.«

Ich war nicht zu bremsen. PP hörte aufmerksam zu und machte Notizen.

»Das klingt nach einem guten und realistischen Plan, liebe Tine. Sie müssen wissen, dass es Ihnen nicht helfen wird, wenn Sie sich zu große Schritte vornehmen. Viele kleine Schritte und auch größere Schritte haben Sie bereits gewagt.« Phil schaute wieder in seine Notizen und fuhr fort: »Wissen Sie Tine, manche Dinge kann man einfach nicht verändern. Es gibt Rahmenbedingungen, mit denen man leben muss.

Natürlich wäre es ein Leichtes zu sagen, dann suchen Sie sich einen anderen Job. Aber ob das tatsächlich besser ist, sollte man sich sehr genau überlegen. Wenn Sie einen festen und sicheren Arbeitsplatz haben, mit einem guten Gehalt und mit einem akzeptablen Arbeitsweg, dann ist das etwas, was nicht zu verachten ist.«

»Aber das gerät so oft in Vergessenheit. Gibt es nicht einen Trick, wie es mir leichter fallen könnte, mit der Situation umzugehen?«

Phil schmunzelte, die Frage hörte er wahrscheinlich in jeder zweiten Therapiestunde. »Nein Tine, einen Tipp, der immer funktioniert, gibt es leider nicht. Aber oft ist es hilfreich, wenn man sich eine Liste der Situationen anlegt, die einen nerven. Wenn die Liste fertig ist, dann sehen Sie sich jeden einzelnen Punkt genau an und dann überlegen Sie mal, wie oft dieser Stressor auftaucht und wie genervt Sie davon sind.« Fragend blickte er mich an. »Habe ich mich verständlich ausgedrückt, Tine, oder ist Ihnen noch etwas unklar?«

»Hm. Ich glaube, das habe ich verstanden. Ich glaube, das ist eine gute Methode. Ich werde nachher mal damit anfangen.«

»Es nützt niemandem, gegen Windmühlen zu kämpfen, am wenigsten einem selbst.« Er zeigte bedauernd auf die Uhr. »Leider haben wir jetzt keine Zeit mehr dafür. In der nächsten Stunde können wir das vertiefen.« Mit einem Blick auf mein Glückstagebuch entließ er mich für heute. Was sollte ich bloß ohne Phil machen?

Mittags lief Uschi mir wieder über den Weg. Sie war beleidigt und ich hatte das Gefühl, dass sie etwas im Schilde führte. Mit aufgesetzter Unschuldsmiene, die kein Wässerchen trüben kann, kam sie auf mich zu.

»Sag mal Tine, ist etwas mit Markus?« Ihre Augen waren eiskalt unter dem süßen Lächeln, sie schienen mich zu durchbohren.

»Was soll denn mit ihm sein, Uschi? Es geht ihm gut, wenn du das meinst.«

»Ich dachte ja nur. Er meldet sich überhaupt nicht und antwortet nicht auf meine Nachrichten.« Betrübt schaute Uschi auf ihr Handy, sie sah aus, wie die Unschuld vom Lande.

»Er hat sein Handy nicht immer auf Empfang, wenn es ihm wichtig ist, wird er sich sicher melden.« Innerlich grinste ich bis über beide

Ohren. Der böse Junge spielt wohl nicht mehr mit ihr. So kenne ich meinen lieben Markus. Was er nicht will, das will er nicht. Und Markus weiß, wie man Benachrichtigungen von bestimmten Personen blockieren kann.

»Dabei hatte er ausdrücklich gesagt, dass er sich freuen würde, wenn ich ihm ein paar Bilder von hier schicke. Habe ihm einige schöne Landschaftsfotos und auch richtig tolle Fotos von dir geschickt, aber er öffnet sie gar nicht. Ich bin nicht einmal sicher, ob sie angekommen sind.«

Dass er auch mich auflaufen ließ, erzählte ich ihr natürlich nicht. Aber dass er seine Geheimdetektivin Uschi-Muschi ignorierte und vermutlich sogar aus seinen Kontakten entfernt hatte, freute mich von ganzem Herzen. Damit konnte er Pluspunkte bei mir sammeln.

»Das ist wirklich seltsam, meine SMS und meine Fotos kommen bei ihm an. Er schreibt echt witzige Kommentare darunter und sammelt sie für das Kuralbum. Wenn ich wieder zuhause bin, wollen wir ein Fotoalbum mit den schönsten Bildern und Begebenheiten zusammenstellen. Es ist wirklich ärgerlich, dass wir auf deine Fotos verzichten müssen.«

Ha! Das kam gut. Uschi drehte ab. Ich konnte noch sehen, wie sie sich eine zweite Portion Dessert von ihrem Tischnachbarn reinschaufelte.

Meine alte Tischrunde und auch die Feierbiester fehlten mir. Die Tage im ‚Sonnengold' waren gezählt und mir wurde ein bisschen langweilig. Diese letzte Woche musste ich wohl oder übel ohne Feierbiester und ohne engste Vertraute auskommen. Abgesehen von Chris.

Kaum hatte ich an ihn gedacht, vibrierte mein Handy.

Liebste Tine, danke für die letzte Nacht! Für heute habe ich mir wieder etwas Schönes einfallen lassen, bin sicher, es gefällt dir. Kann es kaum erwarten, dich zu sehen. Kuss, wohin du willst - Chris.

Sofort spürte ich wieder dieses Kribbeln am ganzen Körper. Unsere Nacht mit dem Dirndl war nicht zu toppen. Ich war zu allem bereit. Dieser Mann hatte nicht nur mein Herz erobert, er hatte es geschafft, dass ich ihm vorbehaltlos vertraute. Mein schlechtes Gewissen beachtete ich nicht weiter, ich hatte es gut weggesperrt.

Sternschnuppenküsse werden einem schließlich nicht so oft geschenkt.

* * *

Christian wusste, dass ich nachmittags Freizeit hatte. Neidische Blicke folgten mir, als er vorfuhr und ich in seinen Porsche stieg.

»Für heute steht ein bisschen Kultur auf dem Programm. Ich hoffe, es gefällt dir.«

»Wir fahren zur Wieskirche, stimmts?« Gerade war er abgebogen, Richtung Steingaden.

»Die Wieskirche ist eine der berühmtesten Rokokokirchen der Welt. Heute gibt es ein besonderes Konzert, es heißt das Engelskonzert. Karten habe ich schon organisiert.«

Chris spielte für mich den Reiseführer. Er erzählte mir von den Besonderheiten dieser Kirche, die seit 1983 zum UNESCO-Weltkulturerbe gehört. Er betete alles herunter, was er im Internet darüber gelesen hatte.

»Ein Stück Himmel auf dieser Erde, ist das schön, Chris! So ähnlich fühle ich mich hier im Allgäu, und daran bist du nicht unschuldig.«

»Dann habe ich ja mein Ziel erreicht und kann bald abreisen.«

»Das meinst du doch nicht im Ernst?« Entgeistert sah ich zu ihm hinüber. Ruhig fuhr er weiter und konzentrierte sich auf die Straße. Ich konnte ihm aber ansehen, dass er es nicht ernst meinte. Oder doch?

»Keine Sorge, liebe Tine, ich verschwinde nicht einfach so. Und wenn ein unvorhergesehener Einsatz dazwischenkäme, würde ich dich informieren. Drück uns mal die Daumen, dass nichts dazwischenkommt.«

»Kommt das denn öfters vor, dass du spontan angefordert wirst?«

»Leider ja. Meine Ehe ist daran gescheitert.«

»Das hast du mir ja noch gar nicht erzählt, dass du verheiratet warst.« Zum ersten Mal erzählte Chris mir etwas aus seinem Leben, etwas Persönliches.

»Es war für uns beide eine Situation, mit der wir nicht umgehen konnten. Meine Ex-Frau lebte ständig in Angst und Sorge um mich. Als sie schwanger war und das Kind verlor, während ich einen Politiker im Ausland begleiten musste, haben wir die Entscheidung getroffen, uns zu trennen. Ich liebe meinen Beruf, aber ich kann einer Frau außer der finanziellen Sicherheit keine anderen Sicherheiten bieten. Ich bin nicht für eine feste Beziehung geeignet.«

Wir hielten an einer Ampel und Chris schaute mich traurig an. »Also bitte, liebe Tine, mach dir keine Hoffnungen, dass aus uns etwas Dauerhaftes oder gar eine feste Beziehung mit Zusammenleben und so weiter werden könnte. Es tut mir wirklich leid, wenn ich dir das so sagen muss. Ich weiß, das hört sich abgebrüht und hart an, aber ich kann es nicht. Ich bin denkbar ungeeignet für alles, was mich in meiner Freiheit einschränkt.« Chris strich mir über die Wange und mir standen die Tränen in den Augen. Nur mit größter Selbstbeherrschung konnte ich sie zurückhalten.

»Ach, Christian von Dorschweiler, mein Verstand sagt mir das schon die ganze Zeit, aber mein Gefühl wehrt sich noch dagegen.«

»Lass uns einfach die Zeit genießen, die wir zusammen haben können. Das ist das Einzige, das ich dir anbieten kann.« Ich schaute auf seine Hand mit den blonden Härchen, die auf meinem Bein lag und das Kribbeln in meiner Bauchgegend heraufbeschwor. Nichts wollte ich lieber, als Zeit mit ihm zu verbringen, ihn kennenzulernen, seine Zärtlichkeiten und unsere Lust zu genießen. Den Augenblick gemeinsam genießen.

»Mir bleibt wohl nichts anderes übrig, liebster Kurschatten.«

»Na, na, nun mal nicht gleich unverschämt werden, Frau Landgraf, sonst ...«

Wir waren angekommen, vor uns lag in der Wildnis des oberbayrischen Allgäu dieses bekannte Wallfahrtskirchlein. Ein Parkservice wies uns ein und Chris konnte nicht mehr ausführen, was sonst passieren würde. So konnte ich meiner Phantasie freien Lauf lassen.

Von außen wirkte diese Kirche auf mich unscheinbar. Als wir aber im Inneren waren, verstand ich, weshalb um die Wieskirche so viel Aufhebens gemacht wurde. Eine prächtige Kuppel mit himmlischer Malerei wölbte sich über dem Kirchenschiff, überall sah ich Gold und Prunk und Schnörkel. Andächtige Stille überkam mich. Ich schaute mich um, mein Blick wanderte immer wieder nach oben und mir wurde feierlich zumute. Als dann noch die Orgel anfing zu spielen, musste ich wieder mit den Tränen kämpfen. Chris nahm meine Hand und wir lauschten dem Konzert, dem Gesang des Chores, und ich fühlte ein Stückchen Himmel auf Erden.

Zurück im Hotel erlebte ich nochmals ein Stückchen Himmel auf Erden. Chris verstand es, mich herauszufordern. Er wollte mich fit machen für die Liebe, das Feuer in mir entfachen, so hatte er es genannt. Das gelang ihm hervorragend. Er hatte in mir ein winziges Fünkchen zum Lodern gebracht. Mittlerweile war es zu einem lodernden Feuer geworden.

Chris hatte sich einen neuen erotischen Leckerbissen für diesen Abend einfallen lassen. Meine Ausdrucksweise während des Liebesspiels war ihm zu lieb, zu brav, etwas zu unbeholfen.

»Ein wenig Dirty Talk ist ganz schön heiß. Mich macht das jedenfalls an.«

»Ich weiß nicht, Chris, das muss doch auch zu der Person passen. Ich kann doch nicht auf Luder machen, wenn ich eine Heilige bin, oder?« Ich wusste nicht, worauf er hinauswollte und ich wollte mich nicht lächerlich machen. Mir war unbehaglich.

»Liebste Tine, du bist weder ein Luder, noch bist du eine Heilige. Du bist eine Frau im besten Alter, die ihre Lust wiederentdeckt hat. Warum also nicht ein bisschen damit spielen, neue Spielarten kennenlernen und ausprobieren? Und ja, du hast recht, es muss natürlich zu einem passen. Es darf nicht zu viel sein, wohldosiert. An der einen oder anderen Stelle richtig angebracht, kannst du einen Mann damit von Null auf Hundert bringen.«

Ich zweifelte immer noch, ob das wirklich ein guter Ausklang des Abends werden könnte. Aber Chris hatte schon etwas vorbereitet.

»Dann gibt es jetzt meine *Gutenacht-Geschichten.*« Chris kramte in einem Schrank und kam mit einem Büchlein zurück. Er hatte es an einer bestimmten Stelle aufgeschlagen und reichte es mir.

»Lies mir das vor, Tine. Vielleicht fällt es dir dann leichter, Dinge auszusprechen, die bisher tabu für dich waren.«

Ihm gegenüber im Sessel sitzend begann ich leise zu lesen. Das, was ich las, war eindeutig pornografischer Natur. Wobei ich nicht einmal genau sagen kann, wo die Grenze zwischen Pornografie und literarisch wertvoller Erotik zu ziehen war.

»Etwas lauter, Tine. Du musst nicht flüstern.« Chris beobachtete mich. Je mehr er mich mit seinen Augen fesselte, umso intensiver wurden die Bilder, die in dem Buch mit Worten beschrieben wurden. Mir wurde heiß und nach zwei, drei Seiten hatte ich das Gefühl mittendrin zu sein in dieser Szene. Meine Atmung veränderte und auch meine Stimme. Ich flüsterte nicht mehr, leise und mit der richtigen Betonung las ich, als ich so richtig drin war.

»Stop, das reicht«, sagte er unvermittelt. Ich hatte nur noch den Wunsch, Chris in mir spüren. Seufzend legte ich das Buch aus der Hand.

»Das war gut, meine liebe Tine. Jetzt kommt Teil zwei.« Wir tauschten die Plätze und Chris blätterte in seinen *Gutenacht-Geschichten.*

»Nun möchte ich dir etwas vorlesen. Und ich wünsche, dass du tust, was ich lese. Bist du einverstanden?« So wie er mich anschaute, schaffte er es immer wieder, mich Dinge tun zu lassen, die ich normalerweise niemals machen würde. Ich stimmte zu.

Er las langsam und leise, die frivolen Stellen betonte er auf seine Art und ich tat, was er las. Ich berührte mich oder ihn, genau so wie es in der Geschichte beschrieben wurde. Als Chris das Buch beiseitelegte und mich berührte, als unser Atem sich vermischte und unsere Körper untrennbar wurden, da war mir noch einmal, als hörte ich die Englein singen. In einer Sprache, die ich bisher nicht verstand.

Nachts brachte Chris mich wieder zurück und wir gingen noch ein paar Meter am See entlang. Der Mond spiegelte sich im See und die Grillen zirpten.

»Was meinst du Chris, ob die Grillen nachts bei ihrem Gezirpe auch so ein schmutziges Vokabular verwenden?« Mit intensiven Küssen und neugelernten Wörtern verabschiedete ich mich. Meine Füße und mein Glückstagebuch vergaß ich heute Nacht nicht schon wieder, ich schrieb sogar ein paar Wörter hinein, die ich neu gelernt hatte.

Bodenseeimpressionen

Der Tag begann grau in grau, dicke Wolken verhüllten die Berge. Heute stand mein letztes Sprudelbad auf dem Plan. Bei dem Gedanken an mein erstes Bad musste ich schmunzeln. Ich hatte noch etwas Zeit und suchte mir ein stilles Plätzchen im Ruheraum mit Blick auf die Wiesen und widmete mich den letzten Seiten meines Krimis. Nachmittags hatte ich mein Programm abgearbeitet und den Rest des Tages zur freien Verfügung.

Chris holte mich wieder zu einem Ausflug ab. Wir fuhren zu der Meierei und ließen uns erklären, wie Allgäuer Käse hergestellt wird. Riesige Wagenräder von Käse stapelten sich wie Reifen in einem Raum. Ich ließ mir ein großes Stück mit Wiesenkräutern einpacken, für zuhause. Markus sollte wenigstens im Nachhinein in den Genuss des Käses kommen. Noch immer hatte er kein Lebenszeichen von sich gegeben.

Am Abend testeten Christian und ich die riesige Wanne in seiner Suite. Anschließend verwöhnte er mich mit einer Massage, die jeden

Millimeter meiner Haut auf Empfang switchte. Und ich tat nichts lieber, als ihn zu empfangen und unter seinen Händen zu zerfließen.

***

Am nächsten Tag wollten wir zum Bodensee fahren, zuerst nach Lindau und von dort auf die Insel Mainau. Als Chris den Ausflug vorschlug, war ich sofort Feuer und Flamme. Ich hatte schon so viel Schönes über die Region um den Bodensee gehört und wollte die Gelegenheit nutzen. Mit einiger Überzeugungskraft hatte ich es geschafft, meine Termine so umlegen zu lassen, um einen komplett freien Tag zu haben. »Es wäre zu ärgerlich, wenn das Wetter uns einen Strich durch die Rechnung machen würde«, schimpfte ich.

»Der Wettergott hat bestimmt ein Einsehen.« Chris zwinkerte mir zu. »Du weißt ja, wenn Engel reisen, lacht der Himmel.«

Als wir losfuhren, war es noch bewölkt, aber es regnete wenigstens nicht mehr. Nach und nach verzogen sich die Wolken und die Sonne ließ den See vor uns nur so glitzern.

»Na, habe ich es nicht gleich gesagt?« Christ sagte das im Brustton der Überzeugung und öffnete mir wie immer die Wagentür.

Vor uns lag der Bodensee in seiner vollen Schönheit. Schnuckelige schmale Gassen mit hübschen Geschäften und Kunsthandwerk zogen sich durch das Städtchen Lindau. Wir bummelten ein wenig umher, saßen in einem schönen Straßencafé, lachten und tauschten Zärtlichkeiten aus.

Die Schönheit und Vielfalt der Blumenpracht auf der Insel Mainau war beeindruckend. Die Rosen verströmten ihren süßen Duft und die Luft war angenehm mild. Ich war ich wie benommen. Ein paar Tropfen perlten noch auf den grünen Blättern, der Regen hatte den Pflanzen gutgetan. Als ich an einem Spiegel vorbeikam, entdeckte ich das selige Grinsen eines Buddhas in meinem Gesicht. Im Schmetterlingshaus umschwirrten uns hunderte oder tausende bunte, exotische Falter. Ich stellte mir vor, dass dieser Ort die Geburtsstätte der Gattung *Schmetterlinge im Bauch* sein könnte. Meine Schmetterlinge im Bauch ließen mir keine Ruhe, sie flatterten wie wild.

Wunderbar erschöpft und mit neuen Eindrücken angefüllt, ließen wir den Tag bei einem Glas Wein zum Sonnenuntergang ausklingen.

»Du bist anders als die Frauen, die ich sonst kennenlerne. Du faszinierst mich mit deiner Art, mit dieser Mischung aus Neugier, Experimentierfreudigkeit und Schüchternheit. Ich ertappe mich dabei, dass ich immer wieder an dich denken muss. Außerdem habe ich wunderschöne Bilder von dir im Kopf, die ich nicht vergessen kann. Du bist für mich etwas Besonderes, Tine. Ich weiß auch nicht, woran das liegt.« Chris malte mit dem Finger Kreise auf meinem nackten Körper.

»Das höre ich gern, mein lieber Herr von Dorschweiler«, erwiderte ich und wollte möglichst cool wirken. Abschiedsstimmung lag in der Luft.Uns war von Anfang an klar gewesen, dass wir uns nach der Kur trennen würden, mochten aber nicht daran denken.

»Und ich kann dich anscheinend nicht besonders mit meinem Porsche beeindrucken«, fügte er mit einem Augenzwinkern hinzu.

»Ach so, das ist es also. Ich dachte schon, du fährst nur auf Dirndl plus Dessous ab, deshalb bist du ja als Dirndl-Dorschi bekannt.« Mein Witz klang gequält, ich merkte es selbst und war froh, als Christian mich küsste. Mir fiel nichts ein, was ich hätte sagen können. In den Nächten schaffte Christian es immer wieder, mich abheben zu lassen. Seine Phantasie und seine Kreativität auf dem Gebiet waren unerschöpflich. Die Tage und die Nächte flogen nur so dahin.

***

Mein letzter Termin bei Psycho-Phil stand auf meinem Plan. Hinzu kamen noch Fango und Massage, sowie der Vollguss und die Abschlussuntersuchung.

Meine Physiotherapeutin zeigte sich äußerst zufrieden mit dem Ergebnis ihrer Massagekünste. Für sie grenzte es an ein Wunder, dass sie meine Muskelverspannungen bis auf einen minimalen Rest im Schulterbereich gelöst hatte. »Hart wie ein Brett war das am Anfang, verspannt und verhärtet von oben bis unten«, wiederholte sie sich. Zum Glück konnte sie nicht sehen, wie ich dabei in die Massageliege grinste. Zum Abschluss verteilte sie reichlich Aromaöl auf meinen

Rücken und massierte mit einer solchen Hingabe, die mich an sinnliche Momente mit Christian erinnerte.

»Es war mir ein Vergnügen, Tine«, sagte sie und entließ mich mit dem obligatorischen Klaps auf den Hintern. Ich war mir sicher, sie hatte es faustdick hinter den Ohren.

***

Ich stellte es mir wunderbar vor, mit Christian zu tanzen, und wollte unbedingt mit ihm in die nahegelegene Disco, in der mal wieder eine der legendären Tanzveranstaltungen stattfinden sollte. Seit Ewigkeiten hatte ich nicht mehr getanzt, nie zuvor hatte ich einen Tanzpartner, der so gut führen konnte wie Chris. Wir tanzten Discofox mit sämtlichen Drehungen, die man sich vorstellen kann. Mit eleganter Leichtigkeit wirbelte er mich über die Tanzfläche, es war fantastisch. Mit Chris hätte ich die Nacht durchtanzen können und anschließend wäre ich am liebsten bei ihm geblieben. Aber meine Disziplin und der morgendliche Heusack waren unerbittlich.

Meine Disziplin, die durchaus Beamtenqualität besitzt, machte Psycho-Phil zum Thema der Therapiesitzung. Ich sollte ruhig mal meine Disziplin über Bord werfen und aus der Reihe tanzen, meinte er.

»Ich hab Ihnen die Liste der Stressverursacher mitgebracht, die mich im Alltag stören. Sie ist noch unvollständig, mir fällt bestimmt noch mehr ein.«

»Da ist ja schon eine ganze Menge. Dann wollen wir uns mal jeden einzelnen Stressor genau ansehen.« Wir gingen die einzelnen Punkte durch und ich bekam einige neue Denkanstöße.

»Es ist doch so, Tine«, fing er in seiner umständlichen Psychosprache an, »wenn Sie bei einem Ärgernis angekreuzt haben, dass es häufig vorkommt und dass es Sie mächtig nervt, dann besteht Handlungsbedarf. Und da kann es hilfreich sein zu überlegen, inwieweit Sie diesen Stressor beeinflussen können.«

»Hm?« Ich muss ihn wohl ziemlich blöd angesehen haben, denn jetzt erklärte er mir, was er damit meinte.

»Also ein Beispiel: Die Dienstanweisungen sind nicht kundenfreundlich, sagen Sie. Wenn Sie jetzt einmal überlegen, ob Sie daran etwas verändern können oder zumindest teilweise etwas ändern können oder daran überhaupt gar nichts ändern können, dann sind Sie schon einen Schritt weiter.«

»Wieso bin ich dann einen Schritt weiter? An den Dienstvorschriften kann ich nun wirklich nichts ändern, die sind Gesetz.« Ich verstand nicht, worauf er hinauswollte.

»Sie haben es eben selbst gesagt. Sie haben entschieden, dass Sie nichts an den Vorschriften ändern können. Wenn Sie nun feststellen, ich kann wirklich nichts machen, dann haben Sie die Wahl, sich darüber aufzuregen und sich jeden Tag aufs Neue zu ärgern. Irgendwann wird das Folgen haben. Sie bekommen vielleicht ein paar mehr Falten oder graue Haare oder Sie werden ernsthaft krank.«

Langsam kam ich dahinter, was er meinte.

»Tine, wenn Sie feststellen, Sie können nichts machen, dann bleibt Ihnen nur die Möglichkeit, Ihre Einstellung dieser Sache gegenüber zu ändern. Ich weiß, das klingt im ersten Moment bescheuert, aber Sie haben keine Wahl. Es lohnt sich nämlich nicht, gegen Windmühlen zu kämpfen. Da werden Sie immer verlieren - und das wäre jammerschade!«

In meinem Kopf ratterte es. Es klang wirklich ziemlich bescheuert, was er da erzählte.

»Wenn Sie überzeugt sind, Sie können teilweise etwas ändern, dann tun Sie das. Es ist wahrscheinlich anstrengend. Aber die Mühe lohnt sich, auch wenn es nur ein kleiner Erfolg sein sollte. Und wenn Sie überzeugt sind, Sie können wirklich etwas ändern, dann überlegen Sie sich eine Strategie, suchen Sie sich Unterstützer und Verbündete und dann fangen Sie damit an. Wichtig dabei ist zu unterscheiden, in welche Kategorie der Stressor gehört. Haben Sie das so weit verstanden, Tine?«

»Hm, und wie soll ich das hinkriegen? Sagen Sie Phil, wie geht das?«

»Ach Tine, das geht nicht von heute auf morgen. Das braucht seine Zeit und den Anfang haben Sie bereits gemacht. Ein weiser Mann hat einmal gesagt: Gott gebe mir die Gelassenheit, Dinge hinzunehmen, die ich nicht ändern kann, den Mut Dinge zu ändern, die ich ändern kann und die Weisheit, das eine von dem anderen zu unterscheiden. Genau das ist es, Tine!«

Ich schrieb den Spruch gleich in mein Tagebuch, auf die letzte Seite. Ein würdiger Abschluss, wie ich fand.

»Ich bin sicher, Sie schaffen das. Sie sind auf dem besten Weg dorthin.«

»Ach ja? Ich bin mir da noch gar nicht so sicher.« Anscheinend hatte PP ein anderes Bild von mir, als ich selbst. Ob er so nette Sachen wohl all seinen Patientinnen erzählte? Manchmal redete er ziemlich geschwollen und kompliziert, ich verstand dann nicht gleich, was er meinte. Das befremdete mich immer wieder.

Zum Abschluss unserer heutigen Sitzung belohnte Phil mich mit einer Traumreise. Mit geschlossenen Augen lauschte ich seinen sanften Worten, irgendwann war ich eingedöst. Trotzdem hörte ich die ganze Zeit über den Singsang seiner Stimme. Absolut tiefenentspannt kam ich wieder zu mir.

»Und wie geht es Ihnen jetzt?«, fragte er.

»Völlig relaxt. Ich habe mich eben gefühlt, als würde ich schweben. Wissen Sie Phil, seit meinem ersten Gleitschirmflug denke ich daran, wie sehr sich durch einige Entfernung die Perspektive auf alles verändert. Vieles wird klein und unwichtig, ich bekomme Abstand zu den Dingen oder zu den Problemen. Das fasziniert mich immer wieder.«

»Dann haben Sie den Schlüssel für Ihre Probleme bereits in der Hand. Nehmen Sie dieses Bild, diese Erfahrung und gehen Sie in schwierigen Situationen gedanklich in die Luft. Hängen Sie sich an einen imaginären Gleitschirm und betrachten Sie das, was Sie ärgert, von weit oben.«

»Danke Phil, das funktioniert, das habe ich tatsächlich schon ein paar Mal ausprobiert. Es ist unglaublich schön, mit allen Sinnen die Schwerelosigkeit und das Wahnsinnsglücksgefühl neu zu erleben.«

»Ich wünsche Ihnen von ganzem Herzen alles Gute, liebe Tine.« Er drückte mich tatsächlich an sich. Für einen Moment wurde mir bewusst, was für ein attraktiver Mann dieser Psycho-Phil war. Ich glaube, er hätte mir gern noch mehr Zuwendung zukommen lassen. Ich hätte ihm nur ein winziges Signal geben müssen. Elegant wand ich mich aus seiner Umarmung und fand das sehr professionell von mir.

»Ich habe noch etwas für Sie.« Mit seinem strahlendsten Lächeln hielt er mir den Karton mit den Heften hin. Ich durfte mir ein neues Notizbüchlein aussuchen, für die Zeit danach.

»Mir war aufgefallen, dass Sie das andere Heft bis zur letzten Seite vollgeschrieben haben. Ein ganzes Heft voll mit Glücksmomenten, das habe ich in meiner Zeit hier noch nicht erlebt! Ich wünsche Ihnen auch für die Zeit zuhause, dass Ihnen immer etwas einfällt, das Sie hineinschreiben wollen.«

»Das wird es bestimmt.« Ich erwiderte seinen festen Händedruck und ließ das Gespräch bei meiner Walkingrunde um den See nachwirken, Phil hatte seinen Job gut gemacht.

Mein sturer Lebensgefährte Markus indes hatte immer noch kein Lebenszeichen von sich gegeben. Es ärgerte mich kolossal und obwohl ich es eigentlich nicht tun wollte, schickte ihm einen Gruß und schrieb, dass ich mich schon ein wenig auf zuhause freue. Dank der modernen Technik konnte ich sehen, dass Markus die

Nachricht gelesen hatte. Eine Antwort blieb jedoch leider aus.

Spiele der Nacht

An diesem Freitagabend war ich wild entschlossen, die ganze Nacht mit Christian zu verbringen.Auch wenn Markus sich gemeldet hätte, wäre das für mich kein Hinderungsgrund gewesen. Wir wollten zu einem Konzert im Kloster St. Mang gehen und die ganze Nacht miteinander verbringen, ohne dass ich in den Morgenstunden zurück in mein Kurhaus musste.

Zum ersten Mal in meinem Leben kaufte ich mir ein klassisches Etuikleid. Es war in einem dunklen Bordeauxton und ich verliebte mich auf der Stelle in das Kleid. Durch den Stretchanteil und meine verlorenen Kilos saß es absolut perfekt und ließ meine Beine lang und sexy wirken. Die Wäsche hatte ich farblich passend dazu ausgesucht. Nur die Pumps waren schwarz, todschick und dabei doch äußerst bequem. Christian war begeistert von meinem Outfit. Ich hatte schon befürchtet, dass er nur auf Trachtenlook steht.

Nach dem Konzert überraschte Chris mich mit einer Nacht, die mir für immer in Erinnerung bleiben wird. Als wir uns anfangs näherkamen, hatte er mich einmal gefragt, ob ich denn gar keine Spielzeuge hätte. Er sprach nicht von Gesellschaftsspielen, sondern von Sextoys. Es dauerte einen Moment, bis ich verstand, was er meinte.

»Ich glaube, du bist jetzt so weit.« Chris zog mich an sich. Sein Mund knabberte an meinem Ohr und seine Zunge liebkoste meine Ohrmuschel.

»Wofür?«

»Das wirst du gleich sehen. Ich hoffe, du bist einverstanden.« Er hatte wieder dieses seltsame Funkeln in den Augen. Ich nickte, obwohl ich keine Ahnung hatte, womit ich einverstanden sein sollte.

Während er mich umarmte, küsste und mit seinen Händen meinen Körper liebkoste, zog er mich aus und trug mich aufs Bett.

»Mach es dir bequem, Tine, ich bin gleich für dich da.« Mit halbgeschlossenen Augen räkelte ich mich auf dem Bett. Chris suchte etwas in den Schubladen einer reich verzierten, alten Kommode. Hatte er etwa noch ein Geschenk für mich? Als er zu mir kam, tat er sehr geheimnisvoll. Es waren zum Glück keine echten Polizeihandschellen, die er vor meinen Augen baumeln ließ.

»Darf ich?« Ohne die Antwort abzuwarten, fixierte er mich mit den Dingern an den Bettpfosten. Sprachlos sah ich zu, wie er weitere Sachen, Spielzeuge für Erwachsene, hervorzauberte. Meine Neugier siegte über meine Angst.

»Christian, was wird das? Du musst mich nicht fesseln, ich laufe dir nicht weg.«

»Ich weiß. Aber du hattest vor ein paar Tagen den Wunsch geäußert, beim Sex einmal völlig ausgeliefert zu sein und die Kontrolle abzugeben. Diesen Wunsch möchte ich dir nur zu gern erfüllen.«

Mit verbundenen Augen lag ich gefesselt auf dem Bett, ich wusste nie genau, was er mit mir anstellen würde. Ich fühlte Christian auf mir und in mir. Dann wieder etwas Pulsierendes, Vibrierendes, das mich auf süße Art und Weise quälte. Sein Mund, der alles beschrieb und der gnadenlos die Stellen meines Körpers küsste, bis ich abhob und jegliche Gedanken ausschaltete und es nur noch genoss, selber nichts tun zu können, außer mich ihm hinzugeben. Es war noch aufregender als in meinen geheimen Phantasien und noch intensiver als in den Nächten zuvor.

Als er die Handschellen löste, war die Nacht noch lange nicht vorbei. Sein Einfallsreichtum und seine Spielesammlung gingen weit über das hinaus, was ich bisher gelesen oder gehört hatte.

* * *

Den letzten gemeinsamen Tag vertrödelten wir. Nach dem Frühstück verschwanden wir schnell wieder in sein Zimmer. Ich wollte ihn spüren, hören, seinen einzigartigen Duft riechen. Immer wieder.

»Christian, wird morgen all das vorbei sein? Bin ich deine Sternschnuppe?« Ich zerzauste ihm das Haar, als ich rittlings auf ihm saß. Noch einmal hatte ich sein Dirndl angezogen und ich wusste, dass er es zum letzten Mal an mir sehen würde. Zumindest für eine sehr lange Zeit.

»Du wirst mir niemals schnuppe sein, auch wenn wir uns morgen trennen müssen. Tine, ich habe mich in dich verliebt.« Unsere Nasen berührten sich und unsere Augen sagten all das, was wir nicht aussprechen konnten. Wir liebten uns in dieser Nacht leise, innig und leidenschaftlich.

Am nächsten Tag machten wir einen letzten Ausflug zum Tegelberg, mitsamt der Gleitschirmausrüstung. Chris hätte mir die Augen verbinden können, als wir losliefen. Mein Vertrauen in ihn war grenzenlos und der Horizont, als wir in der Luft schwebten, war unheimlich weit und klar. Nur eine leichte Brise erfrischte uns, um uns herum herrschte Stille und Frieden. Unsere Körper wärmten sich gegenseitig, Chris gab mir Halt und Flügel.

Kurz und schmerzlos

Chris hatte seine Sachen gepackt. Wortlos standen wir uns gegenüber, wir schauten uns nur an. Wie sollten wir den Abschied bloß kurz und schmerzlos hinbekommen?

»Ich muss los, Christine.«

»Ja. Pass gut auf dich auf«, sagte ich einsilbig. Ich wollte noch hinzufügen *Danke für alles*, als er es schon sagte. Ein Kuss, der mir unendlich schien, ein Händedruck und dann gingen wir auseinander. So hatten wir es besprochen. Ich wollte nicht, dass Chris mich zurückbringt zu meinem Kurhotel. Völlig leer, wirr im Kopf und gleichzeitig doch beglückt machte ich mich zu Fuß auf den Heimweg. Die Tränen liefen mir übers Gesicht und es war mir egal.

Zwischen all meinem Geschniefe hörte ich mein Handy piepen. *Nicht weinen, meine Schöne, wir sehen uns wieder. Kuss und noch viel mehr, Dein Chris*. Manchmal konnte er Gedanken lesen.

Meine Walkingstöcke schienen mich aufzufordern, eine Runde um den See zu laufen, als ich wieder in meinem Kurhaus war. Das war jetzt genau das Richtige für mich. Ich brauchte Bewegung und frische Luft, um die Tränen zu trocknen. Nach einiger Zeit kam ich auf andere Gedanken. Ich plante, wie ich den letzten Tag vor der Abreise verbringen wollte.

Der wichtigste Termin an meinem letzten Kurtag war die Abschlussuntersuchung. Abends würde ich noch einmal zu Eric gehen und den Cocktail, zu dem ich ihn inspiriert hatte, probieren.

Ich fühlte Chris noch immer auf meiner Haut. Todmüde lag ich in meinem Bett und konnte nicht einschlafen. Immer wieder tauchten Bilder von Chris und mir auf, er wurde zum Traumschleicher der Nacht.

Kurz nach dem Kneipp'schen Vollguss hatte ich die Abschlussuntersuchung. Das kalte Wasser wirkte wohltuend auf meine erhitzte Gefühlswelt, es ließ mich sachte auf den Boden der Realität zurückkommen.

»Frau Landgraf, ich habe den Eindruck, der Erfolg dieser Kur wird sehr nachhaltig sein. Schade, dass wir keine Vorher-Nachher-Fotos machen dürfen. Damit würden Sie groß rauskommen. Ich wünsche Ihnen alles, alles Gute. Vielleicht kommen Sie ja einmal wieder?« Die Ärztin bescheinigte mir den Kurerfolg, empfahl aber eine regelmäßige Wiederholung. Mit einem wissenden Lächeln verabschiedete sie mich.

Das war's! Ich packte meine Sachen, verbrachte den Nachmittag auf der Liege am See und beobachte ein Hochzeitspaar auf dem Steg, von dem Fotos gemacht wurden. Die Braut trug ein langes, wunderschönes weißes Kleid. Der Traum einer jeden Frau, selbst noch in meinem Alter.

Unauffällig pirschte ich mich heran, ich wollte das Brautpaar aus der Nähe betrachten. Es sah so idyllisch aus, so kitschig schön, dass in mir Sehnsucht nach Selbsterleben eines solchen Moments aufkeimte. Damals, als ich den Vater meiner Kinder geheiratet hatte, hatten wir uns gegen eine große Hochzeit entschieden. Wir heirateten standesamtlich und das einzig Festliche an mir war eine weiße Seidenbluse gewesen, die ich zur Jeans trug. Meine langen Haare hatte ich hochgesteckt und mit Blümchen geschmückt.

Die Braut am See lief barfuß über den Steg. Sie war nicht so jung, wie es von Weitem ausgesehen hatte. Schätzungsweise war sie in meinem Alter. Ob das wohl ihr erster Versuch war? Ihr Bräutigam hofierte sie, machte Späßchen, nahm seine Liebste auf den Arm. Sein Blick galt nur ihr, ihn schätzte ich deutlich jünger. *Was für ein schöner Abschluss für einen letzten Tag*, dachte ich und hob mir diesen Moment für mein Glückstagebuch auf.

Uschi stürzte auf mich zu und wollte mit mir und den anderen Abschied feiern. Natürlich fragte sie auch wieder nach Markus. Sie hätte immer noch kein Lebenszeichen von ihm bekommen. Dass auch ich nichts von ihm gehört hatte, verschwieg ich ihr.

»Vielleicht komme ich später dazu. Ich habe erst noch ein anderes Date«, verkündete ich mit vielsagendem Blick.

Etwas dümmlich und offensichtlich irritiert schaute sie mich an. Sie hatte anscheinend mitbekommen, dass Chris endgültig abgereist war und es ließ ihr keine Ruhe, mit wem ich mich treffen wollte.

»Mit wem denn?«, fragte sie kopfschüttelnd. »Das hätte ich nie von dir gedacht. Der arme Markus!«

»Tja, das ist mein Geheimnis, Uschi. Du musst mir nur schön brav mit deiner Kamera folgen, dann wirst du es sehen. Vielleicht kannst du noch ein paar nette Schnappschüsse von mir machen, fürs Kuralbum.« Ich ließ Uschi stehen und wusste, dass sie sich sowieso an meine Fersen heften würde.

Ein letztes Mal brezelte ich mich auf. Ich wollte Eric mein neues Dirndl vorführen und mich verabschieden. Natürlich wollte ich auch wissen, wie es ihm gefiel und zu welchem Cocktail ich ihn inspiriert hatte.

Eric empfing mich mit ausgebreiteten Armen. »Hallo schöne Frau!« Anerkennend musterte er mich von allen Seiten, drückte mir Küsschen rechts und links auf die Wangen und überschüttete mich mit Komplimenten.

»Was für ein Kleid, Tine! Du siehst umwerfend aus, so gut erholt, so frisch und jung und so ...« Er machte eine Pause, suchte anscheinend nach den richtigen Worten. »So weiblich, so verführerisch, so wahnsinnig sexy.« Seine Augen glänzten, ich wollte lieber nicht wissen, was er dachte.

»Darf ich dir zur Feier des Tages meinen speziellen Cocktail servieren? Er ist extra für dich. Du hast mich inspiriert zu einer neuen Kreation, meine Phantasie war kaum zu bremsen, Tine.« Eric verschwand hinter seinem Bartresen.

Ich hörte ihn schütteln, Eiswürfel klirren, rühren und traute mich nicht zuzuschauen, was er da zauberte. Ich wollte mich überraschen lassen.

Draußen vor dem Lokal saß ich und wartete, was Eric mir gleich servieren würde. Gekonnt holte ich mein Smartphone unter dem Rock hervor, als es vibrierte. Mein Herz machte einen Hüpfer, als ich die Nachricht las.

Ich vermisse dich sehr. Dein Markus.

»Ich habe ihn *Sweet Sin, Süße Sünde*, genannt. Der Cocktail ist Sinnbild für das Geheimnis deiner Ausstrahlung«, unterbrach Eric meine Gedanken an Markus.

In dem Moment, als Eric den Cocktail servierte, schlenderte Uschi vorbei. Die Kamera hatte sie wie immer auf mich gerichtet.

»Oh Eric, du Charmeur! Wie romantisch! Das passt farblich ja perfekt zu meinen Sachen.« Ich versuchte, Eric streng anzusehen.

»Sei ehrlich, Eric, das hast du dir eben erst einfallen lassen? Du konntest doch nicht wissen, dass ich in Schwarz mit Lila hier auftauche?« Ich drehte das Glas in der Hand, schnupperte daran, probierte einen winzigen Schluck.

»Ich habe den Cocktail kreiert, als du das letzte Mal bei mir warst, Tine. Manchmal habe ich so spontane, verrückte Ideen. Ich sehe ein Bild vor Augen und weiß sofort, wie der Cocktail sein muss, welche Zutaten ich benötige. In diesen Cocktail musste etwas Dunkles, ein bisschen süß sollte es auch sein und vor allem prickelnd. Als Abrundung des Ganzen habe ich dann noch einen kräftigen Schuss wilde Verwegenheit untergemixt.«

Erics schwarze Augen verrieten mir, dass er ein Zauberer aus Tausend und einer Nacht sein musste. Seine Geschichten schmückte er so blumig aus, dass man allein vom Zuhören einen Schwips bekam.

»Das ist Sünde pur!« Vorsichtig nippte ich daran. »Es sieht verboten schön aus und schmeckt wie der Himmel auf Erden.« Ich wunderte mich selbst über meine geschwollene Redensweise, das musste am Alkohol liegen. »Verrate mir, was da drin ist, bitte!« Mit meinem unwiderstehlichsten Bittblick versuchte ich, ihm das Geheimnis zu entlocken.

»Was schmeckst du denn heraus?« Seinen dunklen Augen ließen mich nicht los.

»Ich schmecke Cassis und einen Hauch Whisky?«

»Sehr gut! Cassis war unverzichtbar, für die Farbe. Außerdem passt die herb-fruchtige Note perfekt zu dir. Und sieh mal hier.« Er tippte mit dem Finger an das Glas. »Die schwarzen Beeren bewegen sich im Glas, als würden sie schweben. So wie du.«

»Lakritz? Ein Hauch Lakritz? Minze? Wodka? Aufgefüllt mit Sekt?«

»Kein Sekt, Tine!« Tadelnd schaute er mich an. »Für dich nur Champagner! Der Rest bleibt mein Geheimnis. Aber du bist nah dran.«

Andächtig widmete ich mich dem *Sweet Sin*, jedes Tröpfchen war köstliche Sünde pur, Himmel und Hölle gleichzeitig.

»Danke Eric. Danke für alles.« Der schwarze Zuckerrand auf dem Glas hatte es mir besonders angetan. Mit dieser dunklen Süße auf meinen Lippen hauchte ich Eric einen winzigen Kuss auf den Mund, umarmte ihn innig und verabschiedete mich.

»Alles Gute für dich, Tine. Ich hoffe, du kommst noch einmal wieder.«

Die Heimreise

»Bittschön, gnä Frau!« Der Fahrer des Hauses öffnete mir die Wagentür. »Wenn Sie diesen knalligen Koffer nicht dabei hätten, hätte ich Sie gar nicht wiedererkannt. So eine Veränderung.« Kopfschüttelnd sah er mich an und chauffierte mich mit vielen Komplimenten zum Bahnhof. Mit einem letzten Blick auf das königliche Schloss vor dem Alpenpanorama stieg ich in den Zug Richtung Heimat. Auf der langen Bahnfahrt hatte ich reichlich Zeit zum Träumen und zum Abschied nehmen.

Liebe Tine, der Alltag hat mich wieder. Sitzt du jetzt im Zug? Ich denke gern an unsere gemeinsamen Sternstunden zurück. Sehen wir uns wieder? Dein Christian

Lieber Chris, bin gleich in Hannover, muss dort umsteigen. Du bist das Beste, was mir je passiert ist! Kuss, Deine Tine.

Zärtlich wischte ich mit dem Daumen übers Display, am liebsten hätte ich einen Kuss darauf gehaucht. Ich ließ Chris' Frage erst einmal unbeantwortet. Lächelnd schaltete ich das Handy aus, verstaute es in den Untiefen meiner Tasche und fing an, mich auf zuhause zu freuen.

Mit jedem Kilometer, den ich meinem Ziel näherkam, breitete sich so etwas wie ein Kribbeln in mir aus. Ob Markus mich wohl am Bahnhof abholen würde? Überhaupt, ich war sehr gespannt, was er mir zu sagen hatte. Wieso er so sang- und klanglos verschwunden war.

***

Endlich zu Hause! Es kam mir vor, als hätte ich eine Weltreise gemacht. Ist schon ein komisches Gefühl, wieder zuhause zu sein.

»Darf ich Sie auf einen Kaffee einladen? Ich habe noch etwas Zeit, bis ich umsteigen muss.« Der freundliche Herr, der mir mit dem Gepäck geholfen hatte, schien einem Flirt nicht abgeneigt.

»Danke, das ist eine nette Idee, aber ich werde abgeholt. Alles Gute für Sie.« Suchend schaute ich mich um, nahm ihm meine Walkingstöcke ab und fing an zu schmunzeln. Die Stöcke waren nicht mehr das Einzige, das ich fest im Griff hatte, ich hatte auch mein Leben wieder unter Kontrolle.

Schwanzwedelnd kam Moppel angeschossen, umkreiste mich mehrmals, und sprang mit der Energie eines Trampolinspringers an mir hoch. Nun entdeckte ich auch Markus in dem Menschengewirr. Unsere Blicke trafen sich und ich sah, wie er ungeschickt versuchte, einen Blumenstrauß hinter seinem Rücken zu verbergen.

Wortlos schloss er mich in seine Arme, zog mich an sich und küsste mich, anstatt auch nur einen Ton zu sagen.

»Das ist ja eine stürmische Begrüßung.« Ich löste mich aus seinen Armen, schaute im in die Augen und lächelte, als er verlegen zu Boden blickte.

»Ich habe dich so vermisst, Tine. Du glaubst gar nicht wie sehr. Und es tut mir leid, dass ich einfach so gefahren bin, aber ich konnte nicht anders. Ich erzähl's dir später. Ach ja, hier, für dich.«

»Gottseidank sprichst du wieder mit mir. Ich hatte schon befürchtet ...«

Ich brach den Satz ab, strahlte Markus an und steckte meine Nase in den Rosenstrauß, der herrlich nach Sommer und Liebe duftete. Händchenhaltend verließen wir den Bahnhof, Moppel sprang wie ein kleiner Wirbelwind um uns herum und mein Herz hüpfte vor Freude. Erst jetzt wurde mir bewusst, wie sehr ich Markus vermisst hatte.

Meine Kinder hatten über der Tür eine Girlande mit *Herzlich Willkommen* aufgehängt.

»Mama, du siehst aber gut aus. Richtig entspannt und deine neue Frisur ist echt cool.« Meine Tochter schaute mich immer wieder von oben bis unten an.

»Freut mich, dass es euch gefällt, ich hatte dir das Foto ja schon geschickt. Du hast es nicht geglaubt, dass die Haare echt sind, stimmt's?«

»So mutig und so experimentierfreudig kenne ich dich gar nicht.« Mein Sohn pfiff anerkennend durch die Zähne.

»Tja Kinder, ihr glaubt gar nicht, was eure alte Mutter noch so alles angestellt hat.« Gerade wollte ich anfangen zu erzählen, als die beiden wie aus einem Munde riefen: »Mama! Wir wollen aber nicht alles wissen!«

»Ach nein? Dann behalte ich eben meine kleinen Geheimnisse für mich. Habe ich euch denn schon erzählt, dass ich todesmutig war und einen Gleitschirmsprung gemacht habe?«

»Mama, hast du das wirklich getan?« Kopfschüttelnd stand die ganze Bande um mich herum.

»Hm«, ich schnupperte, »was riecht denn hier so gut?«

»Pizza! Komm mit nach draußen Mama und lass dich verwöhnen. Das bist du doch inzwischen so gewohnt.« Liebevoll bugsierten sie mich auf die Terrasse und schenkten mir einen Rotwein ein.

»Nun erzähl mal. Wie war das denn? Was musstest du in der Kur alles machen, außer Gymnastik und Massagen?«

»So allerhand, der Tag war immer gut ausgefüllt.« Ich erzählte von meinen Anwendungen, von den Leuten, die ich getroffen hatte, auch von Eric und seinen Cocktails.

»Nun sag doch mal, Mama, gibt es tatsächlich diese Geschichten mit den Kurschatten? Ist da was dran?« Meine Tochter war also doch neugierig. Genau so kannte ich sie.

»Liebes Töchterchen, ich habe mich genauestens umgeschaut und ich würde sagen, ja, es gibt das Phänomen des Kurschattens. Da war zum Beispiel Iris. Die war mit mir zusammen angereist und ich konnte ihr gleich ansehen, dass sie es nur darauf abgesehen hatte. Sie behauptet, dass eine Kur für sie nur erfolgreich ist, wenn sie einen Schatten hat.« Kichernd saß ich vor meiner Pizza und ich wusste nicht, ob meine Lockerheit am Rotwein oder an den vielen Erinnerungen lag, die durcheinanderpurzelten.

* * *

Als es längst dunkel war, verabschiedeten sich meine Liebsten und ich kuschelte mich an Markus. Später holten wir uns eine Decke und Markus erzählte von seinem überstürzten Aufbruch.

Ich glaube, er wollte mir die Geschichte mit Uschi beichten, als eine besonders hell leuchtende Sternschnuppe langsam im Universum verglühte.

»Pst, sag jetzt nichts, wünsch dir einfach etwas.« Um das Ganze zu unterstreichen, verschloss ich ihm den Mund mit meinen Lippen. Ich wollte es gar nicht wissen und er schien es begriffen zu haben.

»Etwas muss ich dir aber unbedingt noch erzählen, Tine.« Markus druckste herum und strahlte mich an.

»Sag schon, was willst du mir erzählen?«

»Es sind genau genommen zwei Sachen, und ich hoffe, dass du damit einverstanden bist und dich vielleicht sogar ein bisschen freust.«

»Markus, mach's nicht so spannend!« Ich war nicht mehr allzu aufnahmefähig und kämpfte mit der Müdigkeit.

»Also, als ich abgereist bin, fuhr ich am Tegelberg vorbei. Dort, wo die vielen Gleitschirmflieger sind. Du hattest so sehr davon geschwärmt, wie das ist, dass ich kurzentschlossen einen Sprung gebucht habe. Ich musste ein bisschen warten und dann habe ich es todesmutig versucht. Und dafür bin ich dir unendlich dankbar. Es hat mich geflasht, anders kann ich es nicht ausdrücken. Es ist das Tollste, das ich je gemacht habe.« Markus rutschte ein wenig näher an mich heran, sein vertrauter Duft vermischte sich mit der Nacht und seine Hände suchten zärtliche Wege zu mir.

»Ne, das glaub ich jetzt nicht!« Ungläubig starrte ich ihn an. »Und was ist das andere, was du noch angestellt hast?«

»Ach Tine, das ist etwas, worüber ich seit einiger Zeit nachgedacht habe. Auf dem Luxuscampingplatz ist mir dann klargeworden, dass wir in Zukunft auch Urlaub ohne Campingbulli machen könnten. Du bist ja sowieso nicht so der Campingfan. Und wenn ich mal Sehnsucht nach Camping habe, dann kann ich das ja mit meinem Kumpel Steven machen. Was meinst du dazu?«

Noch bevor ich ihm um den Hals fallen konnte, erzählte er mir haarklein von seinen Überlegungen. Er meinte, dass wir jetzt in einem Alter wären, in dem man auf ein richtiges Auto umsteigen sollte.

»Es muss ja nicht unbedingt ein Porsche sein, oder? Tine, du hast doch bald einen runden

Geburtstag und ich habe mir überlegt, du suchst unser neues Auto aus. Natürlich passend zu unserem Budget.«

»Das ist nicht dein Ernst? Du hast tatsächlich unseren alten Bulli verkauft???«

Er nickte. Ich fiel ihm um den Hals, zog ihn aus dem Strandkorb hoch und wollte nur noch ins Bett. Zusammen mit meinem Liebsten, mit meinem Markus. Meine Müdigkeit war wie weggeblasen und meine Freude über diese wunderbare Überraschung ließ ich ihn am ganzen Körper spüren.

»Sag mal Tine, was haben die dir eigentlich ins Essen getan?«, fragte Markus nach der zweiten Runde.

»Nichts, mein Schatz. Es gab nur viele Sternschnuppen und ganz viele Wünsche, die sich nach und nach zu erfüllen scheinen.«

Von meinen Sternschnuppenküssen erzählte ich Markus nichts und er fragte auch nicht weiter nach. Er wunderte sich nur manchmal über meine erotischen Wünsche und meine wiedergefundene Lust, die ich ihm in schönstem Dirty Talk schilderte.

Mein schwarzes Dirndl hängte ich nach hinten in den Schrank. Das würde ich erst im nächsten Sommer wieder tragen.

***

Mein Kopf war noch nicht online, als ich am nächsten Morgen auf mein Smartphone schaute. Mit Herzklopfen las ich die Nachricht von Chris:

Sehen wir uns wieder??? Bitte! Dein Chris

Ende

Weitere Bücher von Rita Roth:

„Sie werden die Bekanntschaft eines Mannes machen, der Farbe in ihr Leben bringt. Aber es werden auch Tränen fließen“, sagte ein Astrologe Mirabella voraus. Davon ist sie überzeugt, als sie auf eine Annonce antwortet und statt Mr. Right ein ungewöhnliches Angebot erhält.

Mirabella erlebt einen turbulenten Sommer und unvergessliche Wochen auf Sylt.

Rita Roth:

Obwohl ich schon immer gern geschrieben habe, hat mich das Schreibfieber erst mit 50+ gepackt. Ein hervorragendes Alter, um Neues zu beginnen, obwohl jedes Alter dafür bestens geeignet ist.

Meine Ideen finde ich vorwiegend im Alltag, ich vermische sie gern mit reichlich Fantasie und Humor. Dadurch habe ich selbst beim Schreiben auch viel Spaß.

Wenn ich Sie, liebe Leserinnen und Leser, mit meinen Büchern gut unterhalten habe, bin ich glücklich und freue mich über eine Rezension.

Besuchen Sie mich gern auf meiner Website: www.ritaschreibt.de

www.epubli.de

22788701R00221

Printed in Poland
by Amazon Fulfillment
Poland Sp. z o.o., Wrocław